大地是生命的祭坛

丹增 著

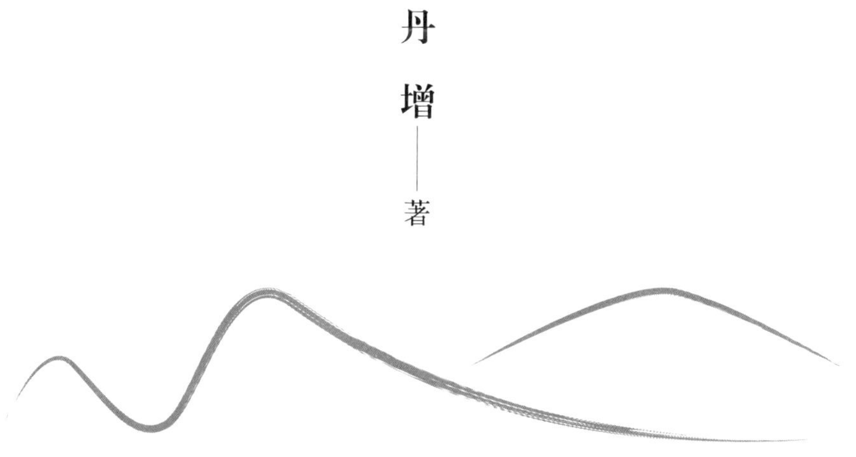

四川民族出版社

第二编 爱与人生

第三编 读书与思索

目录 CONTENTS

第一编
地球与生命

第一编

地球与生命

曾经随处可见的，月光下的田野、河流、树木；阳光下的蝴蝶、蜻蜓、蜜蜂；烛光下的笑脸、幻想、祈求；夜晚追赶一只萤火虫，白天放一只纸糊的风筝。

丙中洛

有这么一个神奇美丽的地方：它仅有八百多平方公里，聚居着十来个民族，是不同民族和睦相处的典范；它只有六千多人口，教堂、寺院、图腾遍布村寨，是不同宗教和平相处的典范；它是中国最小的行政区划单位，丰富多彩的原生态文化和谐共存，是不同文化各美其美的典范；它只是两座大山一条大江构成的地貌，可这里一山分四季，十里不同天，是不同生态争奇斗艳的典范。最美的女子养在深闺，最美的风景藏在边陲。这里就是云南怒江峡谷深处还没有被现代文明侵蚀的净土丙中洛，藏语意为“有寨子的地方”。在本地人心目中它是盛开在八瓣莲花花蕊上的家乡，是人神共居之地；而在外地游客眼里，这里是人间最后的乐土和天堂。

一个樱花怒放的时节，我行走在丙中洛的小街上。小街是丙中洛的唯一街道，而夹道盛开的樱花却不是本地土生品种。丙中洛自己的花有油桐花、桃花。油桐花洁白如玉，在每一座神山的心上幽然吐芳；桃花艳如朝霞，在怒江一个个温柔的转身处灼灼闪烁。丙中洛还有栗子花、核桃花、缅桂花、杜鹃花……花开花落，雪山默默，江水滔滔。

唯有这铺满了一条小街的樱花，是从遥远的日本引进来的。来自异域的樱花，一树树地站在那儿，美目盼兮，巧笑倩兮，对陌生的丙中洛不疏离，不拒绝；恰如我这个异乡游子，踏上丙中洛便有宾至如归的感觉。

而这一刻，我忽然听见一片笑声，似樱花瓣漫天飞舞，摇曳生辉。

我一时愣住了：难道树会笑?

当然，在有十座神山相拥、被十道神瀑洗涤的丙中洛，如果有一棵会笑的树，也许并不新奇！可我这个被科学异化了的人啊，偏有疑惑；循声而去，走近一家小商店，“嘻嘻嘻嘻——”一阵舒怀的笑声又扑面而来。五个女孩，围坐在一张矮矮的方桌前，正在叮叮当当地干杯，笑得前仰后合。

我也无法判断这些女孩子是藏族、怒族，还是傈僳族、汉族。因为即便是在丙中洛，所有的少数民族在日常起居中都一副汉人打扮，所有的少数民族在“公众场合”都能讲一口流利的汉语。我的目光扫去，看见小方桌上有红有白有黄——不折不扣地放着五瓶酒。

“姑娘们，你们有什么喜事啊？太阳还没有露脸，就喝起酒来了？”

“嘻嘻，喝早餐酒嘛！”分不清楚是谁回答的，只见一个个又花枝乱颤地笑作了一堆。

“你们店铺……几点开门营业？”

“随便！”一个女孩豪爽地一挥手，一副指挥千军万马的派头。我被惊住，踌躇了一下，又问：“一个月能赚多少钱？”

“随便。”回答得利索。

我瞪着她们暗暗在想：这么做生意，能赚钱才怪呢。

“哈哈哈哈！”笑声冲天而起，似在释我心中疑窦。“大哥，你也来喝一杯嘛！”又一个爽快的女子竟殷殷地倒了一杯酒端起来，拍拍身边的小板凳，要我坐下来，“大哥是从很远的地方来的吧？一定辛苦了，喝杯酒解解乏，心里高兴就不累了。”

我见女孩子们个个都笑靥如花地望着我，眼里流露的是一脉纯纯的暖意，我的心被深深地撼动了。我似乎已经嗅到了我长久以来一直梦里依稀的乡情。

怀揣这样的暖意和乡情，我又来到了丁大妈家。

丁大妈是开旅馆的。那一排石片盖顶、圆木为墙的房子跟前，远山起伏尽收眼底。

丁大妈开的是丙中洛的第一家旅店。她开旅店的初衷，跟那几个喝酒的女孩子开商店一样，是跟着感觉走，“随便”开的。那时候，丙中洛是怒江边上高黎贡山和碧罗雪山拥抱着的娇女儿，还藏在深闺人未识。改革开放了，这雄奇、神秘和美丽得让人失语的地方便来了游人。游人要问路，丁大妈便带着他们走；走一圈累了，要住宿，丁大妈又将他们带回了自己的家里。

丁大妈对那些身背行囊、又疲惫又高兴的游人充满了同情。

住下了，要吃喝，丁大妈也招待。可想喝啤酒，没有！但她家有咕嘟酒。什么是咕嘟酒？丁大妈告诉我，咕嘟酒是苞谷发酵做出来的，有点甜，有点酸，好喝。烤了石板粑粑，宰了大公鸡，做了琵琶肉，一样一样端上来，咕嘟酒就一杯接一杯“咕嘟”到客人的肚子里去了。“咕嘟”醉了的人，围着火塘跳舞，跳得七荤八素倒下，丁大妈夫妇俩就把他们一个个弄到床上去。

客人一觉醒来，梦里不知身是客，朝丁大妈笑笑，洗把脸又上路了。

一拨走了，一拨又来了。丁大妈觉得，这些行色匆匆的人们好可怜啊，就想，干脆办个旅馆吧，让他们来了有地方住，有东西吃，吃好睡好才能出去尽兴地玩嘛。

旅馆办起来了，住过的人喜欢丁大妈，就在网上发布了消息。

网络时代，信息像光速，来的人就更多了。人多住不下，丁大妈只好把女儿女婿赶到仓房里去睡。可总不能让儿女天天睡仓房，丁大妈决定扩建。现在这长长的一排石片房就这么建起来的。房子跟前还有院子，院子不似城里人的别墅那样，用砖块围起的巴掌大一小块，而是连着山，连着水，有菜地，有果园。丁大妈院里的果子，客人来了随便摘。吃不完就落地上，烂了，种子会在泥土里发芽。

丁大妈一年要接待数百名的游客，这其中，还有高鼻子黄头发的洋人。丁大妈不管你鼻子高不高，头发黄不黄，来了，一视同仁，都当作自己的孩子招待。洋人走了，也丢下点钱。丁大妈收钱，也是丙中洛风格，比较“随便”。可洋人的钱怎么跟人民币不同？心里便有些疙瘩，会不会是假币啊？疙瘩归疙瘩，到底抹不下脸去问。可收得多了，终于沉不住气，便给在泸水县当副县长的大女儿打电话，说外国人不地道，给她的都是假币。

女儿匆匆回家，看着妈妈捧出花花绿绿的“假币”，哈哈大笑：“妈妈，这不是假币，这是美元、欧元、日元，还有英镑。”

眼下，丁大妈已经有些富有了。有句话道：“人为财死，鸟为食亡。”若将此话说给丁大妈听，定叫丁大妈笑掉那几颗不多的大牙。丁大妈从未追过财富，可一不留神，财富就来了，但她也不在意。

丁大妈是藏族，汉名俞秀兰，老伴是怒族，汉名丁四方。于是人们便按汉族习惯叫她丁大妈了。丁大妈夫妇养育了五个子女，子女自然都随父亲姓丁。而五个子女已各自婚嫁，对象也是不同民族。一个家里便有了藏、怒、白、汉、独龙、纳西六个民族。

有六个民族的大家庭，过年时聚在一起，对外，一致讲汉语；关起门来，便是“百花齐放”。谁在家主事，便讲谁的语言，而不管哪种语言，彼此都能沟通，彼此都团结和睦。

丁大妈的子女也各有信仰。大女儿是领导干部、共产党员；另有两个女儿信天主教，丁大妈自己也是虔诚的天主教徒，而她的老伴则信仰藏传佛教。

丁大妈家旁边有座天主教堂，钥匙就在丁大妈手里。教堂里的活动，丁大妈都要去操心。离她家几公里，便是藏传佛教寺庙普化寺，丁四方逢五、十六，都要去烧香点灯。

这天，丁大妈兴冲冲地带我去参观重丁天主教堂，还在圣母玛利亚的神坛前唱起了圣诗。丁大妈歌喉嘹亮，神态虔诚，圣经是藏文，唱的是藏语！丁大妈的藏语圣诗，如一条高贵洁白的哈达，在怒江峡谷间飘荡。

我问丁四方："为什么你们生活得如此快乐满足？"他说因为他和老伴都有信仰。他还对我说，信仰是安放人的灵魂的地方，人有了信仰就有了主心骨。没信仰的人是可怕的，就像他们家的花豹（狗名）：它嫌贫爱富，看见穿得漂亮的游客摇尾巴，看见穿得破烂的人汪汪叫；现在它竟也与时俱进了，看见小车里出来的人就上去摇尾乞怜，看见开手扶拖拉机的就上去叫……

听了丁四方的话，我感叹和赞美这里人的精神没有被商品经济污染。我十分赞同他们关于信仰的朴素理念。我说，是啊，有了信仰，人才会有宽容和爱心，有节制与和谐。

丁大妈听了，却只是望着我笑，笑得头朝后仰过去，一如那几个光顾自己喝酒，不思赚钱的商店小姑娘。

丙中洛的"随便"，客栈房价、餐馆饭菜不标价格，商店里也看不到几件商品明码标价，本地人相互合作、交换、借贷，没有协议，没有契约、借条之类的凭据，只凭一种诚信的默契——"随便"。在我住的客栈门口，有个早餐店，卖的是大饼、米粥之类，我早晨路过门口，人头攒动，老板摇勺加粥，烧火切肉，忙得不可开交，钱箱是一个纸盒子，放在没人守的柜台上，客人吃完就自己往里扔钱，票面大的，扔进后自己找补，老板看都不看一眼。我旁观了好久，终于发现一个喝完粥就走了的人，于是我像逮到小偷似的向店主揭发：“刚才那人吃饭没给钱。”谁知老板头也不抬，丢了一句：“人家没带钱，明天会补上的。”反而弄得我这个都市文化人有些无地自容，惭愧地离开了。返回途中，我看见一个小药店，正好想买点药，可店里没人，我站了一会，旁边一个店主走过来问我想买什么，我说创可贴，他说：“主人不在，你先拿去用，回头再来交钱。”我也就很自然地“随便”了一次，打开药柜取了一包走人。第二天抽空过来还钱，票价2.6元，我递上5元，老板找了我3元，我认真地说：“你找多了。”老板不假思索地回答：“我们都不算零钱的。”弄得我又一次面红耳赤。

游丙中洛，原为观景，却写起了人。其实，丙中洛的景色雄奇美丽，刚柔相济；从山间坝子到巍巍山巅，自然景观跨越四季，植被从亚热带直至寒带，蔚为壮观。春天梨花似雪，桃花灿烂；夏天绿水青山，一尘不染；秋天层林尽染，稻谷飘香；冬日银装素裹，雾锁怒江。高黎贡山和碧罗雪山在这里挺直了陡峭伟岸的身躯，紧紧相偎，形成了一条世界著名的大峡谷。它们似要联手将自己的野蛮女友怒江截住，可怒江却轻盈地从它们的夹缝里钻了出去，还不忘留下一串清脆透明的哗哗笑声。接着，这位可爱的姑娘又一屁股坐了下来，俏皮地向企图堵截她的两座大山回望了一会儿，然后再扭动优雅的身姿，拍着手，快快乐乐地向南奔去。它就这样走走停停，每一次回望，就在坐下歇息的地方，留下了一个弯曲的大回旋，这就是现今人们乐而忘返的桃花岛、怒江第一湾……而前面两座雪山联手堵截怒江的地方，则形成了一个十分险峻的关隘，据说这里才是“一夫当关万夫莫开”、连神仙也难通过的地方——石门关。它就像两扇被江水冲开的石门，壁立千仞，雄踞滇关。

事实上，在丙中洛观景，只要随随便便那么一走，凝神一发呆，马上就会看到一幅极美的山水画：或巉岩峭壁，鬼斧神工；或索桥横空，水光映雪；或山花烂漫，姹紫嫣红……即便是雨中，那奔来眼底的山水泼墨，也可和大师级的国画杰作相媲美。

此行之际，正值云贵高原天干地皱，草黄水枯，大旱百年未遇，人们盼水望眼欲穿。可在丙中洛，春水碧于天，春雨细如丝，空气清新而湿润。我去普化寺参观，便是光着脚板，蹚过溪水冒雨前行。沿青石板铺就的山路拾级而上，淙淙清泉就在路边的沟壑里“随便”流淌，清纯明净。方圆八百里的丙中洛，山林间成排的瀑布汇成水帘，田园里网状的溪流自由流动，高坡上成群的泉眼喷薄欲出，这里是水的世界，这里的水全是纤尘不染、甘洌清纯的“纯净水”。

丙中洛年轻的大山血脉通畅，碧罗雪山靠近怒江的这一边，郁郁葱葱，毛茸茸的植被像富有质感的漂亮的怒族织毯，覆盖在群山之上；而向西靠近澜沧江的那一边就只见光秃秃的山峰了，据说那是文明过度侵入的结果。

丙中洛人还告诉我，在他们的心里，一滴水、一棵树、一块石头、一个山洞……全都是神圣而有灵性的。原先，在丙中洛南面的贡当神山上，有一个神奇的接水洞。每年三月十五，这里的各族民众都要到洞里接圣水。接水洞里平时并不流水，可接水的人来了，水便汩汩而出，迎接接水的人；人走了，水还会潺潺地流一阵，作为相送。人来水流当然是吉祥的好兆头。接水仪式十分隆重，从三月十四起，喇嘛就在洞口烧香祈颂，千余名群众只在对面山上磕头礼拜，不焦不躁地等到第二天，才七八个人一组，有序地分批慢慢进洞接水。就连信天主教或基督教的群众，这一天也会来接水。

神洞上的石头，据说是一种昂贵的羊脂玉石。玉石引来了贪婪的外乡人。一个外省商人，不知打通了什么关节，跑到丙中洛来，不顾当地乡民的反对，就在接水洞埋了十八吨炸药，要开采玉石。

丙中洛人心痛得彻夜难眠。一日傍晚，他们遥望接水洞，忽见洞口亮光一闪，从洞里飞出一匹马、一条龙。它们在夜空中一直向北，飞到了石门关旁边的仙女洞里。

人们痛惜的心总算有了一些安慰——天马和神龙知道有劫难，终于飞走躲开了。

爆炸声起，石块四散飞溅，可贪婪的开矿者没有找到任何有用的玉石。结果老板宣布破产，相关领导也下了台。丙中洛的群众倒是心中释然：本来嘛，神山就是不能动的。宝贝早已随天马神龙飞走了！

从此以后，每年的三月十五，人们就都自觉自愿地到石门关那边的仙女洞去接圣水了。为了验证丙中洛人的说法，离三月十五还有一个多星期，我就迫不及待地邀朋友们一同来到了仙女洞。

仙女洞里干燥闷热，我把路上采来的野花恭敬地放在洞里的石板上，献给仙女。

献了花，洞里没见水。到了三月十五，就会有水流出来吗？我心中暗暗存疑。

陪我来的当地朋友异口同声地说：要祈求、要称颂、要诚心，就会有水出来了。

我笑了："你们谁会念颂词？"

大家纷纷摇头，说普化寺里的喇嘛才会念呢。

我说，我来吧。

他们不信。

如果说，在怒江激流的呼啸声中，丙中洛是一朵酣梦不醒的睡莲，那么我的故乡，则是怒江上游的另一朵莲花。从丙中洛溯流而上，翻过梅里雪山，越过乃塘草原，蓝天下有一处出淤泥而不染的圣洁清净之处，那就是我从小生长的地方，我生命的维系之根。在那海拔4000多米的那拉神山下，在四季不凋的苍茫林海里，5岁，我就披上僧衣，走进家庙，成了一名学佛的僧童。自此，母亲温柔的怀抱，林中飞奔的马鹿，草原上活泼的羊群，都远离了我；而属于我的，是青灯古佛、难懂的经文，还有人生在世的苦难生活的体验——

那时，我经常滑过牛皮溜索，在寺院与住家间穿梭。这牛皮溜索是用竹筏载送过江的办法拉起来的，我经常被悬在奔腾不息的怒江上，看江水打着旋涡，闪着波光，不停地朝前流去；或抬头看两岸的青山，青山伸出双臂似要挽留住我，我好像还听见怒江对青山说："你是守不住我的。"

终于，我也像怒江里的一滴水，随着时代的激流奔腾而去了。时光如大漠风烟，曼舞飞扬，我在俗世已经奔波了一个甲子。羁鸟恋旧林，池鱼思故渊……如今我已到了倦鸟知返的时候，家乡的雪山草原和童年生活的情景，常常忽然奔来心中眼底……于是我禁不住操着亲切的藏族母语诵起儿时记忆中的企求大自然恩赐的《甘露颂》。在我的面前，一些钟乳石从洞顶上垂挂下来，犹如女性丰满的乳房。忽然，有人发出惊叫：“水来了，水来了！”

在钟乳石的下方，在那酷似乳头的部位，一滴清水开始渗了出来！

同行之人中早有人拿着矿泉水瓶的瓶盖去接，接住便毫不犹豫地倒进了嘴里。

我继续祈求。我说，星星会陨落，钻石会粉碎，人生也譬如朝露，但人的善意和爱心是无限的。人类文明在不断进步，就像怒江水一样奔腾向前，什么力量也阻挡不住——不仅山阻挡不住，人为的力量也阻挡不住；哪怕人在上面筑了大坝，将它堵住了，它最终也要奔腾向前——自然给了人类生存与生命的摇篮，人若昧着良知与道德，以无情可耻的物欲破坏生态，必将会受到大自然无情的惩罚……

水，流得更多了，一滴一滴，几乎所有的钟乳石都开始滴水，像母亲丰沛的乳汁，止也止不住。水是血脉，水是生命，大家欢呼雀跃，争相接水，一饮而尽。人类还想生存千年万年，唯有对大自然爱之如父母，仰之如日月，敬之如神明，畏之如雷霆才行。

泪水从我的眼中溢出。我从洞口向北眺望，翻过这个山口，翻过前面海拔6000多米的大雪山，那里就是我的故乡，我亲爱的爷爷奶奶、父亲母亲及其他亲人生生不息的地方。我不由自主地用自己的母语祈颂：巍巍的雪山，奔腾不息的怒江啊，我的家乡，我的草原，我已经感受到了你温暖的怀抱；您的孩子没有忘记您对我的养育之恩……

水，一滴又一滴，纷纷滴下，越滴越快，渐渐地连成了线，流成了瀑，哗哗而下。我的心跳得更加激烈起来；我似乎觉得自己也变成了一滴水，融进了这哗哗的水流之中，随着怒江滚滚的激流，汇入萨尔温江，然后注入大海，一起奔向宇宙、生命、物质和自然的轮回流转之中……

在丙中洛，你若是行走在茂密的森林中，满耳听到的是哗哗的松涛声；若是行走在纵横的田野里，满耳听到的是叽叽的鸟鸣声；若是行走在翠绿的山谷中，满耳听到的是潺潺的流水声；若是行走在村寨的小路上，满耳听到的是此起彼伏的牛羊叫声。这里充满荒情野趣，全无雕琢痕迹；这里空气清新甜美，全无浮尘雾霾；这里天空蔚蓝如拭，全无废气污染。这里充盈着质朴的美、粗犷的美、宁静的美，我看到这里，听到这里，不再恋惜摩天大厦、高速公路、霓虹闪灯、车水马龙。工业文明的物欲满足是以破坏生态环境为代价的，对城市人来说蓝天白云、清新空气、清洁的水已成了奢侈品，再也找不到丙中洛这样的“随便”。在我们广袤的国土上，还有几处丙中洛呢?

有一个发生在这里的故事让我深为感慨。多年前，一个瑞士游客住进了丙中洛乡一个叫秋那桶的藏族村庄，走时将一块手表遗忘在客栈里，过了几天清扫房间才被发现。纯朴的藏族农民怎么知道这个瑞士人从哪里来、又去了哪里。好在客栈里，人们喜欢在木墙上“发表”自己的感言，有的还表明自己的身份、地址。那个瑞士人刚好也有留言，写了他通过哪家旅行社到的丙中洛等字句。客栈主人于是在网上查到了这家旅行社在州上的办事处。他连夜赶路找到了导游，索要了瑞士游客的地址，再通过邮局将那块手表寄往瑞士。厚道的藏族农民哪里知道，这只不过是一块普通的电子表而已，其价值还不敌他寄到瑞士的邮费。那瑞士游客收到这表时，被深深地感动了，立即写来一封热情洋溢的回信，还专门买了一块瑞士名表，赠送给这个藏族农民。

丙中洛的人们，就是以自己的这种朴实无华的言行，感动着一拨又一拨的外地游客，让他们在这个多民族聚居的地方，真切地领略到“路不拾遗，夜不闭户”“一人有难，八方来帮”的优良文化传统，还真实地感受到这里的人们的纯朴、善良，以及现代人已经久违了的甚至觉得不可思议的高贵人格和优良品质。

有一段爱情故事也许更能说明丙中洛的魅力和它的包容。有四个浙江女孩子结伴来到丙中洛秋那桶旅游，住在一户藏族人家，主人叫余新民，他的儿子余贵权毕业于一所师专的体育专业，在一家发电厂打零工，是个英武俊朗的康巴帅小伙。周末，余贵权帮家里接待游客，便为她们当导游，白天领着她们看险要的峡谷沙滩，幽静的草原牧场，秀丽的高山花甸，独特的民俗风情；晚上绕着篝火跳舞，围着火塘唱歌，看着月亮碰杯。她们尽兴而归以后，其中一个女孩忽然从昆明机场打来电话，说她不想走了，她爱上了丙中洛，更爱上了余贵权。余贵权怎敢轻易接受这飞来的爱情，好言相劝，好不容易让那女孩子回到了浙江。但这个被爱情击中了心扉的女孩，一旦爱上了，就不管不顾了。她三天两头地给余贵权打电话，邀请他去浙江看看，甚至把飞机票都买好寄来了。余贵权感到实在盛情难却，只好去了浙江。到了女孩家一看，他傻眼了，原来人家是一家私营企业老板的千金，家里开了几个工厂和养殖场，连别墅都有两栋，更不用说那几辆豪华车。余贵权更不敢接受女孩子的爱了，他只请求给他一份工作，因为他想通过自己的劳动挣到钱，好还女孩子给他买机票的钱，然后挣一笔回家的路费。女孩子的父母开初也许并不十分接纳这个来自云南偏远山村的小伙子，但碍于女儿的软磨硬泡，也就给了余贵权一份在工厂里打考勤的工作，月薪5000元。余贵权也知恩图报，除了上班，女孩子家里的所有杂活都抢着去做。三个月下来，余贵权挣足了路费，先拿出2000元还女孩子的机票钱，再拿出5000元交房租，然后向女孩告辞。他对她说："我在丙中洛的全部家产加起来，还不足我这几个月挣来的工钱，因此我是不配娶你的。"余贵权可能有所不知，在这个不缺钱的富裕家庭，缺的正是他这金子一般纯粹、山泉一样清澈透明的心。或许看淡了流水般的繁华，更向往一方心灵的净土，或许这平凡的举动感动了上苍，女孩父母不仅挽留了他，而且答应了这门亲事。

这个千里结姻缘的爱情故事终于修成正果。两年后，余贵权领着美丽的妻子，带着女方父母给的50万元，回到丙中洛，在家乡开了一家砖瓦厂，又一个汉藏结合的家庭在丙中洛生了根。有人说余贵权赚大了，不仅娶了人，还得了一笔建厂的钱。余贵权则说："我才赔了呢，我现在照顾她的责任和压力重得像背上了一座山。"我在余家看到他们的结婚照时，惊讶于那照片上的一对人儿，就像电影明星一样光彩照人。

丙中洛以它天堂般的自然美景，天空般清澈的心灵，吸引着四面八方的人们。来游玩的人流连忘返，尽情释放自己的生命激情和对大自然的爱。我从丙中洛最边远的号称“美女村”的地方坐汽车返回时，我在想，过去最美的女子养在深闺，现在最美的女子养在边陲，同样最美的风景也留在了边陲。忽然有一个身材苗条、金发碧眼的外国姑娘在路边行走，身旁跟随着一对中年男女，我便停车让他们搭车随行。这姑娘讲一口流利的普通话，在和他们聊天中我得知，他们来自德国，是一家子。女孩子刚高中毕业便来丙中洛当志愿者，她的父母专程来丙中洛看望她。我问那德国姑娘为什么要来丙中洛。她告诉我，德国的青年人在受教育的过程中都有外出当志愿者的习惯。去得越偏远越艰难就越骄傲。她通过网络知道这个天堂一样的地方，便产生了浓厚的兴趣，于是就过来了。她在丙中洛的小学教英语，同时自己也学习汉语。她说，她太喜欢这个地方了，不论是这里的自然景观，还是这里的人们。她还说：“我从爱丙中洛，到爱上了中国，回去念完大学后，还打算来中国做事。”我看见这一家子那幸福满足的笑脸，深为丙中洛自豪，这个隐藏在大山中的小山乡，这个体现了中华民族团结和谐的多民族聚居的地方，不正是当代中国的一张名片吗？我开玩笑地问她：“你将来找对象会选择丙中洛人吗？”她毫不犹豫地回答：“这种可能性是完全存在的。”我问为什么，她又回答："这里的人不说假话。"我无语，心中沉思着"不说假话"这四个字的含义，是真实，是诚实，是朴实。

丙中洛并不宽敞的街道上有一家酒吧，虽然条件有些简陋，但可能比许多大都市里的酒吧更为热闹和地道。当地朋友们告诉我说，在这家酒吧里有一种舞蹈在全世界绝无仅有，名为"藏迪"，也就是藏式迪斯科的简称。那天晚上我和一些朋友在这家酒吧里首次领略到了"藏迪"的风情，中外游客和本地人济济一堂，当人们酒酣耳热、情绪达到某个沸腾点时，强劲的音乐响起，几乎所有的人都拥到一个不大的舞台上跳舞，在动感十足的音乐节奏下，有跳迪斯科的，有跳摇摆舞的，有跳霹雳舞的，有跳傈僳舞蹈"阿尺目刮"的，有跳藏族踢踏舞的，有跳纳西族的"阿哩哩"的，甚至还有在上面跳健美操的，反正人们怎么高兴怎么跳，怎么痛快释放自己的激情就怎么来。没有统一规范的舞步，只有多元纷繁的风格，没有拘谨矜持的姿态，只有豪放挥洒的激情。

这就是丙中洛的"藏迪"，一种将西洋元素、都市风情融合到本地民族舞蹈、民间文化之中的全民狂欢。"土洋结合"在这个层面上，已进入一种水乳交融的佳境。此时已没有民族与民族、文化与文化、信仰与信仰之间的差异，更没有中国人与外国人、城里人与乡下人之间的距离，大家都是快乐的人，都是丙中洛的主人，都是这个地球村的村民。一个瑞士人舞到高兴处，忽然找来一只话筒大声宣布，今晚他乐意为所有的人买单，请大家尽情地喝酒、尽兴地跳舞。但一个深圳人抢过了话筒，说，应该由他来买单，因为他太高兴了。又一个康巴汉子夺过话筒说，他是这里的主人，今晚应该由他来请所有的朋友们喝酒、跳舞。瑞士人和深圳人还在和康巴人争辩时，一个傈僳小伙子兀自找到酒吧的小姑娘交钱去了，于是这几个人都拥到那小姑娘面前，将大把的钞票塞过去。小姑娘都被挤到墙角了，她就像受到伤害那样双手捂着头，尖声说："你们都不要争了，今晚我请客，随便喝、随便跳，不收钱！"这样一"随便"，四个人就都把钱放在小姑娘面前的吧柜上，继续回去跳舞喝酒。

在丙中洛，人们总是很容易被感动，不是因为大自然天堂一样的美景，就是因为朴实无华的人们；在丙中洛，人们也总是很容易返璞归真，找到遗失许久的某些情感——单纯、自然、善良、仁爱、宽容，以及朴素的信仰；在丙中洛，人们也很容易学到许多从书本中学不到的东西——人和人如何平等相处，文化和文化如何和谐相融，民族和民族如何共同发展，信仰和信仰如何相互尊重。关于这些到现在还困扰着我们这个星球的重大课题，社会学家、人类学家、宗教学家、历史学家已经撰写了汗牛充栋的学术论述，但依然没有解决地球上的贫富歧视、宗教争端、民族冲突、文化纷争以及战争的阴霾和烽烟。而丙中洛的人们，用他们最普通的生活，用他们最平凡的智慧，用他们最善良的内心，用他们最真诚的笑脸，无言地告诉我们很多、很多……

大理风花雪月

一

大自然创造了有感知、能思考的人类，先民们敬畏自然，崇敬自然，选择在最美的自然环境中生存。大理白族自古以来生活在四季风景如画、美丽多姿、艳丽迷人的自然环境中。

唐初，在大理洱海地区，同时出现了六个较大的部落，史称“六诏”。公元737年，南诏在唐王朝的支持下统一六诏，建立南诏国地方政权，臣属于大唐。宋代，段氏建立大理国，臣属于宋。元初大理设立上万户府和下万户府，相当于今地州一级机构。大理，曾是云南政治、经济、文化中心。山水是美妙的伴侣，苍山洱海珠联璧合，奇妙之极天下少有。大理风花雪月，四时有奇葩，百里飘幽香，这里是旅游观光、寻山访胜、科学考察、休闲度假乃至终身宜居的仙境。

风花雪月是大理的金牌。讲好这个故事，擦亮这个品牌是宜早不宜迟的大事，及时缝上一针可免将来缝个九针、十针。宋邵雍《伊川击壤集序》中有这样一句话：“虽死生荣辱，转战于前，曾未入于胸中，则何异四时风花雪月一过乎眼也？”这里风花雪月指的是四季的自然景色。《西湖佳话·孤山隐迹》中有：“惟以风花雪月，领湖上之四时。”当然以后《水浒传》《儒林外史》《喻世明言》中常用“风花雪月”，但那是指华丽的诗文言谈和男女欢爱的风流韵事。而大理以风、花、雪、月来形容美景，真不是借来的、抄来的、引来的，更不是舶来品，而是在大理本土流传了千年的谜语诗：“虫入风窝不见鸟，答是风；七人头上长青草，答是花；细雨下在横山上，答是雪；半个朋友不见了，答是月。”著名作家曹靖华20世纪60年代初对大理风花雪月四景赋诗一首，对仗工整，其中点出“下关风、上关花，下关风吹上关花；苍山雪、洱海月，洱海月照苍山雪”。

我上学在北京、上海，工作在拉萨、昆明，过早地脱离了泥土中摸爬，花草中打滚，河水中洗浴的大自然滋养。人是自然的产儿，但总想改造自然，入世深似一天，离自然远似一天。无法收敛的城市现代锋芒，已经让大多数城市都变得像多胞胎，彼此间竟然如此相像。大自然创造的人间仙境，风花雪月引出的动人故事，祖辈留下的名胜古迹，使大理成为绿色城市、自然城市、文化城市，但并非完美无缺。由于工作的关系和对大理的眷恋，我15年去了大理30多趟，给我留下印象最深是下关的风乐、上关的花语、苍山的雪景、洱海的月色。

二

风是什么，有人说是上帝的呼吸，魔鬼的诅咒，还有人说是人间的幽灵。风既有暴风、狂风、寒风，也有暖风、晚风、清风，还有春夏秋冬的四时风、东西南北的四向风。风是自然现象，是大自然不可或缺的组成部分，它给人类带来灾害，却把人锤炼得更加坚强；它给人类带来愉悦，也把人培养得悠闲自然。

我在西藏遇到过狂风，突起的大风，呼啸着、吼叫着，弥漫高天，以排山倒海之势袭来，横扫原野。羊群被风从山坡上卷着跑，大树被风连根拔起，地上的沙石、牛粪被风挟着吹向天空。尖锐的风可以调转，可以旋转，把大街小巷打扫得干干净净，还扯着人的衣襟，摘去人的头巾，将沙石射向眼睛。

要说大理下关的风，那可叫风乐。我第一次到下关，打开车窗，扑进来的是温暖、清新、柔和、微带芳香的风。晚上住进酒店，从门缝窗隙吹进来的风呼呼作响，开始觉得似春风絮语、雪风夜曲，后来觉得这风似有乐感，像笛声、琴声，又像是鼓号声、摇滚声，这些风声像流行音乐，而不是古典音乐，不知不觉让人进入梦乡。走在下关的大街上，风始终伴随着你，寸步不离，把自然生长的、人工种植的各种树，吹动着、摔打着、摇晃着，树叶任随撩拨，树枝任随弯腰，甚至花草任随俯仰。这时我才感觉到，只有风才使植物吹奏起音乐，不同的树木发出不同的声音，杨树的尖啸声，柳树的低吟声，榕树的怒号声，声声合为美妙的旋律，使男人心中烧出火来，使女人眼中沁出泪来。

下关的风里还带着一些新翻的泥土的气息和路边花圃的清芳。下关的风四季不断，神鬼莫测，古代民间因此产生了很多神奇的有关风的传说故事。有一个故事说，位于下关的斜阳峰住着一只白狐狸，她爱上了下关的一位白面书生，狐女和书生相爱相恋。住在洱海主宰婚姻的法师不许他们结婚，硬把书生带去洱海，投入江中。美丽的狐女为营救书生，去南海观音山借来装在大罐里的风，回到下关，把罐子打开，对着茫茫的洱海吹，想把洱海吹干救出自己心爱的人。以科学解释，苍山十九峰太高，挡住了东西两面的空气对流，而靠近下关斜阳峰下的山谷中，一条江水波涛汹涌，穿峡而出，直奔下游的澜沧江，这又深又窄的峡谷是下关唯一的空气对流之处，因此风扬天撼地，正对着大理平川的下关。下关的风为东西向，自古下关的房为坐北朝南，才说下关的风不进屋。据说古时候，住在这里的人们在屋顶上安上风向标来测风向，为人们揭示了南北方向的概念。

当今下关农田少了，树木少了，高楼多了，汽车多了，房子间的距离近了，人们辨别风向的能力也减弱了。不过还好，毕竟是大理人民看惯的海景、山形、云影，他们超生命地热爱大自然，朴素的崇敬自然的感情，决不会使大理在发展中堕落、在科学中愚昧。最近去大理，秋风拂面，令人心旷神怡。下关的风在纵立的高楼上空不动声色浩浩荡荡地行军，大地上能听到一股微微的鸣声。下关的风也在那些狭窄的街道，宽阔的马路间穿行，将那些纸屑落叶吹得飞舞。在大理风馆，一位老人告诉我，读熟风向的大理人，永远喜欢风，动物是顺着风向活动，人不能逆着风向而行，只要人不凌驾于自然之上，风就不会停息。

三

花是什么，是大自然献给人类最美的爱。女儿在音乐会上获奖，母亲送一束鲜花；儿子留学回国，父亲送一束鲜花；男女相爱，互赠一束鲜花；生日桌上的蛋糕旁，一定也有一束鲜花。一个人从始至终都由鲜花陪伴。大理人特别喜爱花，有人称，家家有花园，村村有花圃，人人戴花帽。著名作家曹靖华说，大理花多，园艺家定不出名字来称呼；大理花艳，美术家调不出颜色来点染；大理花娇，文学家想不出词句来描绘。

我第一次到大理，去了一趟朋友家，三坊一照壁，庭院清幽，刚到门口就闻见一股细细的清香。院子里长着绿油油的青草，围着四周繁花盛开，红的、白的、黄的，星星点点的蓓蕾，簇簇怒放的鲜花，似乎摇曳着向我微笑。就在二楼的过道上，也摆满了干净整齐的花盆，傲慢的菊花、激情的月季、甜蜜的牡丹花、幽静的水仙花，真是万紫千红、百花斗妍。这不是一座普通的庭院，是花点缀成的乐园，令人流连忘返。

我们处在一个追求美的时代，花是美的，它带来了友谊与和平，友谊不是生活的装饰品，友谊是一种快乐，一种幸福，一种力量，一种艳丽的花。如果友谊是花，那得用忠诚去栽培，用热情去灌溉，用宽容去护理。

大理上关的花各有其象征意义，它们是在特定的社会条件下形成并逐渐传播，为大众所公认的花语。上关有个花树村，村子不大，但有一棵奇异的植物，取名“十里香”。天上的阳光、空中的风雨、大地的泥土把它养得像树一样挺拔，像花一样艳丽，人们给它取名为花树，村子也因其得名。据说这棵花树是仙人吕洞宾在唐代栽种的。平年开12瓣，花大如莲；闰年开13瓣，花大如杯，颜色黄白相间。一般花先长叶子，后开花；而花树先开花，后长叶。一人多高的花树迎着微风，披着露珠，顶着日光，入夜时含苞未吐，待天亮时花蕊怒放喷芳吐香。公元1639年，正是崇祯十二年，徐霞客专程前来观赏上关花。他在游记中详细记载了对上关花的观感："花开香味远甚，土人谓之十里香，则省中所未闻也。"

历史上，上关的花名满天下，十里八街、省内省外的达官贵人和名流豪杰成群结队前来观赏，当地百姓又腾出房子，又拿出肉粮招待。一个白族青年看到人民不堪忍受沉重的负担，一个黑夜把上关的花给砍了。据后人考证，这里所说的上关花就是木莲花。要说大理是花的海洋，也不会太过，花店、花铺、花园、花圃无所不在。这里野生的花卉67种，大理特有的13种，光野生杜鹃就有40多种。在大理，人们用花来表达某种感情，栽一株杜鹃花，怀念家园，祈愿家庭和谐；用花来表达某种情操，摆一盆山丹花，寓意意志坚强，勉励战胜困难；用花来表达一种爱情，送一束玫瑰花，表示求爱，祝愿永葆青春；亲朋远行，送一枝百合花，惜别中含有一路顺风的祝福；老人祝寿，送一盆兰花，喜庆中含有益寿延年的祝颂；节庆聚会，云南的八大名花，各展风采。上关的花，大理的花，朵朵迷住了我的心。

四

现在居住在城里的人，不容易见到山，但是住在大理城里的人背靠苍山，面对洱海。青山抱绿水，湖光映山色，像一幅规模宏大的山清水秀长轴铺展在大地上。背后的山叫苍山，山不高，峰多；苍山十九峰，峰不高，雪厚，沟壕塞满积雪。苍山属于滇西北的横断山脉，起源于剑川云岭山的南端，延伸至下关的西洱河，从北至南绵延50多公里，平均海拔3000多米，十九座山峰陡升上云，却又互相接连，互相掩映，互相衬托，有的雄伟，有的俏丽，有的幽邃，有的粗犷，形状不同，各有各的英姿。当所有山峰银妆玉簇、白雪皑皑的时候，苍山像一条白色的巨龙蜿蜒着，起伏着，展示最美的风采。雪是什么？空气中的水汽在零摄氏度以下的气温中凝结而成的冰晶就是雪。自古以来，雪是大自然的娇儿，以她素洁的灵魂、高贵的气度、迷人的姿色、神奇的变化，博得人类的钟爱。

苍山的雪景也有动人的故事。相传在古时候，有一群瘟神跑到大理坝子，抢劫百姓物品，宰杀当地畜群，瘟疫很快在平川传播，十人得病九人死亡。看到这残酷的场景，一对白族兄妹去南海观音山学习法术。兄妹俩学成归来，使法将瘟神赶到苍山顶上，为了使它们永不复生，妹妹变成雪人峰，傲立山顶，让苍山之冰雪冻死瘟神，永远镇住。我生长在雪域高原，从来爱雪，我曾爬苍山看雪景。在山顶，洁白的雪花像粉碎的沙粒互不粘连，悄然无声地撒落在闪着银光的雪地上。我站在挂满冰柱的断崖旁，一脚踩上去就陷下半尺来深。看远处，一排冰封的山峰连接起来，个个像身披银盔银甲的武士。再仔细看，有的像伞顶，有的像尖盔，有的像斗笠，各有装束。突然山背后腾起一片雪雾，乳白色的，灰暗色的，浓度越来越大，冷风疾速地推向前行，逐渐笼罩着山顶上空。接着，风呜呜地吼起来，凛冽的冷空气夹着飘来的大雪花，劈头盖脸地落下来。远处的山峰，近处的断崖，都躲藏在一片雪帘雾障里。不久雪雾渐渐消散，阳光从薄云后透射出来，散发出微热。一触即发，那融化的雪水，从高悬的山巅，从峭壁断崖上飞溅下来，像千百条闪耀的银练。苍山十九峰，有十八条溪水顺着山势，不分昼夜，泛起微波，荡漾涟漪，向着广阔的大理平川奔流，滋润着鲜花盛开的大地，最后进入洱海。绕着苍山走，常常被溪流拦住去路，但阳光下看着活泼的溪流闪着银色的碎光，听着哗哗的流水声，如歌如诉，飞练泻下，愉悦的心情像盛开的美丽花朵。

苍山令人目眩神迷的奇丽景象还有曼舞轻飘的横云玉带，千变万化的腾云百态。晴朗的天空，五十里苍山沉浸在阳光下，连绵不断的云带，既像一条白色的银河，又像一条柔绵的轻纱，也像一条飘浮的哈达，缠绕在山腰，如果一阵强风吹来，云带摇动着，轻轻地翩翩摆舞，似乎是微醉的神态。有时候，山顶布满变幻莫测的白云，云朵变化着形状，幻成各种兽形，像一条蛟龙，像一头狮子，像一只猛熊俯瞰着大地。当夕阳落山不久，苍山顶上还燃烧着一片橘红色的晚霞，霞光映照雪峰，现出一片肃穆的神色。云海被霞光染成了红色，又红又亮，又像一片片霍霍燃烧着的火焰，闪烁着，滚动着，渐渐变成绯红、浅红。我听说，苍山顶上还可以看到佛光，我去大理几次看到的是彩虹，有一次太阳已经偏西了，下着急骤的阵雨，突然雨收云散，一道彩虹横跨苍山至洱海的上空，洒下金黄色、酱紫色、淡绿色为主的绚烂彩带，衬托着洁白的雪山。

五

我记得《红楼梦》里有句话：“只见天上一轮皓月，池中一个月影，上下争辉，如置身于晶宫鲛室之内。”这似乎是大理洱海的写照。洱海占据了大理平川，总径流面积两千多平方公里，是云南第二大淡水湖。大理城沿着环湖公路，以朴质、含蓄、整齐、独特的民族风貌环绕着洱海。我感觉大理城乡村的气息多于城市，自然的风趣多于现代风味。洱海丰艳多姿、风光秀美，既有花红水碧，也有鱼跃鸟飞，既有湖的情调，也有海的雄伟。我在洱海岛上望月，洱海船上观景，洱海岸上饮茶，耳听着优美动听的洱海神话故事。这些故事多数反映着白族人民对美满幸福生活的向往和善良战胜邪恶的愿望。有一个《望夫云》的神话故事被改编为白剧，在省内外巡演，受到一致好评。

在我的认识里，洱海是大理的血，大理的肺，人血脉都塞了，心脏停止跳动，肺衰竭了，呼吸也就停止了。我有时在洱海边上走动，看到的湖面有时是碧绿的，有时是蔚蓝的，有时是银白的，这湖色的多变，绝不是污染，是洱海怕污染，万种哀愁滴下的眼泪。大自然在吁求，血肉组成的人，能冷面无情，无动于衷吗？洱海的月，圆时有如一面镜，高悬在蓝空，月光如水，月明星稀。每到农历八月十五中秋节，洱海的湖面一片欢腾，白族群众驾着木船，在洱海赏月。码头上锣鼓喧天，木船上挂满彩旗，船头上摆着一甜二苦三回味的三道茶，还有大理特有的风味小吃和月饼。青年男女身着白族服饰，唱着白族民歌，清淡的月光洒在他们脸上，清冷的湖水溅在他们衣上，湖风阵阵拂面，空气中洋溢着鲜花的幽香，每人都怀恋着祖先留下的故事。

白族何时起在洱海观月，各说不一，但有一个故事白族人尽人皆知。天宫中一位善良美丽的仙女，羡慕人间自由择配的婚姻、美满幸福的生活，她下凡到洱海边上一个风景优美的渔村，和一位善巧能干的渔民成了婚。仙女为了洱海四周的渔民能打上更多的鱼，过上丰衣足食的生活，就把自己从天宫带来的万能宝镜沉入海底，把鱼群照得一清二楚。后来时间一长，那宝镜在海底变成金月亮，放着光芒，照着世世代代捕鱼的人。的确，洱海的水产资源十分丰富，光鱼类就有30多种，特有的17种，珍稀的弓鱼、油鱼在别处的餐桌上是很难见到的。在大理，没有月亮的夜晚是沉重的、寂寞的、孤独的。无论月圆、月缺、月残，只要万里无云的天空月亮一露面，满天的繁星就惊散了。地上的人们总在说“月亮代表我的心”“举杯邀明月”“明月挂中天，相思骨肉情”。沙漠上空的月亮是鲜红的，草原上空的月亮是浅绿的，而湖面上的月亮是皎洁的，我心中的月亮是纯洁的、诚实的。从湖心，从岛上，从岸边，传来一阵阵鸟类的合唱，随着下关的风在水面上震荡。洱海浪静波平，茫茫一片，赏心悦目，湖面平展如镜，映出苍山雪峰的倒影，活像几条并排的银色巨龙盘踞在湖中。这时再飘来带着山林气息和花草气味的上关花香，那真叫人如醉如痴。

风花雪月，山水云月，大自然既简单又复杂，以自己博大精深的内涵，编织着大理，赋予大理太多的美和爱。大理人的回报也只有一句：不能在叛逆自然中自掘坟墓，而要在大自然中和合万世，颐养天年。

巴拉格宗记

从地图上看一目了然，大自然造就了这天然的不可思议的峡谷。从迪庆藏族自治州州府所在地香格里拉市出发，沿着214国道驱车四十分钟，车头往北一调，钻进高耸的峡谷山门。

这峡谷纵深三十多公里，两边群峰陡峭挺拔，犹如斧砍刀削。山连山、山叠山、山上有山，山峰插进云端。山与山又互相接连，互相掩映，互相衬托。千姿百态的峭峰，有的雄伟，有的俏丽，有的粗犷，有的幽邃，各有各的英姿。白浪滔滔的岗曲河，被驯顺地限制在深山峡谷，宛如银色的带子，奔腾不息。河水清澈、碧绿、渊深，山顶上的雪洁白无瑕。两岸的坡沟被植物覆盖，防止了泥沙的流失。河水碰到拦路的礁石和危崖，便聚起巨大的浪头，好像一条狂怒的巨龙，挣脱封锁，勇往直前。当河水绕过一道山弯，随着地势的平稳，水面恢复了平静，一道道波纹，一圈圈旋涡，在水面荡漾。这里能看到河底的卵石，石上的花纹，看到沙石的闪光，小虫爬过的爪痕。又一个急转弯，河水在险滩、峡谷中咆哮着，势如万马奔腾。惊涛拍岸，冲撞着山峡，威武雄壮，蜿蜒、曲折、迂回，卷起闪光的浪花，飞速回旋的涡流，浩荡奔流的绿水，这一切让这里成为大自然创造的最理想的漂流地。

进了山门，沿着岗曲河，汽车行驶在宽敞的公路上。这公路是在山如斧削、绝壁千仞的悬崖上开出来的。望头顶见天不见日，有时见光不见天，头上是悬崖，脚下是深渊。路穿越峭壁，水帘似的瀑布，闪着银色的碎光，奏出金属的铙钹声；路依着山势盘旋，微风把云雾吹得千姿万态，群峰则忽隐忽现；路紧贴着长满杜鹃花的山坡，极目望去仿佛一直通到天上，始终往山顶展去，最后消失在白云深处；路横在山顶上，望四周，见证着大自然的伟大创造。这样迷人的景色恐怕哪儿也难见。若有个绘画艺术家，把最清静、最诱人、最梦幻的景色都描绘下来，那可能是最美的杰作。路的左边在蓝海似的天空下，佛塔山上圆下方，浑圆的峰冠不同于一般的山峰，好像是天地宇宙铸就的坛城，一切都那么对称、和谐、神秘。山顶覆盖着奇异、闪光的白雪，这是巴拉格宗群山的主峰。主峰左边是圣僧峰，像一个站立的双手合十的老僧。右边是经架峰，像一块厚重的、长方形的经书架板。这一切造型逼真，形象生动。佛塔山经常被大团大团的云裹住而不露真容，在阳光的挑衅下半遮半掩，欲盖弥彰。公路右边是散发出芳香的嫩绿的草坪，草丛中点缀着千万朵各色各样的花朵，几头牦牛悠闲自如地躺在草地上，几只雄鹰在高空中自由翱翔。往下看峡谷，就像地球裂开了缝，留下一道空隙，两边都是巨大的岩壁。但岩面上绿荫沉沉，树梢簌簌，还有一点清香。岩面上还爬满苍翠的常青藤，石缝间钻出茂盛的灌木林，山石间长出绿叶茂密、整齐庄严的树木。岗曲河在谷底仰躺着，看天空行云，反哺着大地搂抱的温软。

时空转回到四十年前。这里仍然叫巴拉格宗，面积100多平方公里，其间的巴拉村，有三十多户人家，一百六十余人，属迪庆州东旺乡的一个村子。巴拉村是个名副其实的行政村，村中的木杆上飘扬着五星红旗，村民家里都挂着毛主席画像，村委会有个木刻章子，装在村主任的腰包里。但是，这里山势险恶，交通不便，与世隔绝，巴拉人不知道外面的世界。那时巴拉村的房不叫房，叫窝，有土窝、石窝、草窝，许多窝没有窗户，都是黄土拌着草根的墙，顶棚是几根木杆上放着树枝再盖上黄泥，中间有个碗口大的通风口，屋内靠那道射下的光线照明。这里吃的是野生红荞磨成的糌粑和树上掉下的野干果，除了来客人，过节也很少喝到酥油茶。大部分人穿的是毛竹线编织的又粗又硬的外套，小孩多的家庭有一套棉布衣裳，谁出门谁穿。吃饭用的是石头锅、泥巴碗。全村有四户住着两层楼的土房，窗户上镶着三块玻璃，家里还有几只白瓷碗，村里谁家来了贵客，都到这家借瓷碗。这无路可走的穷山沟，易碎的琉璃、瓷碗是绝对的奢侈品。曾经有一个寻找失踪牦牛的人，迷失了方向走到巴拉村附近，遇见了一个村民。那村民身材高大粗壮，蓬松的长发几乎盖住了脸，胡须凌乱，垂到胸前，赤裸的脚板比熊掌还粗大，身上穿着肥大破烂的麻布衣。尽管那村民脸上没有流露出恶毒、刻薄、卑劣的表情，但那人一看这模样，吓得转身就跑。回到县城，他见人就描述巴拉村人的形象，从此巴拉村多了一个外号，叫“光脚村”。县城里大人吓唬小孩常说的一句话是：“你不好好学习，把你送到巴拉格宗。”

无论黑暗与光明，富裕与贫穷，在村里村外，巴拉格宗人有个共同性格：讲志气，讲义气，也讲诚信。20世纪70年代末，由于贫穷加天灾，巴拉村树木枯黄，地皮干裂，牲畜断奶，食物自然不多了，所有的人备尝饥饿的滋味。小孩们看到一杯牛奶，用贪婪的眼睛盯着，嘴里垂涎欲滴。大人看到一袋土豆，强烈的食欲在肚皮里翻滚。全村的食品都由几个长者统一分发，或多或少保障每个人的生存。分发食物的长者反而捏紧拳头，空着肚皮，咀嚼草根。几年之后，巴拉村渡了难关，全村没有一个偷吃东西的，没有一个出去乞讨的，也没有一个饿死的。顽强的毅力可以征服世界上任何一座高峰，失败的人往往缺的是志气，而不是力气。20世纪80年代初，巴拉村的一位长者得了病，他躺在床上，不能起来，不但意识模糊，言语塞涩，还遍体似火烧，大粒的汗珠从额头上滚下来，全身筋骨都在抽动。这下急坏了全村的人，村里没有医生，村主任立即召集几个身强力壮的年轻人，砍下一棵树，用竹绳捆绑，做成了简易担架。年轻人抬着老人，在奇异的高峰间，阴森的密林中，崎岖的山道上，有时抬着，有时背着，有时扶着，日夜兼程。经过两天一夜，老人被送出大山，搭上汽车送到县城医院，不但救了命，还恢复了健康。义气是在共同的逆境中形成的，就像铁是在猛烈的火焰中坚牢地聚合一样，巴拉人懂得，没有互助，人就不能生存。

在巴拉格宗的群峰密林中，有尖耳的野兔、笨重的狗熊、灵巧的猴子、威猛的豹子，各种野兽无处不有。从前，附近乡村的猎人背着弓箭，端着地弩来打猎。一天，一个巴拉村的年轻人在一条沟谷里采野菜，他在空气中闻到了野兽的味道，地面上也看到了野兽的脚印。他正好遇上一个猎人，肩上扛着刚打下的猎物，一只猎狗像亲密的兄弟，跟随其后。他求这位猎人割几斤肉给他，许诺以后返还。那猎人二话没说，割下猎物的一整条腿给了他。十五年后这个巴拉村的人赚了钱，发了财，他四处打听寻找那位猎人。而那位猎人因为年岁大了，在家休息。一天，还情的巴拉村人前来拜访，还送来了一整块牦牛肉和一万元现金。诚信是一道阶梯，顺着走你所有的愿望都能实现。在巴拉格宗人高贵的心胸中，报恩的情感有如情歌一样炽烈。

1985年，春天很早便来到巴拉格宗。这里的春天是生长的季节，所有草木吐出了青芽绿叶；也是色彩纷飞的季节，满眼百花斗妍，芳香扑鼻。随着春天的脚步，由在省、州、县担任过要职的，被称为“雪山雄鹰”的七林旺丹率领地区交通、教育、卫生等部门组成的联合工作队来到巴拉格宗。这是传递党中央声音的工作队。二十多名工作队员背着货物，带着干粮，翻雪山，穿丛林，涉江河，来到巴拉村。他们传达的内容是，党的改革开放、发展经济的好政策；他们要办的事是，要致富先修路，决定要修一条从巴拉村到国道线的人畜通道，在村里建一所小学和一个卫生所。这喜讯使巴拉村老老少少一百六十多口，浑身蒸腾起热力，好像眼前出现了彩虹。他们满脸堆起笑容，眼里充满兴奋。

从真正意义上说，从那时起，巴拉格宗才打开山门，逐渐把视线转向外界，也开始流进外来物品，改变生活状态。工作组给巴拉村送来三件礼物：收音机、手电筒，还有座钟。这收音机既收听党中央的声音，也收听外界的发展变化信息；这手电筒不仅照亮黑夜，还指引前方；这座钟，不仅看时间，还证明时间就是金钱，要抓紧时间。不久，村里的卫生所开好了，来了一位穿着白大褂的医生，添置了血压计、听诊器、体温表“三大医疗设备”。又把一户村民的大院腾出来，盖上屋顶，摆上桌椅，村小学开学了。一位毕业于昆明某大学的老师，领着十二名学生，村子里响起了琅琅的读书声。

更激动人心的是，顺着弯弯曲曲延伸的岗曲河，沿着两山对峙的峡谷，在西面光秃秃的悬崖峭壁上，钻岩石，炸绝壁，挖土石，架板桥，垒石梯，一条宽不到一米的人马驿道修建而成。对于巴拉人来说，这是一条天路，是一条生命通道，也是希望之路。但是，外界人仍然说，“这条路是到巴拉村的崎岖鸟道”“是绝壁上留下的一道疤痕”，走这条路要过河流十二条，穿绝壁十六洞，绕急弯十八险。还说，“只有不要命的人才走这条路，要走这条路，先留下遗书。”

第一批走上这条路的交通工具是骡马。县供销社组织一批物资，赶着五匹马、三头骡子来到巴拉村。令人难以置信的是，巴拉格宗偌大的土地上竟没有骡、马或毛驴，一头都没有。历史上，他们的家畜只有牦牛、山羊，还有温顺的狗。巴拉村的人第一次看到这长着细长的四条腿、硕大的脑袋、耳尖蹄圆、头戴笼套、能背着那么多货物的动物，都惊奇地围上来观看。当货卸完，一匹马突然快活地昂头长嘶，四周人吓得全跑了。不久县政府送来几匹马给巴拉村，刚开始有的人见了马躲着走，连牵马的人，听到马打个响鼻，都扔下缰绳就跑。

这峡谷，充满山峰、悬崖、岩石，同样也遍布鲜花、林木、野草，蔚为壮观。但是这里地势险恶，交通不便，从这山到那山，看着在眼前，可中间相距几百丈的深壑。驿道通了，人可以听到驮马的铃声，但到达眼前需要半天，从这山头出发是早晨，到对岸山头可能就黄昏了。历史上，说到巴拉格宗峡谷，人们调侃“飞鸟要缩紧翅膀”“岩羊不敢快走”“猴子吓得发呆”。从这条道上，电影放映队是第二批到达巴拉村的。那个年代没有比电影更好的娱乐，没有比电影更好的教材，也没有什么比电影更适合成为通往记忆深处的通道。巴拉村的人从走村串乡的商贩口中知道有个叫电影的梦幻般的事物。县里有个乡村电影巡回放映队，但因为交通原因，从没有到过巴拉村，他们要到乡村，要么开汽车，要么坐马车，最差也是把器材装在一辆独轮手推车上推着走。现在要到巴拉村，放映机、银幕、喇叭、胶片还有沉重的发电机怎么扛上去，是一件让人发愁的事。他们只好提前派人探路，还通知了村委会。巴拉村人练就了一身攀岩走壁的本事。村里派了十五个小伙子，他们身背、肩扛、怀抱、头顶，硬是把放映器材安全送进村里。夜幕降临，全村人一个不漏，都聚集到那白色的银幕前。发电机发出轰鸣的响声，旁边一只灯泡发出红色的亮光，一位烟民忘了带火柴，拿着烟对着火焰似的灯泡点了半天，没有点燃。他用手一摸才发现这不是火。有了第一次，还有第二次、第三次。巴拉村的人个个成了不折不扣的影迷，一听说放映队来，他们提前杀牛宰羊，还要酿好青稞酒，派出专人前去迎接。尽管路途艰险，巴拉村的热情感动了放映队，常常是要多待一天，多放一次。有时非正式放映前会加放一些纪录片、科教片，与农村生活相关的作物种植、家禽饲养等影片。巴拉村的人们从电影里了解祖国和世界，看到了外部世界的精彩，借着电影的光辉，树立起坚定的信心：要走出大山，要改变家乡的面貌。

从这条道上走出了一位改变巴拉格宗面貌的英雄，也有人说他不是走出去的，他是飞出高山峡谷的雄鹰。说到鹰，我曾在喜马拉雅的峭壁上看到过鹰的巢穴。那只是一个粗陋的石坑，搭上几杆粗硬的树枝，其余一无所有。鹰的身上有种冷峻而直入人心的力量，它不留恋巢穴，不躲避风雨，它起伏振翅，只欲破空而上，以高傲、敏锐、无畏的精神翱翔在群山之上。巴拉格宗的雄鹰叫索那定珠。他的父亲白玛旺堆是个身体硬实、性情豪爽，说话掷地有声的长者。他没有见过大世面，生活苦了一辈子，只盼着儿女们有所作为。大儿子索那定珠从小体格匀称，身材高大，有一张看起来很聪明的脸，满身闪射出古铜色的光泽。他小时候在巴拉村经常听收音机，也是个电影迷。在村里上了小学，他牢牢记住了启蒙老师的一句话："贫穷不可怕，怕的是没有信念，你要有走出大山的信念。"这早熟的康巴汉子十三岁那年，一个多月里千思万想：作为长子，是留在村里照顾父母，还是坚定信念走出大山？索那定珠在"留"和"走"两个字的斗争中，拿不定主意。一天他闭上眼睛想了半天，好像"走"字紧贴着自己，于是抓住它，痛下决心，来到父亲面前，勇敢地说："爸，我走出去，闯个天下，混个人样，报答您。"贫穷的父亲对儿子说："好吧，你走出去，挣自己的面子吧，我帮不了你什么，只有经常祈祷佛保佑你平安。你应该开辟自己的路，还要经常想想我们。"父子何时能够再次相见？儿子是否能闯出一条自己的路？这些问号都能从父亲闪着泪光的眼神中流露出来。父亲想多给儿子一点路费，但是没有可能。他手边仅有五十元，究竟分多少给儿子，他翻来覆去算了多次，就是全部给他还觉得太少。可家里还有五个小孩，一年的生活就靠这点积蓄。母亲滴着锁不住的泪水，保持着沉默。索那定珠拿了三十五元，转身走出大门。

身着破旧但干净的藏装，脚穿只剩半截的胶鞋，索那定珠进了县城。那时县城不大，只有两条小街，但别的县城有的这里全有，尤其是饭馆、茶铺到处都是。县里最大的企业是一个木材加工厂，索那定珠在一个偶然的机会下来到这个厂。他在厂房里听见机器发出的隆隆声，看见快速旋转的飞轮，还有在轨道上自动奔跑的巨大圆木。他惊呆了，迅速找到有关领导，要在这里当一名工人。他的师傅有一张粗糙而和善的脸，那上面留下了半个世纪生活酸甜苦辣的痕迹，他对索那定珠关爱有加，想教他一门技术。可索那定珠看重的不是技术，而是机械的功能，木头的来源，销售的渠道。师傅实在按捺不住，一天一本正经地问他："你到底是来打工的，还是想来当厂长的？"

据说索那定珠后来在县城开了一个相当气派、豪华的火锅城，位置临街、食材卫生、餐具高档、环境优雅、价格合理，食客络绎不绝，节假日还要提前预约。后来他又开了县城第一家五金机械门市部，生意十分火爆。他还在柜台旁开了个茶室，无论买与不买，只要进店就可以免费喝茶、抽烟。买得多可以减价，有的小商品买一送一，买得多的客人店里派人送货。一到过年过节，索那定珠还要登门拜访大客户。在那个年代，这里运用这种商业模式的也可能只有他，他懂得信用就是资本，善用情感和逻辑推销商品。他发现这县城地域不大，人口不多，做大生意还得到大城市。于是他来到省会昆明，既做零售，也做批发；既做商贸，也做投资。再后来他的生意辗转于上海、广东。生意越做越大，名声越传越远，索那定珠赚的钱也越来越多。有人问，一个出身山沟、只有小学文化的穷人，怎么变成了一个身家过亿的富人？那是因为索那定珠遇上了改革开放，遇上了国家发展社会主义市场经济的良好机遇。当然他还有与众不同的、天生所具有的企业家的才能，他能发现新的事物，革新商业运作方式，打破常规，创新发展。

索那定珠从离开家的那天起，魂牵梦萦的是父母的慈爱教诲，恋恋不舍的是故乡的山水风情。他在县城打工，拿到第一笔一百元的工钱时，想的不是如何慰劳自己，而是如何尽快送到父亲的手里。他反复算了多次，全部寄给家里还觉得太少。索那定珠似乎感觉到巴拉格宗无时无刻不在呼唤着自己的名字，无时无刻不在召唤着自己回去。1998年，他已经是商贾富豪，在大城市里有企业，小城市中有业务，银行里有存款，还有借给他人的贷款。但他认为，他的人生价值并不是只求赚钱享受，挥霍奢侈，而是设身处地替别人着想，忧他人之忧，乐他人之乐，用他自己的话说："生命长短以时间来计算，生命价值以贡献来计算。"他逐渐明白，美丽的巴拉格宗，是金山银山，乡亲们守着金饭碗，过着穷日子。他下决心返回家乡，领着巴拉村人脱贫致富，开辟新天地。就在那一年，他把资产变为现款，回到巴拉格宗，同迪庆州旅游局协商，请来省内外的专家、学者，描绘巴拉格宗自然生态、历史文化、人文景观综合开发的蓝图。不比不知道，一比吓一跳。巴拉格宗有胜似仙境的自然风光，有源远流长的历史文化，是独具魅力的宜居乐土。专家们认为这里将成为迪庆州乃至云南省观光旅游、休闲旅游、度假旅游的圣地，是避暑、避霾、养生、养心的好地方。唯一的障碍是交通。

这近四十公里长的公路，勘探人发愁，设计人纳闷，在他们的修路经历中还没有碰到过这么险要的地形。索那定珠说："世上无难事，只怕有心人，要以上天捞月的精神把路修通。"公路修到一半的时候，资金没有了，他正发愁，自己的弟弟伸出援助之手。当初大哥前脚走，他的弟弟后脚也走出大山，闯荡天下。弟弟洛桑扎西也是一个聪明、能干、富有创业精神的人。他在外开过矿，经营过旅店，做过贸易，同样赚了不少钱。他也始终不忘家乡的父老乡亲，无论走南闯北，内心总是充满对家乡的眷恋。在哥哥精神的感召下，他既帮哥哥解难题，也为家乡做贡献，拿出了三千多万元的现款。公路通车那天，巴拉格宗峡谷里人潮像一条波涛汹涌的大河，兴高采烈的狂欢声，压倒岗曲河的轰鸣。山门终于被人的海洋冲破了，山谷终于被人的兴奋撼动了，处处彩旗招展，鼓声震天。川流不息的大小车辆伴着岗曲河在流动，白天山坡上挥舞着洁白的哈达，夜晚星空下挂满了五彩烟花。

如今，巴拉格宗成了当之无愧的“国家4A级旅游景区”和远近闻名的“国家级风景名胜区”。从214国道进入景区的第一站是水庄村。这个村落人口很少，每户占地两亩多，石头围墙，三层小楼，后头是菜园，前边是花园，屋里木质地板，还铺上羊毛地毯，天花板上挂着吊灯，那环境条件跟城里的豪宅没有太多区别。难怪每户年收入都有十多万元。这里有一百来亩平地，是峡谷间地势最开阔的地方，其间流淌着宁静、平稳的岗曲河。河的左右，傍山临水，坐落着两栋藏式外观的五星级酒店，可以容纳八百多人。这里最引人注目的是一棵菩提树。如果说背靠石壁的黄山松，被人们赞赏为迎客、送客、望客的象征，那这棵菩提树是自然、历史、文化的象征。据说，它不是人工种植的，是自然生长的，树龄有一千多年，传说故事可以编一本厚书。它的根沿着笔直的悬崖生长，茂密的枝叶像巨大的蜘蛛网爬满了岩面，覆盖了整个悬崖，就像是披着绿装的古代城墙。从树腰伸出一只五个指头伸直的“手掌”，紧紧地贴在石缝间，牢牢地抓住悬崖，怕树根倒下似的，这是峡谷中令人目眩神迷的奇丽景象。再往上走一公里路，便是雪山音乐节广场。两岸青山、一条河流，用石墙围起的露天剧场，可容纳六千多人，绿色的椅子排列整齐，每到音乐节开幕之时，身着盛装的听众座无虚席。大自然和音乐紧密相连，鸟儿的啼鸣声，流水的淙淙声，微风的吹拂声，树枝的摇曳声，都可能是美妙的乐声。我坐在索那定珠的身旁听着音乐，他是歌迷，也懂音乐，写过歌词。这雪山音乐是心灵的语言，曲调是撩拨感情之弦的阵阵和风。当听到歌曲《无边的巴拉格宗》时，我感觉到音乐是上苍的一种语言，讲述的是人们心灵的隐秘，歌声如同明镜，反映出那些曾经的忧愁与喜悦、倩影与幻想的画面。我感到每一个人的歌声里，都传出了令所有观众心灵为之震颤的力量。

汽车在公路上继续盘旋、绕弯，来到一个神秘莫测的树林里，一根根竖挺着的老树，抖动着即将飘向空中的残叶，一株株盘根错节的新树，柔嫩的树干长出鲜绿的叶子。这里有个年代久远的古迹——度母佛殿。三层高的佛殿红墙、黑窗、金顶，精巧别致，里边供奉着一千尊面容慈祥、美丽端庄的度母塑像，藏经阁里摆放着三百部全套《大藏经》。据传说，巴拉格宗还没有人类居住的时候，西藏佛教圣地桑耶寺的主持莲花生，派了一位度母来到森林茂盛、树冠相叠、百花争艳的巴拉格宗。她拿着一把神秘的钥匙，等待打开这里最美满、最幸福的大门。在佛殿对面有座峭壁，笔直的山峰，刀削的崖面，就像苏轼诗中描述的那样："天工运神巧，渐欲作奇伟……苍崖忽相逼，绝壁凛可悸。"现在，这里架起了一公里长的玻璃栈道。你走在上面就像在天空中腾云驾雾，往下看弥漫山谷的白云还在脚下，云海间偶然露出一座突兀的危崖，一堆雄奇的山峰。云慢慢淡了，浮动着的轻纱般的迷雾，又笼罩着山谷，树木若有若无。迷雾开豁的地方，可以看到岗曲河的银光，雾的浓淡变幻仿佛海市蜃楼。

我想想巴拉格宗的过去、现在和未来。人类要有梦想，对未来的梦想，胜于过去的历史。过去是射出的箭，一去不复返，现在是过去的终结，未来又从今天开始。

香格里拉

一、蜚声海外

公元1626年春季的一天，在葡萄牙南部小镇法鲁，传教士卡布莱尔在自己简朴的尖顶农舍里，仔细地为古朴的摇椅盖上防尘罩布，轻轻地拉上所有的窗帘，走出了狭长的门廊。他要翻越千座大山，走向东方，寻找香格里拉……

公元1924年春季的一天，俄罗斯探险家尼古拉·罗列赫，把自己两层的木屋拆下来，锯成木材卖掉，戴上圆筒皮帽，来到印马斯克车站。他要跨越千条江河，走向东方，寻找香格里拉……

公元1935年，同样是春季的一天，澳大利亚并不出名的美女作家勒古斯，怀揣花了一百美元才办成的签证，来到布列瓦递港口，站在一艘巨大木船的甲板上，手里翻动着一张陈旧的中国地图。她要横跨千里大海，走向东方，寻找香格里拉……

还有来自葡萄牙的卡瑟拉，来自美国的洛佩兹，来自英国的拜勒，来自匈牙利的乔玛，来自法国的大卫·尼尔……从17世纪20年代开始，一批批来自西方、南亚、中亚的不同肤色、不同民族、不同信仰的人们，像着了魔似的，以传教、探险、游历等方式，义无反顾，前赴后继，来到群山怀抱的西藏、江河奔腾的川西、阳光灿烂的滇西北，追寻梦幻，探寻神迹，搜索奥秘。神秘美丽的香格里拉以它美妙的传说、神奇的故事、浩瀚的典籍，成了他们深邃而执着的美梦，牵引着他们的灵魂，滋润着他们的躯体，支撑着他们的生命。

葡萄牙传教士卡瑟拉为了探寻香格里拉的神迹，脱下西服，穿上袈裟，在西藏日喀则拜高僧为师学藏文。他租了一匹骡子驮上行李和生活用具，游历后藏的神山峡谷，在他自己手工装订的藏纸笔记上，用藏文、英文密密麻麻地记述了许多关于香格里拉的传说、印象。他在西藏居住了二十三年，是第一批向西方传递香格里拉信息的西方人之一。三百五十年过去了，他的尸骨至今仍躺在喜马拉雅山脚下的亚堆河畔。

1924年的夏天，西伯利亚荒无人烟的戈壁沙漠中，一支驼队疲惫不堪地朝着东方缓慢移动，驼背上驮的是生命必需的水和实现目标的魂，尼古拉·罗列赫是这支队伍的领队。他们穿越了印度、俄罗斯、蒙古、中国的千条江河、万道山梁，历时五年，行程近两万五千公里，寻找香格里拉。1930年他的专著《在香格里拉寻找新时代》出版了，并被翻译成藏文、英文、法文。

1933年，英国作家詹姆斯·希尔顿出版了轰动一时的小说《消失的地平线》。没有到过中国的希尔顿能写出如此精彩绝伦的小说，还能打动被战争阴霾笼罩着心灵的西方人，是因为这本生动迷人的小说既具有东方神秘色彩，又向人们描绘了一个宁静祥和的香格里拉王国。希尔顿从未到过中国，他何以能营造出一个遥远的东方理想王国？是因为从19世纪中后期到20世纪前半叶，外国传教士和探险家就开始在云南、四川等地寻找前往西藏的道路，他们中的许多人写出了大量的游历文章，在西方报刊发表，最著名的就是那个在滇川藏接合部一带学习、考察、生活了近三十年的洛克先生。他身穿藏装、喜好藏餐、精通纳西语和藏语，与当地贵族、头人、土司称兄道弟。他的许多文章在美国《国家地理》杂志和西方世界发表，曾引起巨大的轰动。在他回欧洲度假时，行囊中装着上百卷关于香格里拉传说的经文、九十多幅香格里拉的挂图、十多本关于香格里拉的笔记。这些被洛克公之于众的关于香格里拉的原始材料，触发了詹姆斯·希尔顿的创作灵感。小说是想象的艺术，希尔顿丰富的想象力飞越了时空，他从古老遥远的东方文化中，撷取出永恒的艺术素材，构思出了一个气象万千、启迪人生、令人向往的福田妙国。小说以香格里拉为轴心，塑造了一个和平绿洲、人间仙境、极乐世界、世外桃源。继而，美国好莱坞制片公司于1937年将这部作品拍成电影，美妙动听的主题曲《香格里拉》随即唱响五湖四海，风靡全球。一本小说、一部电影、一首歌曲的意义不仅是能让多少人落泪，还有它营造出来的精神气质、理想追求以及动人的故事情节。奇丽的东方文化融入读者的血脉，润物无声地将香巴拉的概念转化成香格里拉这一唱响世界、代表着祥和宁静和美满富足的理想王国意象。

在《消失的地平线》这部作品中，不知是音译的差异，还是作者有意杜撰，在佛教史上相传了两千五百年的“香巴拉”被称为“香格里拉”。1998年出版的《藏族大辞典》明确表述：香巴拉，佛教一净土名，意译极乐世界，又称“香格里拉”。其实，在藏语里，类似意思的词还有“德瓦间”，它是藏族人心中向往的极乐世界。包含着藏传佛教、东方文明、神秘地域、民族文化、纯朴民风以及精神追求的香格里拉，折服了物质高度发达、精神相对空虚，正在寻找出路的西方人。于是，在西方围绕香格里拉的佛教团体应运而生，图书出版蔚然成风，学术研究接踵而至。1971年，颇有眼光的马来西亚籍华裔企业家郭鹤年干脆借助这个美丽的传说，成立了国际连锁的香格里拉酒店集团。

二、福田妙国

在高山环绕、雪山雄奇、江河奔流、白云缭绕的西藏，最雄伟的建筑是寺庙，最虔诚的信仰是佛教，最权威的谕旨是神灵。在那些巍峨壮观、香烟飘绕的寺院中，五彩缤纷的壁画上随处能见到有关香巴拉的画面；大小经堂沿墙挂着的唐卡中，总有几幅香巴拉的挂图；神圣庄重的经书架上，随便都能翻到香巴拉的经文；满腹经纶的高僧，都能讲出香巴拉的各种传说；漫漫转经路上的许多平民百姓，也都在祈求来世转生香巴拉。要问香格里拉在何处，答案千奇百怪，光怪陆离。要问香格里拉是什么样，回答几乎不谋而合，如出一辙：那里没有贫富差别、没有嫉妒仇恨、没有疾病灾难，那里温暖如春，那里长年鲜花盛开，那里四季五谷丰登，还有满山硕果飘香，人人寿命以百年千年计算，想活多久就活多久，只有活腻了的人，才会去寻求涅槃转世。

藏民族信仰、向往、追寻的香巴拉，最早源于佛祖的指引。在两千五百多年前的印度，有一位身材高大、眉清目秀、仪表非凡的中年男子，离开富丽堂皇的皇宫，一身粗布衣，手端一个钵，独自穿越密林，踏着苇草荆棘，来到坚亚岩洞修行。沿途他看到伤痕累累仰躺在地的乞丐，骨瘦如柴匍匐在地的小孩，这更坚定了他为众生苦修、寻找生命真谛的信念，他就是佛祖释迦牟尼。他悟道之后走出岩洞来到菩提迦耶，在那高大茂盛的菩提树下禅定并立下誓愿，“不成正等觉，誓不起此座”，最终悟出四谛。他又向西行走两百多公里，来到瓦拉纳西的鹿野苑，在那四周林木葱茏的草坪上，用土石垒起讲坛，设置坐墩，第一次开讲自己的参悟之道，听讲的只有佛祖的五位伙伴。后来听讲者络绎不绝，传法如日方升，悟道如梦初醒。

大概在公元前531年左右，佛祖在印度北方恒河岸边的瓦拉纳西最后一次布道时，一位虔诚的皈依者提出了一个问题：“发自内心的贪欲私情，通过修道可以消除，来自外在的酷暑严寒、山崩地裂又能如何消除？”佛祖神色自若地说：“那我们建造一个莲花常开不谢，甘池常清不浊，林木常结硕果，田地常待收割，没有嫉恨与仇杀的香巴拉家园。”

释迦牟尼成佛后巡游各地体察民情，体验民生，他不仅对民众的疾苦了若指掌，还对农事民情无所不知，因此，他讲经善用比喻，而且许多贴切而生动的比喻都是来自农牧生活、生态环境。佛祖当时所指的香巴拉是印度北部的一个气候温和、环境优美、尚处于原始社会的小邦。以后在他的弟子中神通第一的目犍连、遍知一切的无著、修道圣明的寂天以及他们的弟子，代代在讲经、布道、传法时，常常提到令人心驰神往的香巴拉。一切解脱内道私欲之苦和外道恶境之苦的希望，都寄托于天堂般的香格里拉。

曾为三世达赖索南绛措授戒、精通文殊菩萨之道的班钦·索南查巴，在他的名著《新红史》中也对香巴拉作了详细的描述。乾隆七十寿辰时，不远万里从西藏赶赴承德参加万寿庆典的六世班禅，细读了《丹珠尔》中的《时轮经》，便撰写了学佛者必读、流传于西方的几十万字的《香巴拉导引》，活灵活现描绘了香巴拉的图景、香巴拉的状态，论述了香巴拉之路必须经历的生命旅程、生态旅程、积德旅程。而另一个立志终生建寺兴教、著书立说、专修《时轮经》的藏传佛教觉囊派高僧洛桑赤来，比较完整地解释了香巴拉的内涵外延、寻觅路线、境域状况，并将其记载于三十多本浸含着汗水的手写经书中。

公元1610年，藏地梵语学家多罗那他，从西藏翻越喜马拉雅到达尼泊尔，在西亚努的寺院、巴热比斯的佛学院收集了许多梵文记载的关于香巴拉的传说。然后，他回到西藏日喀则偏远的觉囊山沟，在以时轮教法立派的寺院里，负重致远，皓首穷经，将这些珍贵资料翻译成了藏文。应该说他是首个比较全面地翻译关于香巴拉梵文记载的藏族高僧学者。

从元朝初期著名学者曲丹绕珠搜集整理散落在寺院、庄园中的各种译经，后经嘎玛拔西的弟子，到之后历朝历代名人高僧编撰的不同版本的《丹珠尔》中，都收录了多罗那他的译文。

用汉文记载的香巴拉故事早在东晋时期就出现。出生于山西临汾，三岁便剃度为沙弥的法显，在东晋隆安三年（399），以六十五岁高龄踏上了西行出游学佛取经之路，前后共走了三十余国，历经十三年，回到祖国时已经七十八岁了。在炎热的印度马海脱，法显寻求到了佛教正法，将印度佛教传回中国，他是中国第一位到海外取经求法的大师，也是杰出的旅行家和翻译家。

此后的千年间，中国掀起了西行求佛的热潮，中国僧人跋山涉水，去印度搜寻经典，请高僧授学，睹佛祖圣迹，或邀高僧来华传法。法显的《佛国记》，玄奘的《大唐西域记》等汗牛充栋的著作，证实了自南北朝以来，印度佛教经典几乎都有了汉译本。在卷帙浩繁的经典中，我们都能看到佛祖讲述的和佛家弟子描绘的香巴拉圣境。

经过汉藏两地历代高僧大德皓首穷经的翻译、整理、传扬，一个四周雪山环绕、状如八瓣莲花、遍地黄金宝石、常年青山绿水的香巴拉王国，便成为在寺院摇鼓击钹、诵读经文时所祈颂的天堂，成为善男信女在农舍敬香点灯、祈祷祝福时的心愿，成为漫漫朝圣途中信徒顶礼膜拜的神圣净土。甚至在赛马场上，骑手在赛前的誓言中，也会祈愿像前往香巴拉那样神勇，愿马儿像驰骋在香巴拉那样腾云驾雾。在藏地，无论是刻在岩石上的祈福词，还是悬挂在雪山垭口的经幡、古老寺庙残墙上的壁画，我们都能看到香巴拉若隐若现、梦幻缥缈的身影。

三、雪域追梦

香巴拉既不是神秘消失的玛雅遗址，也不是捕风捉影的外星人，更不是虚无缥缈的尼斯湖水怪，它是圣明的佛祖和代代相传的贤人弟子缔造的独特的精神家园。它不是凡人在今生中能轻易抵达的彼岸世界，而是在佛教信众心田里萌生的极乐净土，在梦想中成真的彼岸天堂。对于在无序中生存、痛苦中生活的凡人，企盼着敲开黑暗冰封的心扉，摆脱永无止境的人生烦恼，不仅要在精神追求上抵达这一理想的境界，而且希望此生能亲身走进那所需都有、四时如春、自由正义、平等和谐的理想天国。一代又一代的藏族人追寻着、探寻着、盼望着，寻找香巴拉的风潮巡演了几个世纪，演绎出很多动人的传说。就像汉族人相信这个世界上一定有世外桃源一样，藏族人也相信在雪域高原，有他们尚未寻找到的香巴拉天国。

——有人说，香巴拉在羌塘草原北部的云雾中，那里是今日那曲北部的无人区。20世纪20年代，地处四川德格境内的帕古村，一个铁匠和一个还俗喇嘛带领一百多位乡民，变卖所有的家产，离开富饶的故乡，踏上了寻找香巴拉的旅途。那时在藏族聚居区，铁匠是人人歧视的下等人，认为他们连骨头都是黑的，尽管贵族家的门窗铁件、箱柜锁钥都是他们做的，可见了老爷小姐他们得赶紧脱帽、弯腰吐舌，要到富人家做活，得先对着大门烧香磕头，脱鞋垂手，才能进门。而还俗僧人弃寺娶妻，背叛佛祖，更是罪大恶极，同样被人歧视。他们想忏悔罪业，出人头地，当然要寻找人人平等自由的香巴拉。传说这批香客真到了“绛香巴拉”，那位铁匠打了一座无比巨大、光芒四射的金灯献给了香巴拉神王；那位还俗的喇嘛脱胎换骨，承赐仙精，当了香格里拉精舍大殿的掌灯师；其余随同而来的信众各得所需，幸福美满。

——有人说，香巴拉在冈底斯山脉主峰的隐秘处，那里是今天西藏阿里的冈仁波齐神山。20世纪末，从藏南金沙江畔的热谷里走出一群农具驮在马背、口粮背在身上的农民，又从藏东草原的玉树走出一批牵马赶牛的牧民，两支寻找理想天国的队伍在茫如山冈会合后，朝着冈底斯山进发。他们夏天找个水草丰盛的地方，支帐立灶，人畜休息；冬天来了，寻个避风挡雪的山谷，安营扎寨；春秋两季则逐水草而行。一路鞣着羊皮做冬衣，织着氆氇做夏衣，年复一年，千里迢迢，历尽苦难，一路生下的孩子长大成人，一路赶来的畜群更新换代，终于来到了巍峨壮丽、神秘莫测，屹立在苍穹之下、高踞于群山之巅的冈仁波齐神山脚下。仰望状如白色宫殿，形如白莲宝塔的雪山，使人愈发感到朦胧神秘、敬畏有加。这里被世人认为是千水之源，印度伟大的恒河源于此山，印度人民把恒河看成是通向天国的神圣水道，一生在恒河洗一次澡、喝一口水是莫大的荣幸；这里被世人认为是万山之巅，数千里绵延伸展的冈底斯山脉和喜马拉雅山脉比肩而立，冈仁波齐以它独特的峰冠耸峙于群峰之间，被国内外佛教信徒认为是天地宇宙所铸就的曼荼罗；这里被世人认为是地球中心，日月星辰皆以此为轴各行其道，往复环绕，日迈月征，天从人愿，给人间带来光明，给生命带来血脉，给灵魂带来支柱，佛教信众坚信它是宇宙本源和生命本源。这批虔诚的信徒到此，欢欣鼓舞，顶礼膜拜，许多人则绕山转经，捡到羊头大的金子，便在山下安家落户。

——还有人说，香巴拉是在喜马拉雅山南麓的峡谷密林丛中的白玛岗，那里是全国最后一个通公路的县城墨脱县。相传公元8世纪，印度高僧莲花生来到这里修行传法，他祈愿，这里将是人类最后的幸福家园，人间最美的生存乐土。他的弟子撰写经文："佛之净土莲花地，圣地之中最殊胜。"在传说中那里的树叶是自然形成的绸缎，那里的湖水是自然形成的牛奶，那里的雨水是自然形成的糌粑，那里的山谷能自然调节冷热。在地球被战争所创、生态被人为破坏之后，这里将永远是和平美满的乐土。因此，藏东、藏北、川滇的信徒香客翻雪山、穿深谷、涉江河，来到这里朝圣。相传通向极乐世界的大门隐藏在这深山密林丛中，由雄狮、精猴、猛熊、金鹿守护着。成群结队的朝圣者，对着巨门似的岩石，诵经祈祷，燃香磕头，他们渴望着眼前突然出现奇迹，关闭了千年的通天神门訇然打开。就在20世纪50年代，有一个自称是活佛的人，号称有带人到达香格里拉的神通，一些朝圣的人信以为真，跟随他扶老携幼，爬悬崖、滑溜索、蹚急流，到达白玛岗。他引着众人在通天神门前安营扎寨，白天对着山门高声祈诵，嗓子都喊哑了，夜晚对着山门磕头，额头都磕出血了。几个月过去，神门仍未打开，带去的食品吃完了，身穿的衣帽磨破了，只好挖一些野菜吃，结果食物中毒了；打一点野味吃，又被毒蛇咬伤了。这个领头的一看叫天不应，叫地无门，便趁着黑夜溜了。而那些备受折磨的信徒，在这荒无人烟的山谷里，有的饿死，有的病死，也有不少人就在当地搭起竹楼，开荒种地，繁衍后代。

——曾有一位高僧听上师讲香巴拉的故事时，问上师香巴拉有多远，上师说，说远也远，要走十万八千里；说近也近，睡一夜的工夫可走个来回。他选择了走近路，备好行装，想当晚就走个来回。可刚一出门，睡意袭来，他就把门槛当枕头睡着了。梦中高僧到了香巴拉，看到了一切美景，可是想着上师还在人间艰难地生活，便决心返回照顾上师。香格里拉神王挽留他，他仍坚持返回，临别时神王送一块石头给他作纪念，当他早晨醒来时，手里捏着一块鸭蛋大的金坨。他把金坨送给上师，讲了昨夜的梦境。上师说了一句："心诚则灵。"

——还有一位半辈子潜心修持《时轮金刚》的活佛，想亲身感受香巴拉的美妙情景，便踏上寻找香格里拉的遥远旅程。他按照六世班禅《香巴拉导引》的规则，先来到后藏扎什伦布寺，领取了通向香巴拉的签证，因为香巴拉是继过去的燃灯佛时代和现在的释迦牟尼佛时代之后，第三个幸福美满的时代——无量光佛时代，历代班禅大师又是无量光佛的化身，要去未来的极乐世界当然要到班禅大师的驻锡地领取通行证。然后，这位活佛步行、骑马、踩云、乘风，终于到了香格里拉，那里满山沉香、檀香发出奇异的芳香，满地玉砖、金板闪烁着耀眼的光芒，微风吹拂，花雨飘降，珍鸟鸣唱，人与人笑脸相迎，鞠躬谢礼，亲如兄弟。此情此景，让他联想起在家乡受苦受难的乡亲，他决定返回家乡，把所有父老乡亲带去香格里拉。可等他回到故乡，只见村头站着一个白胡子老头，一问才知道，是他的曾孙子。

——如果说以上寻找香巴拉的故事都是人神不分的时代的传说，我曾亲身遇见过一群寻找香巴拉的人的后代。20世纪40年代中期，藏北那曲的一个部落的牧民不堪忍受牧主的剥削和严酷的气候，四百多个牧民赶着牛羊，向茫茫无人区的西北方向前行。这群勇敢的人在穿越无人区时付出了惨重的代价，一些人迷途知返，打道回府；一些人则把倒毙的同伴尸体敬献天神雄鹰，继续前进。在荒无人烟的戈壁滩上，他们用锥子刺穿牦牛脖子上的血管，靠饮血充饥解渴。靠着常人难以想象的毅力，终于走到新疆南部一个叫梅达的地方。那里气候温和，物产丰富，南疆人的相貌又都是他们从来未见过的，男的英俊，黄发高鼻，女的美丽，浓眉大眼。他们认为这里就是香巴拉王国了，于是就在梅达安营扎寨，独自开垦土地，繁衍后代，他们始终保持着藏族人的传统和习俗。直到20世纪60年代，真相大白于天下，他们的一些后代才坐火车到了乌鲁木齐，再转乘汽车回乡。

寻求香巴拉的故事何止这些，还有蒙古人在卡尔其雅，印度人在克什米尔，俄罗斯人在亚特里亚，法国人、瑞士人在本土圣地寻找香巴拉的故事，都无不稀奇生动，充满传奇色彩。

四、永恒家园

先辈孜孜不倦地寻找香巴拉，是精神世界的追求，宛如童年时代未经世俗污染的心灵，崇尚大自然，敬畏生命，对一切美好事物充满向往。历经恶劣的气候，贫瘠的土地，苦难的生活，残酷的创伤，自然就会向往环境优美、土地肥沃、生活美好、平等自由的社会。现代的许多人，虽有固定居所，却安定不了心灵；虽有稳定职业，却慰藉不了灵魂；虽有不菲的收入，却充实不了精神，生活在高楼狭巷，工作在喧嚣闹市，身处在污浊环境。他们在生活中遇到的种种烦恼、不公、忧患，需要在一个安宁、公平、正义，没有世俗纷争的理想王国得到发泄和解脱。现代人更需要卸下自己肩上沉重的负荷，需要荡涤自己心灵久蒙的尘垢，香格里拉这样的理想王国，或许就是他们人生苦旅的一个休息站，甚至是最终的归宿。

于是，在20世纪，香格里拉便上演了一场“出口转内销”的人间喜剧。首先是詹姆斯·希尔顿将佛学理念、佛教理想、神话故事融为一体的香格里拉故事，以文学方式进行了艺术升华，创造了生动感人、引人入胜、赏心悦目的世俗化和文学化的香格里拉。然后，文人雅士推波助澜，以电影、戏剧、音乐、文字等方式传播，在西方世界掀起了香格里拉热，让西方人心灵的一角有了一个和平宁静、祥和富饶的世界，他们或仰首舒眉，坐而论道；或整装待发，追寻遨游。而聪明智慧的中国人看到了商机，随着观念的更新，开放的深入，需要创建新的商业品牌，香格里拉不就是现成的品牌吗？

有远见卓识的领导人提出，精神层面的香格里拉可以创造现实的经济价值；妙笔生花的文化人提出，耳熟能详的香格里拉可以创造难以估量的文化价值；老谋深算的企业老板，更是用香格里拉品牌谋生发财；虔诚的佛教徒，也希望不灭的香格里拉法愿能够指点他们获得善果的捷径妙道。在西藏以及滇川一带，《消失的地平线》一时走俏，汉文版、藏文版，精装、简装、手抄本，花样翻新，琳琅满目，熟悉或不熟悉希尔顿这本小说的人，都争相阅读；知道或不知道香格里拉含义的人，都把它当成了时尚的代名词。商标注册、地名更改、公司起名、宣传推介，都以香格里拉为噱头、为荣耀、为自豪、为品牌。一些文人学者也忙着翻箱倒柜，寻章摘句，旁征博引，热闹非凡。云南的丽江、中甸，四川的道孚，西藏的林芝等地，它们都有着不是仙境又胜似仙境的自然风光和神话传说，都有着连绵不尽的雪山，激情澎湃的河流，碧连天际的草原，宁静幽深的湖泊，色彩斑斓的繁花，以及勤劳善良、朴素真诚的人们，安宁祥和、快乐幸福的人文风景，这些地方的官员们，都争相以获取香格里拉的盛名为己任。

经过云南省各级政府的不懈努力，实干家的实证寻访，决策者的深思熟虑，2002年香格里拉的美丽桂冠终于戴在了云南的中甸县头上。我有幸面对鲜花与哈达的海洋，宣布了国务院关于中甸县更名为香格里拉县的决定，并把“香格里拉县”的匾牌交给了第一任县长。

你住进了香格里拉酒店，却并不意味着你已经找到了香格里拉。香格里拉虽然成为一个地名，写进了共和国的地图，但人们寻找香格里拉的精神追求，却远未尘埃落定。人们仍然在追问：香格里拉是什么？香格里拉在哪里？香格里拉离我们究竟有多远？就连詹姆斯·希尔顿在其作品的最后一段，对回到欧洲后再重新出发去寻找香格里拉的主人翁康威，也发出了这样的疑问："他会找到香格里拉吗？"

想到这里，吐露我的心思，香格里拉是一种文明，是敬畏大自然的文明，是友爱一切众生的文明，是人与自然和谐相处的文明，是人与人宽容礼让的文明。正如经书中说的那样，香巴拉王国的人们，不仅享有优美如仙境的自然风光和丰富的物质资源，人们还不执、不迷、不愚、不贪。

不管是已经命名为香格里拉的地方，还是正在谋划大香格里拉的地区，或是在政府的施政纲领中把香格里拉当作实现目标的区域，香格里拉都不是抓在手里的永恒金伞，而只能是为民众带来幸福、快乐、尊严的标杆。精神追求的香格里拉，世俗欲望的香格里拉，佛教理念的香格里拉，文学创新的香格里拉，现实寻到的香格里拉，都会给人平淡的生活带来升腾，就像梦能激活大脑里的潜意识一样。

有一首流传甚广的藏族歌《哦，我心中的香格里拉》，已经明白无误地告诉我们，其实更多的时候，香格里拉在我们每一个人的内心里。不同经历、不同处境、不同信仰的人，怎么看待它都行。对香格里拉的理解哪怕是虚幻的、渺茫的，甚至是迷信的，它都是人们的一种内心追求。追求在，梦就在，香格里拉也就并不遥远。一旦地球上人满为患，自然资源枯竭，环境受到严重污染，人们连一块仰躺的位置都难以找到，连一碗干净的水都难以喝到的时候，人类就会彻底失去做梦的动力与激情，那时，香格里拉也就遥远得连我们的想象都难以企及了。

昆明映象

昆明，从第一脚踏进这座城市起，我已经居住了近二十年。它四面环山，中间是一个平坝子，是云南最大的坝子，曾经是稻田万顷，现在是高楼林立。“昆明”一词源于古代少数民族昆明族的族名，他们属氐羌人后裔中的一支，族群之名派生为地名。

昆明有3万多年的人类生活史，2400多年的滇中文化史，1200多年的建城史。元代著名政治家，成吉思汗西征时的帐前侍卫赛典赤，至元十一年（1274）被派到云南建立行省，他奏请设立云南行中书省，云南首次以省级行政单位出现，行政中心从大理迁到昆明。曾经的滇国王都，南诏上都、大理东京、南明滇都，正式成为省会城市。赛典赤主滇期间，规划市镇，修建学府，大兴水利，惠及后世。五百里滇池，水源有35条河流，排泄只有一处——海口。雨季海口泥沙淤塞，湖水倒流，淹没田舍，倒灌入城。治水大军将北部九十九泉引入盘龙江，修建了被后人称为“春城头上一碗水”的松华坝。赛典赤骑着毛驴上任，一生廉洁自持，为造福百姓累死。后人描述送葬的场面是这样写的：“远近闻之，如丧父母”“号泣震野，百姓巷哭，连日不绝”。为老百姓做过好事的人，人民群众是不会吝惜眼泪的。

昆明人普遍的特点是淳朴、厚道、包容。和昆明人打交道，说话诚实而坦白，初听起来有点意外，有时突如其来的真话甚至像假话，初次相聚的信赖，像他乡遇故友。他们不去看远处模模糊糊的东西，而是认认真真做眼前清清楚楚的事情；他们不去羡慕别人的荣华富贵，也就避免了不必要的烦恼；他们不为自己制定好高骛远的目标，懂得生命只在于今天，把一代人做的事，干得扎扎实实，一代接着一代干。

昆明人爱说老乡，但他们不太提京城里的大官，也不说富豪榜上的商贾，直接说：郑和、聂耳、兰茂……是我们昆明人。1371年，郑和出生在昆明滇池畔的晋宁，从小在滇池边长大，常在湖中游泳，信奉伊斯兰教，会说阿拉伯语，聪明伶俐，机深智远。他十二岁进宫受宠，才德出众，慧能超群，被皇宫高僧道衍所召，接受菩萨戒，取法名福善。1405年至1433年，前后二十八年，他率二百余艘远洋船只，两万余名将士，在洪涛接天、巨浪如山的大海上，劈波斩浪，七次远航印度洋、大西洋，造访亚非三十多个国家和地区。郑和下西洋，比哥伦布横渡大西洋发现美洲大陆早八十多年，比麦哲伦环球航行早一百多年。郑和是第一个从滇池走向世界的昆明人，是中华民族历史上最伟大的航海家，是世界远洋航行第一人。他的航海之行没有用武力征服威胁任何一国，而是将中国的丝瓷制品、农贸产品、百工技术传播到兄弟国家，为所到之处的和平与发展贡献中国智慧。他最后一次奉旨出使西洋，返回途中，辞世于印度南部西海岸，时年63岁，赐葬于南京牛首山。郑和下西洋是海上丝绸之路的延伸和拓展，为今天“一带一路”的建设奠定了基础，我们深挖郑和下西洋的历史意义。我沿着郑和下西洋的路线走了一趟，东南亚许多国家把郑和奉为神明，立庙祭祀，立碑纪念，立馆展览，难怪昆明人引以为豪。

约五百年后，1912年的一天，昆明甬道街72号那家成春堂药店关着门，门上贴着“本店一周内谢客”的告示。那天在药店二楼的店主聂鸿仪的主卧里，随着一声清脆的婴啼，奏响了一支欢快的生命交响曲。这个孩子从小喜爱音乐，乐感十分出众，耳朵十分灵敏，这个孩子就是聂耳。20世纪30年代，日军侵占东北，铁蹄伸向华北，聂耳怀着满腔激愤创作了三十七首激越高昂的不朽作品。其中《义勇军进行曲》

是在中华民族危亡的时候，以铿锵有力的音符，发出愤怒的号角，唱出民族的心声。当时，这首歌不仅唱遍祖国的大江南北，而且经常在欧洲、美洲一些国家的电台播放。1949年9月中国人民政治协商会议第一次全体会议建议将这首歌作为国歌，同年10月1日天安门城楼上的开国大典，即作为国歌唱响。2004年3月14日第十届全国人大第二次会议通过宪法修正案，正式规定中华人民共和国国歌为《义勇军进行曲》。昆明人为此感到振奋与骄傲，把聂耳就读的学校取名为昆明学院，还办起了聂耳音乐学院。

昆明人还会自豪地提起一个人，他叫兰茂。读《中国药学史纲》，我找到了这个名字，其中有这么一句话："兰茂所著《滇南本草》对中国古代药学的发展有重大贡献，兰茂在祖国医药史上占有重要地位。"兰茂自幼天资聪颖，酷爱本草，走遍滇南，遍尝百草，采集标本，绘制图形，搜集单方，几十年如一日。后隐居乡间，采药行医，潜心著述，设馆授徒。四面八方求医者络绎不绝，他看病无论富贵贫贱一视同仁，医德高尚，名扬四海；医术高明，药到病除。省内外广泛使用的"黄石感冒片""灯盏花素注射液"就是根据《滇南本草》配方生产的。《滇南本草》成书比李时珍的《本草纲目》早142年。全书约10万字，介绍药物544种，附方600多个，有37种药物受到国外医学界的高度认可和学界推崇，并被东南亚各国所采用。兰茂的医学著作还有《医门揽要》，上卷论脉法，下卷论方症。他涉猎广泛，爱好音乐，对音乐也颇有造诣，著有云南第一部声律启蒙读物《声律发蒙》，在中国音韵史上竖起里程碑。兰茂还爱好文学，撰写了云南第一个南曲剧本《信天风月》，晚年以诗为伴，他被千秋颂扬。昆明现在还有不少兰茂似的人物，都是社会的财富，人才并不全靠培养，还靠发现与真心扶持。昆明滇池里的金线鱼赛过长白山的人参，昆明地区种类繁多、药效独特的药材是云南天然药库中的奇葩。

昆明的云，是天上流动的诗歌。我在昆明见过一次令人难忘的彩云。那是十年前，临近中秋的一个上午，从西藏来了一个党外人士代表团，我领着他们参观官渡古镇的十相自在塔。八百年前那位曾云游四方的高僧建此塔的初衷是，护佑所在的昆明，吉祥圆满，眷属和睦，夜梦吉祥，身心安康，去处通达，所求如愿。正当他们在塔前盘腿端坐，仰望天空时，忽然一位年轻人大声喊道："快看，彩云显现了。"大家仰望，只见火炎炎的一轮红日高悬在蔚蓝的天空，把四周团团块块的云朵，烧得鲜红、朱红、橘红。这时，太阳右边的一朵云轻轻地飘了过来，遮住了阳光，因为这云薄，从四处漏出来的丝线般的光线随着太阳迅速移动，强烈的光芒把分散在四周的云朵依次照亮。云是水做的，阳光透过水汽随着云层移动，毛茸茸的云层不时轻盈疏落，屈卷轮滚，飘散聚合，色彩与形状变化莫测，刚是粉红色，一下子变成了浅绿色，又变成金黄色、铁灰色、灰白色，有时几种色彩交相辉映。太阳像牛车轱辘那么大，像炼化的铁水一般红艳，迅速地在云层里窜动。代表们精神振奋，双手合十，朗朗祈颂，祝愿这彩云给昆明人带来吉祥安康。昆明的云如锦，如画，如诗，如歌，离奇变幻，灵动飘逸，有重如铅锭的乌云，有轻如披纱的残云，有巍然屹立的停云、哀哀怨怨的愁云。

昆明的花，是春城亮丽的时装。描述春城状貌的诗句数不胜数，首提“春城”者是明代三大才子之首的杨慎，最常用、最贴切、最出名的诗句是“天气常如二三月，花枝不断四时新”。翻开历史，杨慎生于四川，36岁作为“被逐罪臣”离开京城来到云南，在西山脚下，滇池湖畔住了30多年，创作了许多传世佳作。电视剧《三国演义》主题曲“滚滚长江东逝水，浪花淘尽英雄……”出自他所写的《廿一史弹词》第三段。在昆明街头，夏天可以看到穿着皮衣的行人，冬天可以看到穿着短裙的姑娘。从家家户户的阳台到大大小小的公园，从吃饭的圆桌到行车的马路，到处是花的世界，能时时闻到花的香味。挂着铜铃，驮着物品，由城里回乡的驴马，头上插着鲜花；在城郊肥沃的农田里，犁地的牛头上插着鲜花；穿着绣花布鞋，披着五彩大绸巾的新娘头上插着花，现代婚礼中迎接新娘的车队被鲜花装饰着。花是春天的颜色，春天的标志，春天的情感，春天的报告，昆明是实至名归的“春城”。斗南是全国知名的鲜花种植基地和市场集散地，这捆花今早还在昆明，中午就摆放在了北京的会议桌上；这束花早晨在昆明，晚上就在巴黎机场被送给客人。昆明花的品种太多，很多连园艺家都叫不出名字来；昆明花的色彩太艳，很多连画家都调不出颜色来；昆明花的形状太奇，很多连作家都找不出词句来描述。

水是昆明灵动的明眸。昆明是个水城，穿城而过的有盘龙江、大观河、宝象河，它还把滇池当枕头睡，怀抱着美丽的翠湖。四周山上的溪流如蛛网，泉眼如蜂窝，据说城市蓄水面积和威尼斯差不多。单说滇池，远望烟波浩渺接天河，巨浪悠悠通天地，水鸟贴着水面低飞觅食，小舟载着帆叶若隐若现；近看，排浪裹着白色泡沫翻滚着冲向岸边，带着腥味的长风清新扑面。滇池宽阔的水面，一日之内随着天际日色、云彩的变化而变幻无穷，既有湖泊的秀丽，也有大海的雄浑。

在滇池喂鸥是人生一大快事。昆明人都记得，1986年秋天，从遥远的西伯利亚飞来一群海鸥，小巧而清俊的身子，尖尖的红嘴，通体雪白的羽毛，宛如天仙，蔚为壮观，几乎遮住了昆明小半个天空。此后，到滇池过冬的海鸥逐年增多，它们一片片、一层层陆续从湖面起飞，转眼，遮天蔽日，满耳都是悦耳的鸣叫声，满天都是不停拍打的雪白的翅膀。有时它们齐刷刷地降落，漫天飞降，纷纷扬扬，像一场大雪将湖面完全覆盖。滇池大坝是昆明人亲近海鸥的最好场所，那四五公里长的堤坝，地面熙熙攘攘，人潮涌动；空中海鸥翻飞，欢声鸣叫。人们手里拿着面包、饼子，一块块掰下投向空中，成群结队的海鸥飞速地从人们头上掠过，敏捷地衔走。

“海鸥与老人”的故事，在昆明家喻户晓。一位平凡而善良的老人从大批海鸥飞抵昆明起，每年拿出自己的积蓄，买来新鲜的面包，到滇池畔喂海鸥。年复一年，日复一日，老人认识海鸥，海鸥熟悉老人，从最初的老人往空中投食、鸟在空中抢衔，到海鸥落在老人身旁、老人亲手喂。后来老人不幸去世，大批海鸥云集在老人常到的堤坝附近，飞舞啼鸣，不忍离去。好心人将老人的照片放大，装在镜框里，插在湖畔，成群的海鸥飞过来，或轻轻地落在镜框上，偏着脑袋左看右看，恋恋不舍；或在旁边上下飞舞，吱吱啼鸣。

唐、宋、元、明、清，几代的学者鸿儒、文人墨客，以雄文华章、诗词歌赋、碑刻楹联，倾情讴歌昆明的风景名胜。元代王升的《滇池赋》首次提出“昆明八景”，即“昆明元八景”。以创作“八景诗”来赞美一地的风景，是我国的文化传统。清咸丰年间，昆明平民画家张士廉作了一组《昆明八景图》，邀请文化人前来配诗题词，以诗配画，诗传画意，画展诗情，这八景流传至今。1991年，新闻媒体发起“昆明新景大家评”的活动；1992年，昆明市政府公布了“昆明十六景”，其中既有老“八景”中的古迹，又增加了新的胜景，昆明的美是天下美中的最美。清乾隆年间，布衣寒士孙髯翁180字的对联被称为“天下第一长联”，这是精神的；距市中心40公里的石龙坝电站，是中国第一座水力发电站，这是物质的。中国大部分城市夜晚尚处于黑暗中的时候，昆明的夜晚却大放光彩；中国大部分市民早餐喝稀饭、吃馒头的时候，昆明的许多市民开始泡咖啡，吃面包。

不登西山看日出，到了昆明也枉然。我曾在普陀山看过海上日出，在九华山看过云中日出，在峨眉山看过山顶日出，都各有特色，但记忆中，最瑰丽、最壮观、最难忘的一次看日出，是在昆明的西山。昆明人把西山比喻为睡美人，从城里看，西山的造型特别美，它就像一位仰卧的美人，面庞清秀，乳峰丰润，腰身细长，飘动的长发渐行渐远，最后隐藏在滇池边雾蒙蒙的天际，线条柔和优美，姿势恬静优雅。难怪明代被流放云南的状元杨升庵在西山安居度日，建于明朝的升庵祠就坐落在山下的丛林间；云游大侠徐霞客在此歇息流连，并在他的游记中细致描述了此间的迷人景色；还有传说，朱元璋的长孙建文帝从南京逃到云南，也曾在此挂单驻脚。

我在西山龙门看滇池，也是一个早晨，纵目远眺，滇池一望无际，微波粼粼。东方的云霞越来越红了，渐渐地，整个滇池和天空都仿佛着了大火似的，火红一片，水与天仿佛因大火熔化到一起，分不清界限，转瞬就在这红海深处冒出一个更红、更亮的圆滚滚的火球，越冒越高，不经意间跳出红色的滇池水面，稳稳当当搁在水上。不久，天空与水面的颜色变为橙红、橘红、粉红，太阳在云层里辐射出万道明亮的光柱，西山、滇池都镀上了一层柔和美丽的金光。看着眼前的一幕，瞬间，时间停止了，心情点亮了。

教育是一个城市的灵魂，昆明有一文一武两所名校。陆军讲武堂，共和国的首位元帅朱德委员长，南亚两个邻国的国防部长出自这所学校。西南联大，“两弹一星”的骨干力量，诺贝尔奖获得者杨振宁、李政道，众多两院院士出自这所学校。如果把文化景观作为一个城市的形象，昆明有双塔烟雨、筇竹罗汉、曹溪印月，都是历史人文景观的融会。如果把自然景观作为城市的名片，昆明有石林奇观、九乡洞天、睡美人山，都是大自然的神工鬼斧，独一无二。昆明市是一座让人不惜笔墨书写和大加赞美的城市，今天以自然、生态、气候、文化、风情作为资源底色的文化旅游产业方兴未艾的时候，昆明要拥抱宾客，拥抱世界。

牦牛颂

青藏高原以独特的地理构造、绝对的海拔，被称为“世界屋脊”；更以神奇的传说、严酷的气候和珍稀的生物，吸引着世人的目光。据说地球上现存的哺乳类动物共有四千多种，其中被人类驯化为家畜的有四百余种，只有生存在高原天地之间的牦牛以顽强的生命力，养育着智慧、善良、勤劳的藏民族，以狂风吹不倒、暴雪压不垮、严寒冻不死的气势，与日月同辉，与天地长存。

牦牛那穿越时空的明亮而坚毅的眼睛，堪称这个星球上最富活力的生命之井，永远不会被风雪覆盖，不会被坚冰封冻。

千百年来，藏地一直流传着这样一个优美的宇宙起源神话。世界伊始，天地混沌，是大鹏鸟奋力展翅分开了天和地。地上只有牦牛，它无私地献出了牛头，便有了巍峨耸立的高山；献出了牛皮，便有了广阔无垠的草原；献出了牛尾，便有了奔流不息的江河；献出了牛毛，便有了多姿多彩的花草。

布达拉宫大殿的墙壁上有一幅引人注目的古老壁画：在远方茂密的森林里，健壮的伐木工人，有的举着笨重的斧头在砍伐，有的拉着宽长的锯子在解料，地上摆满了粗大的原木，原木上描着修整记号；在遥远的采石场上，赤着胳膊的石匠，有的抡着铁锤劈石，有的用铁钎撬动，身旁有整齐的队列，肩扛绳拉一块块四方形的巨石，巨石色彩洁白如玉。那宽阔的雅鲁藏布江、逶迤的拉萨河，汹涌澎湃，一泻千里，江面上运送木料、石块的牛皮船，轻盈飘忽，有时像一支支箭，在急流险峡中闪射；有时像一朵朵云，在惊涛骇浪中起落；有时像一只只陀螺，在湍急的旋涡中打转。早在两千年前，藏族的祖先就用柳木绷起牛皮，制成牛皮船，作为雪域高原人畜渡河、货物运输的重要工具。

一千三百年前的拉萨红山上只有象征长寿如意的插在石堆上的经幡，今天坐落在这里的庄严雄奇的布达拉宫，它的建筑材料是千百年来靠人背马驮和漂泊在江河上的牛皮船从西藏四面八方运送而来的。

大海收潮，海浪退却。从海面崛起山峰，便有了冰峰雪岭；崛起原野，便有了草原、江河。绵延数千里的喜马拉雅山脉形成一堵巨型屏障，切断了印度洋的暖流，西面的喀喇昆仑山脉，北面的唐古拉山脉，东部的横断山脉，使120万平方公里的西藏高原处在四面环山的崇山峻岭之中。北部辽阔无边的羌塘草原，湖泊星罗棋布，人每天都离不了的盐就出产于此，这里是游牧文化的发祥地。南部高山间的藏南谷地，江河纵横，土地肥沃，青稞就出产于此，这里是农业文明的发源地。

在没有现代交通工具之前，西藏高原无论是终年四处可见的南北盐粮交换，还是牧民逐水草迁徙，或是庄园寺庙的建造，都要仰赖牦牛。牦牛以顽强的生命力，背负起沉重的高原人赖以生存的一切，就像为攀登高山的人准备了一个可靠的抓手。牦牛站立巍峨挺拔，行走坚定苍劲，被誉为“高原之舟”。

西藏农区的春天不是燕子轻捷的翅膀载来的，而是从健壮的牦牛披红戴花的节日开始的。解冻的冰河哗哗流动，透明的浮冰在水面上沉浮、旋转、消融，被严寒凝固的土地渐渐松软、柔美、苏醒，春之歌在群山环抱的农田里由牦牛奏响。人们按照传统的藏历择算出开播的吉日，清晨，各户农家派出代表站在各自村寨最高的屋顶，一言不发地注视着东方的天际。渐渐地东方发白，继而蜿蜒起伏的群山之间拉开金色的天幕，呈现万道金光，然后一轮红日喷薄而出。农区沸腾了，海螺吹响，铜锣敲响，人们穿着节日盛装，佩戴传统装饰，围绕牦牛，以隆重的仪式、喜庆的色彩装扮牦牛。每一头牦牛的额头上，粘贴日月形的酥油花，象征着在地球的第三极，只有牦牛与日月媲美；弯曲的牛角上，绑着五色的彩旗，象征着雪山之父赐予的桂冠；粗实的脖子上，挂上一串叮当作响的铜铃，象征咏唱古老的藏地秘史；宽厚的肩胛上，披着缀满贝壳的彩缎，象征农田万亩播出金色的丰收；下腹黑色的毛发中间，点缀着白色羊毛，象征农民的感恩之情。本来就形体高大、身躯健美的牦牛，经过这番装饰，更显得高大庄重，威风凛凛。

男人扛着木犁，妇女背着种子，人们牵着耕牛，带着食品，成群结队，唱着古老的歌谣浩浩荡荡走向田间。农田四周烧起香草，芬芳的烟云弥漫田野，犁手们从怀里掏出散发着新木清香的木碗，姑娘们端起绘有吉祥图案的陶制酒壶，第一杯醇香的青稞酒洒向空中，敬天敬地，表达对大自然的感恩；第二杯酒向木犁，感谢祖辈智慧创造的二牛抬杠技术，恩泽了千年；第三杯敬给耕牛，“今天是您的蹄印，明天是青稞的诞生”，感谢牛的耐力、牛的生命，让一个民族在雪域高原繁衍生息。

藏北高原，是空旷静默的原野，平均海拔四千多米，三十多万平方公里的土地上居住着四分之一的西藏人口。高寒的自然环境决定了人们的生活方式，在这不可耕作的土地上，游牧是唯一的出路，牦牛是所有人的生命、生存、希望的寄托。无论青草繁茂的夏季草原，还是寒风刺骨的冬季荒野，星散的牦牛帐篷移徙于天地之间。如果说雅鲁藏布江漂泊的牛皮船，曾经是一个民族动荡的居所，那么藏北高原上牦牛毛织成的帐篷，现在是一个民族安居的宫殿。随着季节变换牧场，追逐水草游牧迁徙，易搭易折的牦牛帐篷是牧民们温馨的家。帐篷有大有小，小的二百多斤，两头牦牛驮着走；大的上千斤，十头牦牛驮着走。三百年前，那曲三十九个部落的总头人，制作了一个硕大无比的牦牛帐篷，据说用了一万头牦牛的长毛，一百五十个牧民缝制了十年时间，可以容纳千人聚会。后来这一地区叫巴青宗（意为大帐篷县）。藏北牧民清晨起来，第一口喝的是从牦牛奶中提取的酥油打出来的酥油茶，中午吃的是风干的牦牛肉，晚上睡前再吃一碗稠如豆腐脑的酸牛奶。帐篷四壁堆放着盛满酥油的牛皮箱，装着青稞的牛毛编织袋，夜里盖的牛绒被，待客用的牛皮垫子，用来捆绑货物的牛皮绳，还有喝酒用的牛角做的杯子，防雪用的牛毛编的眼罩……数不清的牦牛制品，无论是宽敞的还是狭小的牦牛帐篷都是一个牦牛制品博物馆。所有牧民穿着牛皮底的靴子，春季去北方驮盐，秋季去农区换粮，早晚去草场放牧，翻雪山过草地，牛皮底鞋的足印踏出连绵深沉的印迹。

在西藏，做工考究、等级不同的官鞋，结实艳丽、各种式样的民鞋，款式独特、色彩斑斓的僧鞋，鞋底全是牦牛皮，只是厚薄、软硬有别。在雪域高原，历经沧桑，穿越腥风血雨与人寸步不离的还是那张张牦牛皮。每一座牛毛帐篷中央都立着藏式炉灶，牛粪火烧得通红，成了一块块鲜红的火球，它是雪域人间不落的太阳，温暖着祖祖辈辈的牧民。帐篷左右堆放着的干牛粪，似半圆形的棱堡，围着帐篷垒起的牛粪，像城墙的基脚，这是牧民自行置备的唯一燃料。信念的经幡总是在牦牛帐篷的顶端飘扬，帐篷北壁正中的佛台前火苗闪动、若明若暗的酥油灯，是草原人们灵魂的寄托，它用的是每天第一桶牛奶打出的酥油。这牛奶打出的酥油，滋养过多少高原女子美丽的容颜，强壮过多少高原汉子坚实的臂膀。

藏北高原，夏季闪电划过长空，连绵不断的滂沱大雨发出铿锵的金属般的声音，而纺织紧密的牦牛帐篷滴水不进；秋天，大风呼啸横扫旷野，卷起漫天枯草沙尘，有时一阵暴风在草原上盘旋，裹起地面上的飞鸟走兽，而酷似铁爪插入地壳般稳固的牦牛帐篷，安如泰山；冬季，凛冽的寒风席卷荒野，纷飞的大雪铺天盖地，一脚踩在雪地上，陷下半尺多深，冰冷的寒气却透不进厚实保暖的牦牛帐篷。以牛羊为生命，以风雪为伴侣，一顶帐篷、一群牛羊便是牧民赖以生存的全部家当，经久耐用的帐篷可以传承几代人，沿用上百年。

西藏因千百座雪山的耸峙而离太阳最近，因千万条江河的渊源而与人们最近。出行途中翻越海拔五千米以上的山口是家常便饭。在那最高的山梁上，堆放着塔形的玛尼石堆，像佛塔，似城墙，最顶上摆放着牦牛头骨，有的前额上刻着六字真言，有的牛角上挂着白色哈达，风吹日晒，不仅看不出苍凉衰颓的痕迹，反而比活的牛头还要高远，还要精神。古往今来，镌刻在藏民心底的生死轮回、因果报应的哲理，促使人们祈愿一切有生，像山峰间盘旋的鹰，向着天空越飞越高，一生比一生闪耀。路人途经这里，都会驻留片刻，以虔诚之心，双手合十，举过头顶，仰望依附平安神灵的牛头，默默祷颂一切美好的祝词，有的绕行一周，然后带着神灵的护佑和自己的祈愿静静地上路。如果说高耸云端的雪峰是雪山之神，与它并驾齐驱、白云缭绕的牛头便是众生之神。

在雪域高原，无论象征佛教的巍峨壮丽的寺庙，象征富裕的富丽堂皇的庄园，象征政权的易守难攻的堡寨，还是破旧简陋的平民住屋，门框上、屋顶上、院墙边，都安放着大小不一的牦牛骨头。藏族文化中牦牛是一种雄厚的力量、不屈的精神和神奇的智慧。藏族先民以牦牛为氏族部落的图腾，自第一个藏王聂赤赞普从天而降，成为六牦牛部落的主宰，崇拜牦牛的文化在民间根深蒂固地绵延至今。

白色牦牛是神的象征，是牛群中的尤物，给人以无穷的幻想与无限的神秘。藏族把白色作为吉祥、纯洁、温和的象征，千百年来，西藏高原是雪的世界，高原特色礼物中缺不了白色哈达，饮食中少不了白色酸奶，迎接贵宾铺的是白色毡子，欢乐节庆洒向空中的是白色糌粑。念青唐古拉、玉穷那拉，这些神山的化身都是一头白色的牦牛。有一种两耳间隆起肉瘤的无角牦牛，性格温顺、平和，体态灵巧、轻盈，是牦牛中的精品。如果是母的，产的牛奶最多，长出的绒毛最柔，打出的酥油最黄。如果是公的，也许是高僧的坐骑、主人的宠物，也许是屠宰场的首选目标，因为它的肉最嫩。战场上牛角号吹响，是冲锋的信号；歌舞中牛皮鼓敲响，是高潮的开始；屋顶上挂起牛毛旗，是胜利的象征。

浩瀚的藏族古代文学作品以瑰丽的想象、神奇的故事、生动的语言、迷离的色彩，讲述着牦牛的故事：人们杀了一头牦牛，不小心丢了一块肉，被公鸡偷去做了鸡冠；不小心丢了一只角，被犀牛偷去做了鼻角；不小心丢了一块皮，被山羊偷去做了围脖；不小心丢了一块油，被喜鹊偷去贴了肚皮。曾经有一个魔王身骑战马，督率大军，要侵入藏地，弄得百姓惊惶失措。一头牦牛临危受命，冲向魔军，牛鼻里吹着毒气，牛嘴里喷着火焰，牛眼里闪着雷电，牛身上射出利剑，四蹄腾起，快如飞箭，把敌军打得七零八落，溃不成军，最终捍卫了藏族人的美丽家园。所以，至今在藏族习俗中，人们相信牦牛朝上弯曲的锐角、洁白宽阔的颅骨能护佑善良的人们平安吉祥。

无论文化、习俗、信仰，如果没有得到人们普遍习惯的支撑，就很难延续和传承。世界上最宽阔的是海洋，比海洋更宽阔的是天空，比天空更宽阔的是人的心灵，高尚的心灵将感恩埋在心底，受牦牛恩惠的藏族人，自然激发出由衷的信仰，言语的赞美，行为的回报。在西藏那些精美坚固、暮鼓晨钟的大小寺院里，沿墙悬挂的画面生动、色彩鲜艳的唐卡上，具有深厚的佛学色彩和神秘气氛的壁画上，有扬眉怒目、狰狞可怖的护法神，瘦骨嶙嶙、形态各异的阿罗汉，神采飞扬、刚健英武的密宗神，端庄美丽、智慧安详的圣母佛，无论是铜铸的、银制的、泥塑的，还是慈祥的、威猛的、风趣的、恐怖的，个个栩栩如生。许多造型要么头上长着牛角，要么跨下骑着牦牛，要么手里挥着牛尾。佛经故事、神话传说和宗教仪式中也随处可见牦牛的形态。许多寺庙挂的《牛头明王》唐卡，画面是人身牛头的忿怒像。相传，有一位修行者很有神力，为了精进修行，选择一处山洞修行。经过年复一年、日复一日的禅定修行，在他将要达到完美的涅槃境界时，他的魂魄出离身体进入虚空中。这时，恰好一群偷牛贼偷了一头牛进入山洞，把牛杀死，你争我夺地分享牛肉，猛然看到那位修行者的身体，害怕他会泄露天机，便一刀砍下他的头颅，随手扔进了山谷。修行者虚空神游的意识回到身体，发现自己的头颅不见了，急忙寻找，可怎么也找不到。这时，死神阎魔天拿起被偷牛贼砍下的牛头装到修行者的脖子上，让他成为恐怖死神，杀死了所有的偷牛贼，还到处滥杀无辜，整个藏族地区笼罩在血雨腥风之中。这时虔诚的众生聚集起来，祈求智慧的文殊菩萨显灵，文殊菩萨化现出牛头，变化出忿怒相，降服怒火。

今天的人们对敦煌这个地方并不陌生，可从这里西行两千公里的崇山峻岭间，隐藏的规模宏大的“第二敦煌”——西藏萨迦寺，却少有人知。这里与其说是一座佛教寺庙，不如说是一座文化古城。公元13世纪80年代，距今六百多年前，全西藏的能工巧匠都聚集在这里，还请来了汉地、印度、尼泊尔的能工巧匠，大兴土木。全西藏最高学位的寺院僧人，最有学问的政界人士，最懂文化的民间艺人，汇聚在此，整理书写着浩如烟海的历史典籍。今天，一座二十万平方米的三层大经堂，储藏着十多万卷经书。这些经卷，有人说千人书写需要五十年，也有人说万人书写需要三十年，其中，最大的一部经卷两米多长、一米多厚，五个人才能搬动。这些经卷的保存，一靠雕龙画凤的优质木材板夹，二靠宽长结实的牛皮绳捆绑。捆绑这十万卷用的牛皮绳，不知用了多少张牛皮，连接起来其长度可达千里万里。在那个年代，除了牛皮再也找不出替代物，牦牛在这里是不可或缺的精神与物质的力量。

藏戏是西藏古老的传统戏剧，表演者都戴着面具，牧区的赛马节，农区的收割节，寺院的跳神节，民间的过年过节，藏戏表演无处不在，是当今世界为数不多的面具戏。其开场、高潮和结尾总有一段牦牛舞。一对雄健的牦牛出场，一个身穿羊皮袄、头戴狐皮帽、腰别长刀的牧民突然伸长脖子高喊："牦牛胜利了，天上的星星吉祥闪亮，地上的鲜草吉祥生长，吉祥的牦牛带来欢笑。"一对牦牛配合默契，舞蹈动作丰富多样，时而斗角打滚，时而蹦跳碰撞；时而安静觅食，时而嬉戏打闹。依次上场的有：红色面具，红色是火的象征；绿色面具，绿色是水的象征；黄色面具，黄色是土的象征。水、土、火是生命的源泉。至于半白半黑的面具，表示两面三刀；丑陋狰狞的面具，表示威压恐怖；花花绿绿的面具，表示阴险毒辣。据藏文典籍记载，这种牦牛舞起源于公元7世纪，公元8世纪在西藏第一座佛法僧俱全的寺庙桑耶寺落成庆典上表演过，从此，西藏重要的庆典活动中都少不了牦牛舞的表演。三百年前，当时统治者把古老、雄健的牦牛舞表演职责交给了地处拉萨河畔山水风光如世外仙境的协荣村，组织了几支牦牛舞蹈队，每逢拉萨的大小节日他们都要无偿地去演出。

牦牛的祖先是野牦牛，野牦牛的祖源在藏北。今天在西藏北部的无人区，仍然能看到几头、十几头多少不一的野牦牛群，它们在雪山和草地间行走觅食，神态安详，悠闲自在。野牦牛是国家一级保护动物，现存总数一直没有精确的统计。野牦牛是放大了的牦牛，相貌、体型、色彩与家牦牛相差无几。体重大的上千斤，小的几十公斤。相传，曾有一个猎手杀了一头野牦牛，扔掉牛头、内脏，雇了十多头牦牛才驮走。野牦牛体型高大，雄伟健壮，它的两角之间可以并排站立两三个人。野牦牛的舌头上长着尖硬的舌刺，它对侵略者的攻击不全是角顶脚踩，还用舌舔，轻则皮开肉绽，重则血肉开花，晒干的牛舌锯成方块可以用来当梳子。牛头皮子三寸多厚，晒干的牛皮被牧民用作切肉的案板，代替金属做成马鞍、牛鞍。

二百年前西藏著名游僧土巴仁青曾写下他迷失方向，误入藏北无人区，见到野牦牛的壮丽景象：广阔无边的草原，青绿闪亮的河流，心情愉快，弯下腰，捧水解渴，瞭望远方，落荒而逃的时刻到了。一大群野牦牛像乌云般从天际滚过来，仔细一看像一堵黑墙，排成列队，足有一千，可能上万。粗实的锐角像长矛朝向天空，似乎能听到从鼻孔中发出的低沉粗犷的吼声，蹄下的草地怎么能承受起群峰压来般的压力。

野牦牛生活在海拔五千米左右高寒缺氧的自然环境，它的生命被环境定格，又被环境改变，野牦牛本身就是生命在大自然中拼搏生存的见证。

我不愿意说骆驼是沙漠的怪胎，毛驴是幽默的小丑，我只觉得牦牛是藏民族的生命和希望，人骑在牛背上，就像站在巍峨的山冈。奔腾的牦牛像跃涧的猛虎，安静的牦牛像不倒的佛塔，每当成群的牦牛在高原缓缓游动，似乎脚下的群山就开始悠悠行走。

大地是生命的祭坛

人是唯一会想到死的动物，也是唯一能把死的结局创造成艺术的动物。如果能坦然接受死亡，人的一生没有什么放不下的东西。生命是人唯一的财富，活着能主宰生命，死亡能显出生命的价值。死和生一样，是生命的一个过程，是大自然的一个奥秘。在人生旅途中，死亡是最后一个面对的现实。死，其实是伟大生命在庄严地宣告：请记住，我曾经活过。

葬礼是人类现实生活和道德、文化、哲学不可或缺的重要内容。葬礼文化的历史、现实必须伸进光明的、深邃的精神天空，以指示生命的真谛、宇宙的奥旨。

藏族人祖辈世居雪域高原，世界屋脊。耸入云端的群山，终年不化的雪峰，填满沟谷的冰川，雄浑澎湃，激情高昂；雪花、雪糁、雪丝漫天飞舞，浅吟低唱。藏民族把圣洁的白雪视如洁白的哈达，象征吉祥如意。

能充实藏民族心灵的是闪烁着星星的苍穹，在这里能看到天在地的下面，地在天的中间，这块土地高得接近天堂，正是这天和地的逼仄才反衬出生命的高大卓然，也学会了对生命的无限热爱，这是雪域高原的永恒。藏族人纯洁、高贵、慈祥的心灵，使生活充满着甜蜜、喜悦、神奇。藏族最初的生命观，是人从自然中来，在自然间享受，最终回到到自然中去。全世界所有宗教都起源于对人的生死存亡的思考，是对人的肉体从现实消亡后最终归宿的解释。绝大多数宗教的生活哲学是从生到死，为了生而考虑死，只有佛教是从死到生，为了死而思考生。

藏族人不忌讳谈论死亡，因为死亡是人生的最后一次告别；不惧怕死亡，因为死亡是人生最后一次礼仪。人们接受死亡的能力，来源于对生命的认识。在藏族人看来，肉与灵犹如烛与火，人死如烛灭但灵魂依然存在，如烛火相传，生死轮回，灵魂不灭。肉体时间一长，好似破烂不堪的旧衣服，灵魂最终脱窍而出，寻找新的生命旅程。

儿童畏惧黑暗的到来，成人害怕死亡的临近，这是人类普遍的心理。藏族将人的生命过程赋予自信的智慧，对死亡赋予艺术的内涵。生死轮回文化，使死亡仅仅是通向彼岸自由之路的关口，是短暂的睡眠，是应尽的义务，是重生的开端。因此，死亡没有痛苦，没有恐惧，只有圆满。灵魂不灭的文化，为走向彼岸的人，设置了不靠神佛安排，全靠自己的因缘，寻求来世的幸福和今生的安宁。善有善报，恶有恶报，因果报应告诫人们，慈悲为怀，利乐众生，死亡是通向没有毕业的学校，为下一个自己设计生命的单程路径。死亡作为新生的过渡，哪还有什么紧张、不安乃至慌乱。

送别的仪式只是道德的责任。人生是短促，但不是一支点燃的香，而是一支高擎的火炬，把它燃烧得十分光明灿烂，把善良、真诚、大爱洒在了人间，相拥的人们以同样心思将亡灵体面、尊严地送入轮回的轨道。先走的，后来的，保持着文化的传承和脉源的延续。对先走的告别是为了记住永生的信念，对后来的启示是求永生先要活好。

藏族人送别的仪式有塔葬、土葬、天葬、水葬。在拉萨城中的红山上，坐落着雄伟壮丽的布达拉宫，这是一部古老的史诗，也是一座辉煌的艺术之宫。在幽暗、宁静的殿堂里，冒出缥缈的藏香火烟，镶嵌着灿若满天繁星的珠宝的灵塔，晶莹夺目，观瞻的人流络绎不绝。无论是金质的还是银质的、铜质的，塔内都有一尊上身穿华贵佛袍，头戴五佛冠，端坐在香料坐垫上的肉身。千年的文明，千年的智慧，使这些肉身历经千年，面部表情不变，皮肤弹性不变，经脉走向不变。能享有这种送别礼遇的在藏族聚居区不过百十来人。

在被称为藏族文化发祥地的山南泽当，能看到耸立在山头的第一座宫殿——绒布拉康，坐落在乃东平原的第一座佛殿——昌珠庙。几个世纪没被人碰触过的原野上，有一块三十亩大的农田，一条条犁沟，散发着沁人心脾的泥土气息，枯萎的草根，细碎的草牙，在犁沟间伸展、隐没，这里号称是西藏第一块农田。从这里沿着穷结河谷步行三十公里，眼前展现出规模宏大、气势夺目、风景壮丽的古墓群，方形的陵墓犹如独尊的山丘，坡形的陵墓恰似从地面直拔起来，沿着山梁步步升高，成片的陵墓与山势浑然一体，互相掩映，互相衬托，互相连接。山峦雄伟、俏丽，又粗犷、幽邃；陵墓平静、庄严，又空蒙、荒芜。这样的古墓群，在山峦起伏的藏北草原、江河纵横的贡布林区、雪峰连绵的阿里高地都能见到。历史是人类文明情形的记录，古迹是人类精神朝向的记忆，这些陵墓中的长眠者，也许是曾经雪域高原怒喝一声能风起云涌的人物。时光荏苒，岁月悠悠，这些陵墓不仅没有变成断垣残壁，瓦砾散落，陵墓旁还建起精巧别致的庙宇，无数大小不等的酥油灯伴随千年的日落月升，似满天星光隐约闪烁；成群的、独行的陌生人如同转经筒上的坠子，绕着陵墓转经、祈祷；随处可见的石堆上，焚起松柏香烟，石头总是往下落，只有火焰总是向上升腾，这也许是对先辈智慧的敬意。藏族将慈悲和仁爱作为第二个太阳，既要照亮自己，又要照亮别人；既要照亮过去，也要照亮现在和未来。这种送别仪式，已经过去了几百年，今天遗址变为风景，历史不再会叹息。

今天藏族送别的仪式还有天葬，这是人类历史中独有的、神秘的、令人震撼的、难以理喻的告别方式。如果要用最精练的语言说出天葬之谜，那就是：大地是生命的祭坛，雄鹰是天路的坐骑，宇宙是灵魂的居所。精通一切经书道术的龙树，面壁静坐明心见性的达摩，云游四方显密精通的莲花生，都双脚站在现实，眼光放在来世，传播无我的生命自然观。人以自然方式降生，以自然方式生存，以自然方式消逝；生命是自然安排的，生活是自己主宰的，不能怨天尤人，而应心怀坦荡，随遇而安，随缘生死。

大地是生命的祭坛。在藏族的生态观中，形似水晶宝塔的八座雪山构成了雪域高原。千姿百态、难以计数的雪峰、山峦、山岭，分隔着盆地、谷地、平原、草原。西藏又把上部叫阿里三围，是石山、雪山部，是藏羚羊、藏野驴生活的区域，它们与居民相伴，以轻捷活泼的姿态、聪明灵动的神气、优雅的身段、妖冶的动作，给人带来美的享受。中部叫卫藏四翼，是岩山、草地部，是高贵的猛虎、骄纵的斑豹生息区，虎豹凶猛也许会给居民带来威胁和恐怖，但大自然爱惜投入怀抱的一切有生，如果这里没有虎豹，居民多么寂寞，土地多么荒凉。下部叫多康六冈，是草滩、森林部，这里万禽齐鸣，万鸟飞翔，这里随时随地能见到成群结队的禽鸟舒展着翅膀，时而高翔，时而低回，时而落到地面喧哗，天空中充满着急促的振翅声，密林中响彻着嘈杂的啼鸣声。这三部地域，江河纵横，湖泊遍布。与岩石同寿的泉水，清澈透明，清流触石的溪水，浪花飞溅。江河波涛汹涌，气势恢宏，湖泊水光潋滟、碧波荡漾，这美景都被藏族人披上了威严神圣的面纱。神山、神湖、神泉、神庙、神石、神树，就像藏族民歌中唱的那样，“天空，彩云纷纷扬扬，那是大神小神又聚又散；大地，雪花飘飘洒洒，那是大神小神又说又笑。”碧蓝的天空布满神，迷人的雪峰藏着神，静谧的山谷住着神，连那千千万万个水平如镜的湖泊都是神的居所。

这地球的最高处，离太阳最近的雪域天界，散落着难以计数的天葬台。七百年前，西藏第一座天葬台诞生在距拉萨一百多公里的直贡梯寺。寺庙因修建在高耸入云、形似卧女的直贡山上而得名。七百年前，山上山下全是黑黝黝的树林，山在树林里，庙在丛林中，披着绿装的美人山，响彻小鸟的啼鸣声、野鸡的飞翔声。透过树叶的缝隙看四周，东面秋天红得火红的山，像是站着的观音菩萨；南面冬天白得雪白的山，像是站着的毗卢遮那佛；西面春天青得靛青的山，像是站着的金刚佛；北面夏天绿得碧绿的山，像是站着的妙音女神。据说在这四座山的周围，有锁骨、狂笑、吉祥、火焰等八大沉寂、神秘、绚烂的森林分区，夜里虎啸熊吟，白天豹吼鹿鸣，野鸡成群，羚羊结对。在崖峰峭壁的山洞中修行、在古朴清幽的密林中修炼的高僧觉巴·纪登工布，在圆寂前向世人宣布："我得到了佛的加持、神的启示，这里是进入天国而获得永生的吉祥地，要修建一座天葬台。"名声显赫的高僧觉巴·纪登工布经过长期的苦修、不断的苦练，手心结有法轮，脚心结有螺印，能识破一切幻术，能施展无比神通，成为噶举派直贡分支的创始人。当他的法言传遍雪域高原，人们开始在生命的终结时仰望着天空、俯瞰着大地、便捷地直达天庭时，远在印度的世界第一座天葬台斯白采的守护神十分感动，便派来四位身怀密法心咒、心怀顺缘福寿的仙女前来相助。四大仙女托着从斯白采请来象征守护神意志的巨石，驾着彩虹来到直贡梯寺。无畏的生命当作贡品，巨石恰似飞龙盘珠，碧瓦雕檐的祭坛，既像天上的神仙府，也像人间的帝王宫。当四位仙女准备告辞返回时，觉巴的魂灵划破天空，像一道金线越过千山万水直达印度的斯白采，恳求守护神，让四位仙女永驻直贡梯寺的天葬台，引领众生走向天界。四位仙女盛情难却，化作金刚般坚硬、鲜花般美丽的四根石柱，顶天立地、风雨无阻地站立在天葬台的四周，向每一位走向彼岸的人报谢恩泽，注目致敬。

公元762年建造的西藏第一座寺庙——桑耶寺，坐落在山南扎朗县雅鲁藏布江对岸的广阔沙滩上，寺庙背后有一座远看重重叠叠、山峰连绵，近看只有一座拔地而起、陡升上去的状如宝伞的秀山。无论文明早期的自然崇拜，原始的图腾崇拜，还是现代的灵魂崇拜，这里始终满山吐翠，百花争艳，像一个神话般的世界，令人心旷神怡。六百多年前的一天，山顶细雨蒙蒙，山腰白云缭绕，山下阳光四射，一条巨大的彩虹，闪烁着绚丽的色彩，高悬在桑耶寺青甫山的天宇。就在这一天，西藏第二个生命的祭坛——桑耶寺天葬台降落在这里。从此，一个接一个生命的祭坛，凝聚着天空的阳光、大地的温暖，像朵朵盛开的八瓣莲花怒放在西藏大地。近旁，要么是高高飘扬的五色风马旗，要么是佛乐悠扬的古寺佛庙，要么是雄伟壮丽的白塔，他们共同的美丽传说是，连接斯白采天葬台的那条金线和从斯白采飞来的那块奇石。

雄鹰是天路的坐骑。飞翔在喜马拉雅雪线之上的鹰，能听到天堂的佛乐，能看到人间的苦难。山鹰、苍鹰、秃鹰、老鹰，强壮的体型，巨大的翅膀，尖锐的爪子，是自然界的大型猛禽。鹰飞翔在碧蓝的苍穹，俯视着雄伟的山河，峻峭的山峰在它的脚下，坚硬的翅膀划过厚重的云海，横扫轻纱般的迷雾，大地上的人把它当作坚强、勇敢的象征。鹰在火红的太阳下，湛蓝的天空中，既能闪电般地俯冲，又能纹丝不动地停留，也能静静地打旋滑翔，这一神秘莫测的身影，引领着雪域高原的人寂静深邃地沉思。佛教经典中把鹰称作“婆栖鸟”，是天空中的百禽之王，无畏的鹰能解脱众生的烦恼。佛经《大庄严论》中记载了毗尸王割肉喂鹰的故事。相传，有一天，毗尸王看到一只苍鹰在高空中追逐一只飞翔的鸽子，鸽子看到王宫俯冲下来，飞到国王面前，躲进国王的腋下，国王割下自己身上的肉喂给追赶的老鹰。佛经中称鸽子是火神所变，鹰是帝释天为了试探毗尸王的慈悲而幻化的。这一广为流传的故事就像鹰在天空中盘旋时，发出的悠远、清脆、嘹亮的叫声，传遍雪域高原的山山水水、千家万户。鹰重重叠叠的土黄色羽毛，恰似披在高僧身上的法衣，藏族人把鹰视为慈悲为怀、默默诵经的比丘，是高贵、让人景仰的神鸟。西藏生机旺盛的崇山峻岭中，有岩窝、山洞、石缝，成千上万的鹰就像披着法衣的修行者，双脚当胸跏趺，身穿补丁法衣，口诵偈语密咒，打坐修行。即使烈日暴晒，乌云密布，狂风骤起，暴雨倾盆，闪电雷鸣，鹰也静如磐石，稳如铁塔。人生来的目的是不断完善，最后臻于完美。纯洁的生命像火焰一般燃烧，生死交割，披露无源无末的另一个世界，那是一座巍峨的天宫，一个美丽的仙境。鹰就像天宫派来的使者，带着你不灭的灵魂，托起你泉源般的欲望，忠诚地、有求必应地实现所有人的美好理想。两千年前的西藏象雄本教文化中，有一个鹰创世的故事。当光明与黑暗分明的时候，出现了冰霜与露珠，这冰霜逐渐变成了池塘，水面如同镜子；这露珠滴到池塘，孵化出一黑一白两只鹰，两只鹰的结合产生出无数种色彩，由此出现了生灵，产生了神灵。鹰由此被视为本教原始信仰中人神的创世之神。千百年来，在藏族人的心目中，鹰是战神的标志，力量的源泉，生命的象征。青藏高原有难以计数的鹰，几乎谁也没有见过自然死亡的鹰，传说当鹰完成使命需要消逝的时候，会朝着光芒四射的太阳，像利箭一样飞去，直到火镜般的太阳把形体融化，然后进入天国。藏族先辈传说，君王攀着天绳，高僧虹化升天，可能从这里得到启示。鹰不仅在东方是一种神秘的力量、不屈的精神，在西方同样是高贵的、威严的象征。东欧不少国家自称为山鹰之国，那皇冠上的鹰唯我独尊的神气、国旗上的鹰傲视苍穹的雄姿，无一不是崇高真理、蓬勃力量不加掩饰的表白。

宇宙是灵魂的居所。藏民族在离太阳最近的独特环境中繁衍生息，逐渐形成了自己独特的宇宙观和世界观。大小寺院悬挂的色彩亮丽、画面恢宏的《天体运行》唐卡，墙廊上绘制的极富动感、迷离炫目的《须弥山》图画，“三大寺”学经辩论、争夺名次必读的佛经《时轮经》，都讲述了远古时期藏族的天象观、藏传佛教宇宙观，以及科学的天文历算。佛教关于宇宙万物的本源除“业生成”说和“众缘和合”说外，密续部还提出了宇宙万物“生于气，住于气，毁于气”的“气生成”之说，认为“气是生命之体，神为气之能”，“气”属于物质。密法中转世的主体并非纯精神体的“灵魂”，而是元气和元神合一的金刚体。佛经《俱舍论》中提出“色界”是由物质的最小单位元子组成，而每个元子由色、香、味、触和土、水、火、风八种物质元素组成。说得明确些就是，所谓“色界”是有形有色的物质世界。佛经中提出“元子”论，起码比希腊哲学家伊壁鸠鲁的“原子”论早两百年。外观俏丽挺拔、室内宽敞明亮的藏式寓所，也体现着宇宙观。卧室、客厅沿墙画的红、黄、蓝、白、黑五色横线，象征火、风、水、土、空五种构成宇宙的元素，五色交错运行，不仅形成宇宙，也创造了众生的生命。从物质世界和动物进化到人，不仅是生命和肉体的变换，人的自然生命、内在精神喷涌出无穷的智慧，甚至有超越人的灵性与人的有限性之外的超智性。人是一种智性的存在，通过大脑闪现出自由、至高的灵魂，不朽的灵魂显示出存在的火花。灵魂是人类赋予自己的最崇高的智慧。用灵魂这个概念把自己与其他动物区别开来，因有灵魂人才有喜悦和悲伤、良知与禁忌。人在灵魂的指引下，会欢笑和哭泣。人有超智性的欲望，人的心灵在宇宙神灵的万般光彩中求得神圣的居所。死，也许是可怕的、可悲的，但对有信仰的人来说，在他们弥留之际，那生命的落日，却放射出夺目的光辉，把天边的晚霞染得绚丽斑斓。在布达拉宫成千上万的壁画中，那幅《须弥山》图格外引人注目。佛教认为须弥山是地球的中心，地球是由风、火、水、土、空五种元素和七金山组成。地球下方为风域，其上方为水轮，再上方为金轮，金与土为黄色，也叫十域。围绕着须弥山的还有南瞻部、北俱芦、西牛贺、东胜神四大洲。象雄本教文化的传说中，当初有位国王拥有风、火、水、土、空五种本源物质，法师赤杰曲巴将它们收集起来，放入体内，轻轻地吹了一口气，骤然起风。风以光轮的形式旋转，出现了红色的火焰，火越烧越旺，热气与凉风相遇产生了露珠，露珠上的微粒被风吹落，堆积成山，便有了须弥山。在《阿含经》中有“佛观一粒米，大如须弥山，若人不了道，披毛带角还”的名言，只要心虔诚，一粒米、一条裤、一件衫，意识的力量能抵挡千万座须弥山。肉体如尘埃，在劳作中易逝，灵魂的延续是人类的超能，能找到灵魂的安居地，是一生渴求在瞬间的圆满实现。

人的一致性和文化的多样性并不矛盾，人类的成长历程就是文化的发展历程，人体的进化、文明的进步，是时间、空间的概念。不同民族有着不同文化，独立自信，各美其美；不同信仰有着不同习俗，相互尊重，美人之美。只有求同存异、彼此包容，才能美美与共、天下大同，世界也才能丰富多彩、和谐美丽。世界上的事物时刻都在变化，都是一瞬间的事物，但在事物的变化中，又有不变的存在，这样看任何事物都是无穷无尽的。只要胸中有一片空阔的了悟，就不必为有限的人生而感叹。

地球病了

自从新冠肺炎疫情暴发以来的沉闷的日子里，我对瘟疫、病毒和流行疾病相关的书籍、资料等的兴趣不断升温。我阅读了海峡文艺出版社出版的《人类瘟疫报告》，获诺贝尔文学奖的法国作家加缪和葡萄牙作家萨拉马戈的《鼠疫》《失明症漫记》，以及《十日谈》《末日逼近》《最后这个人》《守望家园》《自然界绝地大反扑》《如果让动物写历史》等十来部（篇）文学名著和国内有关作者的文章。我不是科学、医学工作者，仅仅是活着的人类一员，这是我的阅读笔记。

SARS阴影未远，疯牛病、禽流感、新冠肺炎又接踵而至，医学家呼吁，如果人类再不尊重大自然，这些病毒和细菌的困扰将永不止息。人类打乱了自然生态，没有想到子孙后代，没有想到地球末日，最终，人类得担负起对大自然的责任，否则造成的苦果就要自己品尝。地球说话了：我并不需要人类，人类却离不开我，我背着人类，人类吃得太胖，我快背不动了，我已经病了。

从1918年到1919年，一种新型的流行性感冒几乎传遍全球，世界上一半以上的人受到了它的袭击，死亡人数比死在第一次世界大战炮火下的人数还要多。一位医学家把这种流感称为“人类所经历过的规模最大的传染病”。

1918年2月，成千上万的西班牙人病倒在床上，发起高烧，并感到四肢疼痛。从9月起，这种流感又掀起了第二次传染高潮。这次流感的病原体是新型病毒，致命的病毒很快就扩散到全世界，比过去所有疫病的传播速度都要快得多。第二次流感浪潮于1918年底才平息下去，但是1919年又开始了第三次浪潮，接着是第四次，把成千上万的人送入了坟墓。

由于流感传染的速度非常快，人们无法确定其发源地，因此，许多国家受到了指责。在西欧，人们主要把西班牙人当成替罪羊；俄国人则把责任归到土耳其的游牧民族身上；德国人认为是驻法国的英军引起传染；一个美国军官又断定是德国的潜艇把流感作为秘密武器带到了北美大陆。这些说法都没有任何根据。病毒不分国界，不分民族，不分地区。其实，所有国家都对1918年深秋遍及全世界的流感浪潮负有一定的责任。

流感给世界各地的经济生活和社会生活带来的负面影响比

第一次世界大战还要大。由于大量的农民患病或死亡，各地的农业收成都受到了前所未有的影响。印度北方的大片庄稼无人收割，欧洲许多国家的土豆烂在地里无人问津，热带地区的咖啡、橡胶和其他高价值的农作物也纷纷歉收。

在流感的影响下，各国的工商业一片萧条，交通被迫陷于停顿。到处都可以听到关于死者悲惨命运的故事，无论是富翁还是穷汉，也不管是社会名流还是平民百姓，谁也无法抗拒这种可怕的传染病。第三次流感浪潮结束后，据估计，全世界共有2150万人被夺去了生命，其中亚洲人占2/3，余下的分布在欧洲、北美和非洲。

流行性感冒简称“流感”，是人类还不能完全有效控制的世界性传染病，与疟疾、结核病并列为导致世界死亡人数最多的三种传染病。目前虽有治疗药物和疫苗，但只能降低发病率，而不能控制流行。

1913年，德国汉堡一个修道院的23岁女仆突然精神病发作，尖声大叫，神情呆滞，浑身抽搐，吞咽困难，卧床不起，不到两个月就死了。一位叫作克罗伊茨费尔特的德国医生解剖了她的尸体，发现她脑部没有发炎，却严重受损，有不知名的东西杀死了数以百万计的脑细胞。他意识到这是一种新的疾病，但没有找到病因。1920年，他的论文发表时，引起了一位叫雅各布的德国医生的共鸣，此前在他也遇见过类似的病人。从此，这种新发现的危险的脑部疾病被命名为“克雅氏病”。

1950年，赤道几内亚东部的南富雷山的一个夜晚，月白风清。一群有着乌黑皮肤的妇女带着她们未成年的孩子，将一具老年妇女的尸体拖进一块鲜花盛开的马铃薯地里。他们都是死者的女性亲戚，他们心中充满怜悯，也充满了期待。不一会儿，在死者的周围，篝火点起。几年之后，来自美国的儿科医生、病毒学家加得赛克来到了南富雷，了解这里的习俗、民风、疾病，发现了这里的一种新的病症——库鲁症。这位病毒学家后来获得了诺贝尔生理学或医学奖。1959年，加得赛克收到了一封来自伦敦的信，写信人叫海德娄，一位伯克郡的兽医，专门研究一种多发于绵羊的古老而神秘的疾病。得这种病的羊，会眼瞎、颤抖、走路不稳、摔倒，直到死亡，和人类的库鲁症有相似之处。这种病第一次出现于1947年，美国密歇根州的一个农场从加拿大引进来的种羊身上，病名叫羊瘙痒症，接着发生了大规模的传染蔓延。美国农业部门展开了大规模的屠杀，一群羊中只要有一只病羊，就全部杀死。但是，他们还是没能控制住病情的蔓延，疫病甚至跨越了品种，传染了山羊。后来，在海德娄的实验中，这种病症又跨越了物种屏障，感染了貂类和灵长类动物。

与世隔绝数千年的美洲印第安人，从来没有与中世纪后肆虐欧洲的各种病毒和病菌接触过。随着1492年哥伦布抵达美洲而陆续到来的西班牙人，不知不觉中给印第安人带来了“礼物”。如今人们普遍认为，欧洲征服者能让强大的阿兹特克帝国崩溃的致命武器就是病菌，天花和麻疹等传染病击溃了原住民。

通过一代又一代人的艰苦探索，许多曾经给人类带来毁灭性打击的传染病现在已经完全被人类征服。但是灭而不绝的病原体从来没有停止过寻找出路，人类自身的问题让濒临灭绝的甚至似乎销声匿迹的早期传染病又绝处逢生。滥用抗生素等化学药品、治疗过程不完整、公共卫生教育不完备等都有利于各种抗药性病原的基因重组，进而产生具有多重抗药性的新病原，并形成新的病种。“病菌比人类聪明”，这个看上去不合逻辑的逻辑，每一天都在给我们带来严峻的考验。

人类是在细菌的影响下生活的，这对于今天的我们来说是常识，然而，真正揭开这个谜团的时间不过一百多年。人类对真正病因和有效防治的研究走上正轨，应该始于1865年巴斯德认识到他称之为“病毒”的微生物是传染病的病因。

20世纪20年代，在一种很偶然的情况下，盘尼西林诞生了。苏格兰细菌学家亚历山大·弗莱明发现葡萄球菌被培养皿上的一块霉菌摧毁——这次偶然事件导致了20年后有奇效的抗生素类药物的发展和医疗业的一场革命。

1932年，德国化学家格哈德·多马克发现了可分解出“磺胺”的染料“百浪多息”，它能杀灭引起血中毒的致命链球菌。在之后十年中，医生们从一大批新“磺胺”制剂中进行选择，足以对付很大范围的感染，从产褥热、肺炎到淋病、脑膜炎。

“同人类争夺地球统治权的唯一竞争者就是病毒。”这是诺贝尔奖获得者莱尔德堡格说的一句有些让人诧异的话，而瘟疫背后的真相几乎都让人吃惊。人类可以从容地对付咆哮怒吼的雄狮和虎豹，却奈何不了无声无息的病毒。现代医学已经证明，大部分传染病都是由动物传给人类的。例如，麻疹很可能和牛瘟及犬热病有关，牛痘原本是发生在牛身上的一种传染病，流行性感冒则人猪共通。

瘟疫无国界，许多流行病都可以在很短的时间内——甚至一个星期之内横扫全球，而每一个地方也许都有专属的“地方病”。受到人类污染的海洋生物，除大量死亡和自杀之外，它们已经成为可怕的病毒携带者，1991年的利马霍乱就是海藻对人类疯狂的报复。

生态学家警告我们，全球升温，臭氧层空洞以及河流、湖泊、海洋的污染，确实使北极熊、海豹、鸟类和许多其他野生动物的生存受到严重威胁。但是经常被人忽略的是，环境的破坏已开始危及人类的健康。人类抗病能力的逐渐丧失、全球升温也将给人口稠密而对疾病毫无防备的富饶地区带来可怕的热带疾病。出于多种目的，人类一直在冒险干预自然界，物种的灭绝将使我们受到更加不可捉摸的力量对我们生存与健康的威胁。环境问题成了制造现代瘟疫的头号“凶手”。

地球气候的变化与我们在最近两三个世纪消耗的矿物有关，这是毋庸置疑的。无论专家们的预言是否会应验，煤、油和天然气的燃烧，使大气层中的二氧化碳急剧增加。生物呼吸产生的二氧化碳和腐烂蔬菜、动物消化系统所释放的沼气，吸收了太阳的热量。否则这些热量会以红外线的形式反射回太空。自然的“温室气”使地球温度保持在平均15℃，这有助于地球上生命的生存。工业革命以来，由工业烟囱和内燃机引擎倾泻出的二氧化碳和二氧化氮给地球造成了越来越重的负担。自17世纪中期开始，地球温度逐渐上升，最近100年大约上升了0.75℃。

地球平均气温的上升，不仅直接危害人体的健康，也使许多古典传染病“复活”，并在纬度上分别向南北方向推进。需要注意的是，类似的威胁对每一个国家都存在，只是表现不同而已。美国疾病控制中心对瘟疫病源区进行的调查证明，大多数瘟疫的暴发都是由突发而剧烈的气候变化引起的。在严重的干旱之后继以正常的天气，会引起瘟疫的暴发；大规模的过量降雨，特别是在干旱之后出现这样的降雨，则最有可能引发瘟疫并四处蔓延。

在发生“大规模的过量降雨”的情况下，植物的生长速度大大加快，作为瘟疫病菌携带者的啮齿类动物也会大量繁殖，为了寻找它们的草料领地，这些携带病菌的野生动物的活动区域必然扩大，进而将疾病传染给人。在发生旱情时，由于缺乏雨水和食物，啮齿类动物大量死亡，而一旦干旱缓解，它们又会快速繁殖，于是瘟疫病菌也随着繁殖激增如野火般蔓延开来。

1985年，英国一位叫惠特克的医生接到一个农民的电话，说他家的一头母牛行动怪异。惠特克看到病牛有攻击性，身体协调性很差，站立不稳，东倒西歪，很快就毙命了。一种发生在牛身上的新的疾病出现了，专家将它命名为“疯牛病”。1987年，疯牛病蔓延到了英格兰和威尔士各地，越来越多的科学家加入研究疯牛病的队伍。他们看到，在苏格兰以外的地方，众多的动物尸体处理工厂里，到处弥漫着蒸气、鲜血、油脂和臭气。人们把牛、羊、猪的肥肉、骨头、内脏、头、尾巴，甚至家禽的羽毛，放到大锅里面提炼黄油，剩下的油渣用庞大的机器磨碎，制成肉骨粉，用来喂养提供这些原料的动物，生产廉价的奶和肉。

科学家们开始呼吁停止让食草动物吃肉，政府下令大量屠杀牛。人们还展开了一场疯牛病是否会蔓延到人类的争论。当人们争论不休的时候，事实说话了。1993年，15岁的女孩维姬5月发病，8月死亡。她的脑部切片显示有海绵质脑病变，医生告诉她的祖母，这就是疯牛病。

1996年，加得赛克总结说："人们完全不懂人类被什么感染，其实就是库鲁症，所有物种都会感染——牛、猪、鸡，我们在实验室里让猪染上羊瘙痒症，养到第八年，它们就发病了。""不仅猪肉有问题，那代表所有的猪皮皮夹、猪肠做的手术缝线，所有喂肉骨粉的鸡都可能受到感染。素食者吃了用鸡粪当肥料的蔬菜，也会染上。"

1996年，科学家雷熙找到证据显示：人类克雅氏病的潜伏期可达25年，甚至30年。

克雅氏病、库鲁症、羊瘙痒症、疯牛病虽然发生在不同的时间和不同的动物身上，却有着一脉相承的关系，是科学家们的调查研究把它们放在一起，揭示出了这种关系，为寻找病因提供了条件。找到了病因，预防的方法也就不难找到了。但是，让人担忧的是人类能不能吸取教训，约束自己的行为。令人恐怖的是消除病因并不像发现病症那样容易。在这个有着几十亿年历史的星球上，大自然为每一个物种都规定了它们的食物和不可逾越的行为规范。比如，植物吸收土壤里的营养，食草动物吃植物，食肉动物吃食草动物，食肉动物死了，成为兀鹫等食腐动物、蝇虫乃至微生物的食物，最后被分解成土壤中的营养，如此往复。这是一条“正规”的食物链，我们人类也在其中，但是，人类由于好奇、贪欲和为所欲为，试图用自己的力量改变这一切，使自己过得更加轻松。事实证明，人类得到了致命的惩罚，这就是报应。

大自然终究是应该敬畏的，是不容糊弄的。我们人类都是大自然中的一员，我们今天的行为必定要影响我们的未来和我们的命运。我们现在正在遭受报应，而且这报应一点也不神秘。我们随地吐痰、饲养野生动物、乱吃野味……这些严重缺乏公德的行为经常遭到报应。我们的生活环境和健康状况逐渐变差，每个人都生活在一个他不喜欢的世界里，这也是报应。

研究冠状病毒的中国台湾著名学者赖明诏告诉我们，大部分病毒，都是由动物传给人类的，如艾滋病毒是猩猩传染的，埃博拉病毒也是如此。其他病毒从动物身上传给人类后，经过基因突变，人类便受到感染，且极难治愈，有很高的死亡率。他说，因为病毒在动物身上，人若不和动物接触自然没事。但因为人口太多，与动物频繁接触，病毒产生了突变能力，适应不同环境，感染人类后继续繁殖，引起重大疾病，再经由人与人接触，彼此传染，最后引发大流行。所有病毒的共性是：进攻性、适应性、变异性都很强。

他认为，在这场人类和细菌、病毒的战争中，人类赢不了病毒或细菌。他认为，人类发明抗生素药物，又滥用抗生素，使一些细菌产生抗药性从而队伍愈来愈壮大；人类开发环境，侵扰大自然，病毒的反噬永无止境。人类学着与病毒共存，不去侵犯自然界，就能相安无事。

要克制这些不断衍生的怪病，研发新药只是治标的暂时的方法。治本之道还是要尊重自然，和动物保持应有的距离，这才是降低威胁的最佳方法。在生态文明时代，人类应选择一种与自然和谐共处的发展方式，即可持续发展方式，既使人类的发展需要得到满足，又使自然界的生态系统得到最大限度的保护。建设生态文明，是我们的未来和理想。要实现这个目标，需要全社会的参与，这不是天方夜谭，而是无数个无辜的人用死亡，无数个严谨的科学家用调查和研究证明了的事实。它在警告我们：如果我们不想以人类的生命为代价，就不要利令智昏地去改变那些不该改变的事情。

最近几次的流行病，都有某一类动物的身影在背后若隐若现，比如疯牛病和牛，“非典”和果子狸，禽流感和鸡，新冠肺炎与蝙蝠。我们曾“顺理成章”地发现北美流感背后的动物“元凶”是猪。当猪流感的名字还没有叫得很顺口的时候，科学家们突然改口了，原来，虽然这种新型病毒是由猪流感病毒演变而来，但是让人羞愧的是，先得病的是人，而可怜的猪是被人感染的。

在网上搜搜“人畜共患疾病”，一连串惊心动魄的数据就跳了出来：据有关文献记载，动物传染病有200余种，其中有半数以上可以传染给人类。其中鼠疫、狂犬病、炭疽病都是肆虐一时的“杀手”。近年来由动物引起而在人群中流行的传染疾病呈增多之势。我的感觉是孤立无援的脆弱人类受到了动物界“生化武器”的围攻，处境堪怜。如果我们试试站在动物的立场上来写历史，又会呈现怎样的面貌呢?

在卢旺达浓雾密布的高山上，每年都有来自世界各地的成千上万名游客观看大猩猩。1998年，卢旺达的大猩猩出现了打喷嚏、咳嗽的症状，软绵绵地趴在地上动不了。科学家们检查后发现，原来它们从前来参观的人那里传染上了麻疹。接着，研究人员还在野生猕猴和猩猩体内找到了人类的感冒病毒、麻疹病毒、结核菌抗体。这些玩意儿哪来的？用脚指头都猜得到。

这还不是最惨的。总部设在博茨瓦纳的“非洲资源保护中心”负责人凯希·亚历山大女士的一份研究报告称，人类把结核病毒传染给了生活在卡拉哈利大沙漠的一种野生狸猫。结果，病毒15个月里在这种狸猫中间迅速传播，最后几乎导致这个物种的灭绝。

科学家们认为，人畜共患疾病增加，一个原因是生态环境的恶化，另一个原因是人类对养殖动物的不人道对待。说来说去，还是人干的。环保作家徐刚介绍：每天，地球上的人会吃掉600多万吨粮食。每天，有5.5万公顷的森林被毁，有800万吨水土流失，有163平方公里的土地变为不毛之地。全球粮食年总产量为15亿吨，而粮食种类目前主要的只有8种：小麦、稻米、玉米、大麦、燕麦、高粱、小米和黑麦。多数城市居民通常只食用其中两种：小麦和稻米。如果全世界的土地均因污染、沙化、城市化而不再耕种，世界存粮只能维持40天。

每天有5600万吨二氧化碳排入大气层。在工业生产过程中，每天有1500吨吞噬臭氧的氯氟烃排入大气层。世界上大约有15亿城市居民在呼吸被污染的空气，每天至少有800人因空气污染而死亡。

每天至少有1500人死于饮用不洁水造成的疾病，其中大部分是儿童。每天人类从江河湖海中捕捞23亿千克的鱼类和贝类。每天有12000桶石油泄漏到海洋中，约1.8万吨垃圾从船上被丢入海中。每天早晨在世界各地启动的汽车约为5亿辆，同时每天还有14万辆新车加入其中。每天的核发电量占世界能源消费的5%，产生的核废料有26吨。

地球经受得起生态系统的崩盘，人类可经受不起。虽然地球作为一个整体每次都恢复了，但每次陪葬的物种不计其数。不要说生态系统崩盘了，脆弱的人类经济体系连海平面上升几十厘米都招架不住。

由此，似乎可以得出一个结论：我们保护生态，不是像口号里宣传的那样是为了地球，而根本是为了保护我们自己。地球其实根本不在乎我们怎么闹腾，它有的是时间来恢复，可我们等不及。就算人类没在灾变中直接陪葬，等地球恢复完了，人也该没了。

2020年，俄罗斯科学院院士、病毒学家维塔利·兹韦列夫在接受俄罗斯电视节目采访时呼吁人们认识到，新冠病毒将永远伴随人类。他说：“应当明白，这种病毒侵入人类种群不光是在今天，也不仅在夏天或秋天前，它将伴随人类多年，甚至可能是永远。地球人口的70%都会感染这种病毒。”兹韦列夫指出，根据各种评估结果，也许还会有更多人感染新冠病毒。他还强调说，假如对俄罗斯人普遍开展新冠病毒检测，发现的病例数会增多，但同时，死亡率会下降。届时，这个数字不会是5%，而是会低于流感死亡率。这是一种将与人类共存的传染病，就像与流感、腺病毒共存一样。

神奇的地球如同一艘大船，给了我们诗意的生存环境，可是在人们的掠夺与破坏下，这艘大船正在四处漏水，恩赐似乎正在渐渐离我们远去。

动物美德　赠予人类

我最近看了几个故事，或许对于人类洗涤自己的内心，丰盈自我的灵魂，修美个人的道德有所启示。

第一个故事说的是一位住在阿拉斯加最北端的孤独的寡妇，由于无法打猎和捕鱼，她完全靠邻居们的施舍生活。在这个贫穷的村子里，邻居们也很少有剩余的食物，于是饥饿和孤独令她难以忍受。

一天早上，老妇听到一声婴儿似的哭叫，她走到门外，看见雪地上有一团毛茸茸的东西。那是一只出生不久的北极熊，母熊刚被猎获，小熊在猎人们返回前逃走。熊崽无助的样子打动了老妇孤寂的心，她没有去想自己是否有能力照顾这只小熊便把它抱进了屋，拿出自己省下的食物。小熊贪婪地吃着，然后打了个哈欠，睡着了。

老妇像照看自己孩子似的照看小熊，一人的饭分两份，她比以往更饿了，但她很快乐。村民们偶尔捕捉到一些大动物时，村里的每个人都能分到一份，老妇和她的熊崽便可以饱餐几天。不过大多数时间里村里的人都得挨饿。

小熊渐渐长大，成了一个精明的猎手。年轻力壮的它能抓鱼，有时也能捕获几只小海豹。它把猎物带回家，他们有了足够的食物，有条件把更多的食物和邻居们一起分享。每个人都称赞它是头了不起的熊。“我的孩子！”老妇总是骄傲地说。

没过多久，忽然间气候骤然变劣。遮天蔽日的暴风雪一连几个星期横扫整个村庄，再也捉不到一条鱼，海豹也似乎被风雪卷走了。

这时一个村民对大家说：“既然我们这儿有食物，为什么大家还要挨饿呢？老寡妇的熊够我们吃上几天的。”

其他的人一言不发，他们来到老妇的房前，看见老妇正在伤心地哭，她不愿把她的熊杀了。

村民们慢慢地走回家，他们已无话可说，无法可想了。风雪越刮越大，饥饿的村子正陷入绝望。

然而有一天风向转变了，那头熊出去一趟便回来了，大家都盯着它，没人说话。只剩下一把骨头的寡妇已无力呼叫她的熊，只能勉强冲它咧嘴一笑。熊仍然立在那儿没动，只是一次次抬起头。

“它在告诉我们什么。”一个村民说。“我想它在叫我们跟它走。”另一个村民说，“它好像在指着什么地方。”熊转身走开，后面紧紧跟着村民们，它领着他们爬过冰山，避开又深又宽的冰缝，最后它停了下来。在它前面约90米的地方，一堆深色的东西躺在一大块冰上几乎一动不动。村民们走上前，看见一头受伤的海豹。他们总算有了足以维持很长一段时间的食物。

第二个故事是，骆驼之死。它是为寻地下水而死的，牧民们都认为它是那一年所有牧民的恩者。

沙漠虽然干旱，但在沙丘中还是有小河或海子，牧民每年放牧的首选，其实也就是这些小河或海子，有了水也就有了生活最起码的保障。这就是人们经常说的逐水草而居。现在，牧民们都会把上一年有水的地方作为下一年的首选，到了沙漠牧场，便直奔小河或海子。

但有一年很奇怪，牧民们进入沙漠牧场后，却到处都找不到小河或海子，水莫名其妙地干了。牧民们不知道，全球气候变暖已经影响到了沙漠中的小河与海子，水在短短的时间内便已经干枯了。没有水，人和牲畜都无法存活，牧民们于是决定向别处迁徙。但转了好几个地方，看到的是同样的境况，一没有水，二没有草。人绝望了，牲畜渴得发出嘶哑的哀号。

有人想出了一个办法，骆驼可以找到地下水，便从畜群中放开几峰骆驼去找水，它们很快就明白了人们的用意，低着头向四周寻去。但一天过了，它们没有找到水；两天过去了，它们还是没有找到水；第三天，人们已经对它们不抱希望了，赶着牲畜到另一个地方去。但就在上路的时候，他们发现一峰骆驼失踪了。大家碰头，觉得当务之急是要赶紧为畜群找到水，否则它们会一个个倒在沙漠中。经过几天的迁徙，他们终于到了一个有水的地方。

一个多月之后，又传来了一个好消息，在那个所有的小河和海子都干枯了的沙漠里发现了地下水，不远处躺着一峰死了的骆驼。正是那峰骆驼找到了地下水，然后便一直在那等牧民。牧民们却一直没有过去，它饿死在了那里。

第三个故事是，2011年，一只被海上泄漏的石油呛得奄奄一息的小企鹅，漂流到巴西里约热内卢附近的一处海岛渔村，被71岁的老渔民觉昂花了一周时间清洗，活了下来。觉昂明白企鹅是离不开水的，在喂养数月并确定企鹅完全康复后，他拿出条鱼喂饱了它，并将它放归大海。

然而，老人把企鹅放到海里，它却跟着老人又回到岸上。反复几次之后，老人认为是水浅载不起企鹅，便借了一条船，划到深海区，将企鹅抱下船放到了海里。

“再见了，小企鹅……”回岸的路上，觉昂心里很是不舍。然而，这只企鹅早就先于老人游回了岸上，正因为找不到老人，急得团团转。看到老人回来，它摇摆着尾巴尖叫着迎了上去。觉昂没再狠心赶它走，而企鹅也跟老人越来越亲密。

老人没有亲属子女，自从有了企鹅，企鹅就成为家庭一员，老人为它取了名字“炳帝”，炳帝也像对待老朋友那样跟觉昂热络着。于是小小的渔村里出现了奇特的场景：别人遛狗，觉昂走在路上时，身后却跟着一只大摇大摆的企鹅……

当大西洋的季风吹来的时候，这两个老伙计已经共处了11个月之久。这期间，企鹅褪了毛，在长出新的羽毛后突然不见了。

觉昂以为这只可爱的企鹅永远离开了。第二年6月，它却回来了。根据企鹅世界的生存定律，企鹅们本该聚在一起，前往共同的目的地繁衍后代，但炳帝却选择放弃同伴，万里迢迢赶回来陪伴这位古稀老人。它准确无误地找到了觉昂的住所，黏着老人，用带着海腥味的嘴亲吻老人，蹭鱼吃。

此后5年，企鹅每年6月来，次年2月离开，到阿根廷、智利附近海域繁殖，周而复始。生物学家做过精确计算：企鹅的聚居地位于南美洲南端，从距离上估算它每次为了见到觉昂，要游至少8000公里。一路上，它要克服疲惫和疾病，躲过海豹、鲸鱼等天敌。它就这样远涉重洋，年复一年，只为与它生命中的恩人相聚。在小企鹅的世界观里，觉昂值得它跋山涉水去致谢。

老人的双手布满大片的白癜风斑，青筋鼓胀，企鹅那黑白相间的小身体娇柔地依偎在老人胸前，安详，平静。

第四个故事是，一只小乌鸦从巢里掉到地上，拍打着翅膀，在马路中央挣扎。它随时有可能被来往的车辆碾死，或者被猫儿当成猎物。于是扎西把它捡起来带回了家。它的情况很不好，喙上有多处破损，脑袋耷拉着，看样子活不了多久。但是扎西和爷爷精心照料，医治它的伤，定时喂它食物，终于使它康复了。

扎西还它自由，将它放飞。可是它不愿意离开他家。他的家人，甚至他家的宠物用尽种种办法，都没能将它轰走。他们放弃了努力，默许它和他们同住一个屋檐下。他们不知道它是雄是雌，但是根据它勇敢和倔强的性格，给它取了古罗马大帝的名字“恺撒”。

恺撒不但在他们家花园寻食虫子，而且在他们就餐的时候也会来吃白食。它在餐桌上跳来跳去，直到他们给它也盛上半碗肉和蔬菜。它总是不安分，行为肆无忌惮，不是将报纸啄成碎片，就是碰翻花瓶，或者追咬狗的尾巴。

他们试着将它关进了笼子，但是这可惹恼了它。它不停地扇动翅膀，呱呱喊叫，吵得他们头晕脑涨，精神都快崩溃了，只好任它在家里继续横行霸道。

渐渐地，恺撒还学会了讲几句人话。它会在屋外的窗台上坐几个小时，然后用喙敲击着窗玻璃，叫道："你好！你好！"它似乎还能从开门的声音判断出是谁回家了，如果是扎西，它就会跳过来热情地用嘶哑的喉音招呼："你好！你好！"他还教会它站在他的手臂上说："亲亲！亲亲！"这时只要扎西把头朝它伸过去，它就轻轻地用它的喙在扎西的嘴唇上碰一下。

越来越多的事实表明，恺撒既不同于宠物，又有别于野生乌鸦。它把邻居的钢笔、梳子、丝巾、牙刷等偷回家，他们家的橱柜顶上堆放着它偷来的各种各样的牙刷。几乎每一个邻居都能在他们家找到自己的牙刷，所以那一年他们街坊的牙刷消费增高了。

恺撒还跟踪那些上小卖部的孩子。当孩子们从小卖部里走出来，它就抢走他们手中的糖果带回家。它还对衣架情有独钟。邻居们经常发现晒在院子里的衣服掉落在地上，而衣架却不见了。当然，这些衣架可以在他们家的橱柜顶上找到。

第五个故事是，那天，在村子十公里外，小男孩遇见爸爸，爸爸买回了一头强壮的公牛，脚步声穿透浓雾。小男孩与弟弟兴奋地跑去，却惊愕不已。原来，隔着浓雾看是猛牛，近看却令人不忍直视——是头老母牛，睫毛掉了，眼带浊光，尤其是几乎垂到地上的乳房，吓死人！爸爸怎么了，买废物回来干吗？

“这头牛的主人，是比你们年纪还小的小孩。我看，他真的需要钱，或许是家人生重病，才出来卖牛。”爸爸说。“你没问，怎么知道他家有人生病？”小男孩埋怨。“我是没有问，但闻出来了。”爸爸摊开手，要孩子们闻牛绳。小男孩闻到一股中药味，淡淡的，还闻到盐味，是海水的味道。这证明了牛来自沿海地区，而且它的主人经常煎中药。

回到家，老牛休息了两天才上工。老牛像是木灰捏的，走路抖，下田晃，拉起牛犁干脆趴在烂泥上。这下好了，大家当它是老太爷，牵到田埂休息。大家仍用老方法耕田，几个人拉绳，绳子后头拖犁。这个消息很快传了出去，别人都跑来看“人耕田，牛休息”的奇观，还给老牛取了个“老妞”的绰号。

全村唯一喜欢老妞的是阿婆。她说：“这头牛怎么看，都蛮像我的模样，又老又不中用。”然后，她笑呵呵地抚摸它。就在这时，爸爸宣布了好消息，他要把老妞卖了，卖给屠宰场杀了。这是农村的惯例，一头牛，不管多么劳苦功高，等到它受伤了、老了，即使爱它，也不会养到终老，得趁它还有呼吸时，卖给屠宰场。老妞的命运成了定局，大家毫不惋惜，想尽快把它送走。

可是，送宰老妞的前两天，阿婆走失了。阿婆有摘草药的习惯——给自己治痛风。她那天出门，到了晚上还没回家。夜雨下得凶，家人很担心，于是爸爸向村里人求救。

村民们穿雨衣拿手电筒到山里找，夜黑雨大，大家的呼喊声发挥不了作用。眼看情况越来越糟，小男孩想，老妞的左眼青瞑，右眼却明亮得像萤火虫，它能在夜里穿透浓雾，引领爸爸回家，应该也能够带领大家找到阿婆。爸爸照小男孩的意思，从牛棚牵出老妞，解开系在鼻环上的绳索，在它的两只角上各挂一盏磺灯，说："去吧！找到我阿姆，你就自由了。"然后，拍它的屁股驱赶它上路。

人们远远地跟在后头，它走入雨中，大雨落在它身上，形成雾气。要不是有响亮的牛铃与磺灯指引，这场雨可能让老妞也失去踪影。过了好久，老妞走上阿婆惯常走的山道。老妞的身影越来越模糊不清，铃声也听不到了，只看到磺灯在林间明明灭灭。

老妞在山路上兜了一会儿，忽然间，传来哀号——老妞掉落山谷。大家跑到老妞失足的地方往下看去，山谷又黑又深，越看越吓人。人们发现，老妞头上的两盏灯相距有十余米，到底发生什么事了？

他们往下探，下行了数十米，首先看到一截断裂的牛角卡在粗壮的树枝间，灯挂在牛角上，雨水在烧烫的灯壳上蒸出雾气。老妞受伤了，再也无法承担搜寻阿婆的任务。

人们好不容易来到溪谷，却看见动人的一幕。老妞断角的伤口冒着血，雨水使它的头如烂番茄般。老妞另一只牛角上还挂着灯，明晃晃的。那圈小小的灯光照亮大家寻找的人——没错，阿婆躲在横倒的大树下发抖，老妞将硕大的身躯靠向阿婆。

大家带阿婆回家，给她姜汤与干衣服。她说，她跌落山谷后，再也没体力爬上陡坡，眼前暴涨的溪水断了来路。她没撤，躲在树干下，以为熬不过这晚，再开眼时却看到一圈灯光，那是老妞。原来，老妞不是失足跌落山谷，它是为了赶快找回阿婆！当然，它也得到了报偿。爸爸不卖老妞了，还视它为家中一分子，由小男孩负责照顾。

第六个故事是，许多年前，威尔士的王子有一条很大的狗，它的名字叫吉尔特，它很勇敢，经常跟王子一起去打猎。有一天，王子把吉尔特留在家里，让它照看小木床里睡觉的年幼的儿子。

几小时后，当王子回到家时，吉尔特跑出去迎接他。突然，王子看到吉尔特下巴和头上有血迹。“你干了些什么？”王子警觉地问。他冲到房间里，发现小床侧翻在地板上，他儿子衣服上也有血迹。

“你杀了我的儿子！”王子愤怒地喊着，“你这不忠实的狗！”他拔出剑，一下子刺中了那条狗。就在这时他听到了孩子的哭声。

王子冲出屋子，看见他儿子安然无恙地躺在地上，身旁有一只死去的狼，这狼曾试图把他的儿子从床上叼走。这时，王子才意识到吉尔特为了救他的儿子而击败了狼。王子跑回屋子，但是已经太晚了，勇敢的吉尔特已经死了。当王子意识到他杀害了他忠实的朋友时，泪水从他的脸上流了下来。他把吉尔特的尸体背到一个山顶并且把它埋在那里。每天早上他都要爬上山顶，为的是在吉尔特的墓旁站几分钟。

假如你到威尔士的斯诺登山，人们会告诉你吉尔特被埋葬的地方。它让人们想起一只勇敢而忠实的狗，它也提醒人们：在未充分了解事实前不要匆忙下结论。

人性的残忍　动物的哀歌

我在看一部纪录片。非洲南部的一个草原，蓝天下，绿草间，动物们悠然自得，或迈着懒散的步子，或躺倒在地酣睡不醒。

一头黑色的犀牛，漫不经意地吃着肥嫩的鲜草，一头小犀牛跟随其后缓缓走着，像是它的孩子。小犀牛似乎特别淘气，时不时撒个欢儿，蹭蹭妈妈的身子。突然一声闷响，一颗麻醉弹以迅雷不及掩耳的速度打入大犀牛的咽喉。顷刻的惊慌失措之后，大犀牛便猛然转身，往百步远的灌木林中跑。没几步，大犀牛栽倒在地，小犀牛一溜烟钻进灌木林中。

五个身强力壮的男人，一手握着麻醉枪，一手拎着短刀、锯子，冲到犀牛身旁。一个人爬到牛背上压住，两个人一左一右把牛头按上，另两个人拿出锯子开始锯牛角。尽管五个人的情绪有点紧张慌乱，但一系列的动作又显得熟门熟路。五个人擦着汗，把血肉模糊的犀牛角用塑料袋包上装进皮箱里，准备撤离。这时小犀牛从林中疯狂地冲过来，那五个人迅速闪退，躲在一棵树后观察。

小犀牛看着妈妈满头被鲜血遮住，僵硬的身体贴着草地，它舔着妈妈头上的血迹，粗大的泪珠一滴接着一滴落在妈妈的身上。就在这时，黑洞洞的枪口瞄准小犀牛，又是一声，一股冰凉的麻意迅速在它体内扩散，小犀牛应声而倒。五个人一拥而上，还怕麻得不够，遭遇反抗，干脆几把短刀一齐插入小犀牛的心脏，又是一次锯割，收起战利品，又一次消失在丛林中。

犀牛体型庞大，但性格温和，从不主动攻击其他动物，是优雅的食草动物。18世纪，非洲大陆有40多万头不同种类的犀牛，而到了20世纪末，全世界只剩不到3万头。尽管现在犀牛被列为濒危野生动物，禁止在国际市场上做交易，但由于人性的自私和残忍，偷猎者和走私者仍然不会放弃这暴利的生意，据说在黑市，几两犀牛角要上万元，一斤就要几十万元。没有哪一种动物对不起人，而是人对不起几乎所有的动物。人蔑视上苍，丧失悲悯之心，无视生灵的苦难，为了一己的目的，剥夺动物的生路，早晚会遭受报应。

过去说老虎吃人，武松打虎。以前有“谈虎色变”的说法。曾经老虎吃人是不争的事实，而今天人吃老虎是千真万确的事实。一些人吃老虎肉，睡虎皮垫，喝虎骨酒，这一切是为了强身、补钙、壮阳。人成了老虎的唯一天敌，是老虎濒危的罪魁祸首。进入新世纪，没有听说老虎吃人的新闻，这概率万分之一，甚至更少。看到的是新疆虎已经灭绝了，华南虎濒于灭绝，东北虎也岌岌可危。人几乎截断了老虎的食物链，毁坏了老虎栖息的生存环境，使用的是斩尽杀绝的套路。将来我们的子孙要看威严的、大型的、美丽的老虎，只能到动物园和博物馆。

我小时候听到不少狗熊伤人的事，几年前朋友带我去参观一个养熊场。一个个高不过0.8米、宽不过1.5米的独立铁笼子并排摆放着，连人缩起身子也很难钻进去，里面却囚禁着一只只黑熊。牢不可破的狭窄笼子，动弹不得的一种姿势，固定不变的饲料喂养，这些熊终生受着无穷无尽的疯狂折磨。每个熊的腹部胆囊位置都插上了一根钢管，每天两次定时抽取胆汁，一次30~160毫升，个别胆汁浓稠的熊一天被抽取四五次胆汁。熊愤怒的嘴巴死咬铁笼，牙齿脱落，嘴唇溃烂。不能摩擦而疯长的爪子不由刺入掌心，滴着脓水，有的啃噬自己的手掌，直到血肉模糊。这样悲惨的折磨，使很多熊长了肿瘤，并在体内破裂，脓血从口鼻中流淌。在大门旁的猪圈里关的不是猪，而是几十只狗熊，这些是失去了价值，从铁笼里拉出来的黑熊。我仔细看着，有的熊没有爪子，因为怕抓伤抽胆汁的人，爪子的关节全部被剁掉了，就是现在放回大自然也无法捕猎、爬树。有的呆头呆脑，长期的营养失调，导致细菌感染了大脑，造成智力障碍。有的骨瘦如柴，因为注射大量抗生素，导致双目失明，难以进食。我曾经在野外看到的熊有凶猛的气势，灵敏的感觉，轻盈的爪子，独霸自己的领地，从没有显露出狐疑和恐惧的神态，人和家畜对熊是闻风丧胆。

熊为什么遭受如此的灾难，因为人失去了对动物的仁爱之心。人所共知，熊胆有清热解毒，治疗肝火赤目、咽干喉肿的效果。曾经也有野外捕猎野生熊的举动。那时的熊生活在森林茂密、野花繁盛、清泉畅流的自然界中，人们要拿到熊胆不仅千辛万苦，还可能付出生命的代价。进入物质生活极大丰富的现代社会，人出于怕死的心态、奢侈的爱好、养生的盲从，才不择手段地办起了养熊场。一斤熊胆价格近万元。据说全国有近百个大小养熊场，一个熊场就是一台印钞机，一头活熊就是一棵摇钱树。在中医药典中，至少有50多种草药，可以达到熊胆同样的疗效，但市场的暴利，需求的急迫，产生了这样残酷的养熊场。

从远古的漫长岁月，人和动物一起走来，人与动物同伴相处，并没有带来灭顶之灾。实现了工业化，人类征服和利用动物的工具不再是斧头、刀枪，而是机械和科技。对动物的态度不再是害怕、畏惧，而是有肆无忌惮的吞食欲望。我在网络上看到一位成名的女星妖里妖气地叫喊着“人人都为礼品愁，我送北极海狗油”，类似的还有“补肾要有新观念，海豹鞭是新产品”。凡是有海豹的地方，商业捕杀如火如荼，一次大规模的捕猎之后，冰上、水里都残留着成千上万的海豹尸体。光2000年就有40万头海豹被杀。我国渤海湾的斑海豹已经濒临灭绝，加拿大海豹也岌岌可危；在历史上人类的捕杀直接或间接导致了猛犸的灭绝。我们保护动物，不是像喊的口号那样，为了动物。而根本是为了保护自己，如果人类因为滥杀生物导致自身毁灭，那是人类过于愚蠢；如果保护其他物种，使自己得以延续，那才是高瞻远瞩。

最近，我在一本书中，看到一个叫阿道夫·杜戈赛的人给一份报纸的求救信，并配有图片。他要救的不是人，而是动物灵猫。灵猫生活在我国南方和东南亚气候温热、潮湿的丛林中，长得十分可爱。它全身裹着发亮的褐黄色软毛，当它昂起头时，竖起黑色的松软尾巴，露出淡白色的肚皮。它常常因灵巧的黑爪和不停琢磨的目光，引起人的关注。它那黑色的尖鼻善于寻找各种带着香气的湿润的树枝。灵猫有一种天赋的本能，能从满枝的咖啡果中挑选出那些果核完整、成熟度恰当的咖啡豆来。而这些正是制作优质咖啡的原料，人们肉眼无法辨别咖啡果的优劣。我在云南的普洱听一位老板介绍，灵猫吃进去的咖啡果，表皮被消化，而坚固的豆粒在它胃里发酵并被体内的特殊香味浸染，同粪便一起排泄出来。就像藏族人拣虫草那样，也有人专门组织人员在它们的生活区域去寻找包着豆粒的排泄物，然后洗净、晒干，再卖给咖啡商。这种原料研磨成粉的咖啡，非常珍贵，香气逼人，一杯能卖100多美元。

一些唯利是图的企业老板打起了灵猫的主意。在一个树林里，四周垒起高墙，到处摆着一个个独立的小铁笼，采取各种手段捕捉灵猫。然后分别关在笼子里，五天不给任何食物，等到饿极了，才将挂满了咖啡果的树枝伸进笼子里，灵猫本能地挑选出那些优质的咖啡果，急不可耐地吃进嘴里。几天之后工人们收集它们的排泄物，拣出优质的咖啡豆。可怜的灵猫变成了生产优质咖啡的活机器。不停地饥饿，不停地暴食，然后是不停地排泄。它们不能像在野外一样捕吃其他杂食，坚硬的豆粒消耗体内的胃液，两年之后便营养不良，肠胃功能失调，个个变得皮包骨头，最长只能活三年。凡是不能生产咖啡豆的灵猫一律让它饿死，然后运送到垃圾场填埋。又一批被捕捉的灵猫运进来，遭受同样的对待。在这个厂工作了十年多的一个清洁工，实在看不下去。他觉得这些可怜的动物不应该如此悲惨地死去，就写信给当地政府反映，不仅没有收到答复，还遭到不明身份之人的毒打。他却没有就此罢休，跑进厂里拍摄了灵猫被残忍虐待的镜头，送到报刊发表。顿时外界一片哗然，迫于舆论压力，厂里300多只疲惫不堪的灵猫被送回大自然中。同样，美丽的孔雀，慈爱的袋鼠，善良的麋鹿，神秘的青蛇，等等，大量的曾给人类带来激动的观赏、温雅的感动、偶然的惊悸的生灵，如今纷纷被商业饲养，被市场宰杀，被利润烹调。

在一些高档餐厅、豪华会所，金碧辉煌、陈设华丽，桌布铺上、杯盘摆好，客人入座，满屋飘香。又是一场野蛮的、恶心的灭绝人性的屠杀。活吃猴脑竟成了个别新兴“贵族”们的时髦活动，此外还有从活鹿身上割下来的阳具，偷猎者那里得来的熊掌，不论是天上飞的还是地上跑的，所谓能强身壮阳的食料都摆了上来。每一道“名菜”的背后都有一曲动物的哀歌。在一些动物的饲养上，黑心老板为了快速长肉、降低成本、提高利润，在饲料中添加了激素，注入了抗生素、镇静剂等化学物质。它们在短促的生命里，没有见过一缕阳光，没有见过一片绿叶，没有见过异性同伴，没有自由地奔跑过，甚至没有舒展地伸过懒腰。孔雀是美丽的象征，看到穿着漂亮的女性，它便展羽开屏。印度曾有孔雀王朝，中国有一首美丽的诗叫《孔雀东南飞》。我有一次参加聚会，服务员端上一盘烧肉，看上去像火鸡肉，我刚准备下筷子，男主人洋洋得意地招呼客人："要趁热尝尝，这是烧孔雀。"我吓得全身出了一阵冷汗，手颤抖得几乎拿不住筷子，失神的眼睛盯着盘子。一种恶心与羞愧涌上心头，不少客人的神态与我相似。主人再次唠叨："这孔雀是我从朋友的饲养场里拿来的，那里养了很多孔雀，专门供朋友享用。这只孔雀今天早上厨师准备宰杀时，还对着他开屏呢。讨好也没有用，为了今天在座的朋友尝个新口味，手起刀落不留情面。"我只能忍住义愤填膺的冲动，心里在想，那些野生的、生动的、斑斓的，世世代代陪伴人类，给人带来无限美感和动人诗意的生灵们，带着血泪和恐惧，一批一批，赴向人类设置的刑场。

我在黄瑞云的作品集中读到这样一个故事。据说猴脑是极好的滋补品，可捕捉猴子不是一件容易的事，因此，曾经云南一个地方的土豪就把猴子蓄养起来，以备不时之需。当有需要用猴脑招待的贵客来到，主人就引他们到猴圈里来，自己选猴子，镣以取食。猴子有万物之次灵的称号，有一定的理解能力，久而久之，就知道客人拜访的"美意"了。当主人陪同客人进入养猴圈，次灵们就惊恐，停止一切活动，战栗地向角落里退缩。睁圆的、深陷的、惊惶的双眼，紧紧地盯着客人，看他们决定命运的手指指向哪里。当客人终于看中了一个对象，伸手指向它的时候，群猴立即一拥而上，把那只被选中的猴子连揪带搡地推出来。这时，整个猴圈里，除了那只被揪出来的猴子悲哀地号叫，其他的猴子都又蹦又跳，兴高采烈——它们知道，灾难已经过去。这些看似聪明的动物并没有想到先抓出一个牺牲品丝毫改变不了自己的命运，前者的遭遇是自己早晚的结局。

人类应该把爱心扩大到全体生命和整个大自然，让动物从被奴役、被压迫、被剥削的悲惨境遇中适度解放出来，减少动物们承受的巨大痛苦，发一点善心，杜绝疯狂、残忍的屠杀。味觉的过度追求、良心的麻木不仁、道德的天良丧尽，使人失去了人性。人类的出现，本来是一种善的存在，美的呈现，爱的光芒。人要懂得，在利己的同时，应利天地、利万物、利众生，闪耀出道德的光芒。地球不在乎人类怎样闹腾，它等待着，终会给你一个无法想象、措手不及的报复。没有地球的自然环境，人类的生命是无法寄托的，这是一个最简单的道理，也是人人应当牢记在心的真理。

保护地球　尊重生命

中国从唐朝以来，凡读书人，命运中注定要读一遍《桃花源记》。因为这是陶渊明的千古传世之作。这篇作品不仅虚构了一个没有剥削和压迫、宁静而又淳朴的世外桃源，令追求美好生活的读者心生向往；同时，从一个捕鱼人的视角描绘出“芳草鲜美，落英缤纷”的自然美景，刻画出一个湖水清澈、翠竹满目、土地辽阔、农田肥沃、房屋整洁、鸡鸣狗吠的美丽田园，让后人无限憧憬，桃花源存在于地球村。

地球上出现生命已有38亿年，仅有数百万年历史的人类仅仅在数千年的时间里放牧、耕种，就侵占了地球陆地超过83%的面积。人类把地球搞得伤痕累累、血迹斑斑，草地化为耕地，森林大量消失，土地出现沙化，江河出现污染，生物大量灭绝。

桃花源是令人陶醉的生活场景，更是神奇美丽的自然景观。人类源于大自然，又归于大自然，地球上的所有生物都是大自然的孩子。人类与自然是共生关系，人类与其他动物是同伴关系，共存共享于地球，作为高级动物的人要尊重其他生命。什么是生命？这个熟悉的话题，无论是科学家、人类学家还是哲学家都没有共同的答案，但有一条是公认的，那就是没有什么比生命更珍贵。生命是进化的结果，有存在感和再生能力，进化、繁殖、代谢、调节和感知，以及聚集和分离都是生命的基本特征。人类侵害、霸占、剥夺其他动物自然生存状态的行为数不胜数。首先是在城市里修建动物园，源源不断地把各类珍奇动物禁锢其中，甚至将自由和自尊的动物关入兽笼，供人们观赏甚至戏弄。在不大的小院、狭小的笼子里，原本粗犷敏捷、勇猛善斗、耐寒抗病的珍稀动物，逐渐基因改变，神经变异，体质变弱，丧失本性。我们常在动物园里看到，狗熊作揖乞讨，豺狼摇尾求食，虎豹站立讨肉的场景。门庭若市的动物园，既是大众光顾的乐园，也是人类践踏生命的现场。

我在西藏时，四川成都的一个动物园为了展示雪域高原的牦牛，从西藏那曲捕捉了三头野牦牛运到成都，从海拔4000多米的寒冷的高原到炎热的平原，从逐草而行到圈养食料，其生命的萎靡可想而知。两年后三头野牦牛的头颅和皮子被送回拉萨制作标本。不少动物园里还能看到黑熊滚圆球、猴子走钢丝、飞鸟捡钱币之类的驯兽表演，吸引游客。人类以冰冷的傲慢，歧视自己的同伴，将自然栖息的野生动物，活着观赏外形、嬉戏逗趣，死了内脏当食料、骨皮做成标本，使得动物无法摆脱人类随心所欲的限制、调动和捕杀。

桃花源写的是捕鱼人，我在那里吃的是鱼肉饭。但农舍顶上如缕的炊烟不见了，风中摇曳的竹林还在，大自然没有变，生活却大变了。首先是吃的内容和方法。人活着就得吃饭，但要吃得文明，吃得营养，吃得合情。我在许多名噪一时的饭馆餐桌上，目睹了生吃猴脑、活焖螃蟹、铁板甲鱼、火烧龙虾。据说还有被称为“四大美味”的鱼翅、鹅肝、熊掌、鹿胎。在那些富丽堂皇的高级餐厅，度假海滩的烧烤摊上，那些有钱有权的“尊贵”客人挥舞着屠刀般的刀叉，谈笑风生地享用这些所谓的美食。这餐桌背后血腥、残酷的真相他们充耳不闻。八年前，我在海南的一个烧烤摊目睹，烧烤架上炭火烧得发红，一个嘴里叼着烟的人，从一旁的水池里捞起正在游动的青绿色的大虾，放在红彤彤的铁丝网上，大虾好像触了电似的颤动着，发出扑嗞扑嗞的声音，不一会儿变得火一样鲜红。他又从竹筐里拿出一条活的蛇，钩在木桩的铁钉上，然后拿出一把闪闪发光的尖刀，插入蛇的喉咙，“嗞”的一声划下，沿着蛇的身体，把皮剥开。没有皮的蛇，还是活的，在架子上蠕动。最近我看了姚明代言的拒绝食用鱼翅的公益广告，不仅非常惭愧，而且产生了强烈的罪恶感。在庞大的市场需求和高额利润的诱惑下，渔民们在大海里捕捉活的鲨鱼，用锋利的刀刃切割鱼鳍，从最大的背鳍开始，接着是胸鳍、尾鳍，有的连鲨鱼的内脏都不放过。身体被活着肢解，珍贵的鱼鳍被割掉之后，海洋里生命力最顽强的鲨鱼还是死不了，重新被抛进海里，海洋被鲜血染红，生命还在大海里流动，流完最后一滴血，就饿死或被其他鱼类吃掉。口感细腻、入口即化、价格昂贵的鹅肝，如果你真知道其残忍的生产过程，谁也不会再享用这个美食。进口的顶级鹅肝的生产过程是这样的：一只幼鹅被塞进小笼子，铁栅栏外只露出一排脖子，身子被固定在专门训练颈部肌肉的架子上。为了把鹅的胃撑成面袋了那么大，每天增加喂食量，等到十个星期，鹅的颈部和肠胃都练得像石头一样坚硬。然后每天早中晚三次把一根30厘米长的铁管，直捅喉咙深处，10公斤的混合饮料从这管道填塞到鹅的胃里，直到18天以后，一副比正常鹅肝大10倍的脂肪肝培育完成。这期间鹅整日不能动弹，嘴巴、喉咙受伤，每天忍受着胃部的剧痛，顶级的美味鹅肝是这么培育出来的。低价格的鹅肝是将破损的肝加上不少辅料碾碎制成鹅肝酱。

人类为维持正常生存的需要，像桃花源里的人那样，食用家养的比自己低端的生物，是食物链的一环，也是满足味蕾、保持营养的需要，无可厚非。但是，用极端的、邪恶的手段满足一时的口舌之欲是可悲的。据科学家判断，海豚是智商仅次于人的动物，有关海豚的童话故事我们耳熟能详，海豚善良、可爱，是对人类持有爱的动物。有一天我在某地的海洋世界广场，观看了海豚表演。海豚体型优美、动作灵巧、反应敏捷，它们摇头摆尾，撒娇似的向观众讨取掌声。就在当晚，我在中央电视台的节目里看到，在宽阔的海面上，飘摇着一艘大型渔船。一条活生生的海豚被众人压在甲板上，生命的本能使它还在极力地挣扎、滑动。此时既没有麻醉，也没有特殊处理，两个人用钢锯切下海豚的头来，血泊之中，海豚的身躯因剧烈的疼痛还在弹跳。接下来用锯刀削下双鳍，再用尖刀将身躯一寸寸地切开。我的同伴是个僧人，看到这个画面，肝胆俱摧，忍不住声泪俱下，差不多失掉常态。在日常生活中，人一说到大象，便是昂贵的象牙，洁白无瑕、软硬适度、典雅精致，象征高雅、富贵的王者气派，可以做成各种雕件，用于赠礼、交易。一提起犀牛，便是肉可食用，皮可制革，坚硬的角可以入药，具有清热解毒、止血消炎之功效。至于老虎，更是了不得，不仅有虎骨酒，连那根虎鞭，生精壮阳，谁都想沾一下，是求之不得的灵丹妙药。对它们的残酷屠杀场景我还没有见过，但看了海豚的下场，不外如是。人对待动物的习惯心态，都是帝王式的，为我所用，为我所领，一只动物生命悲惨的终结，是人的一桩无法洗清的罪恶。

人一般认为，动物多相貌丑陋，生性粗野，弱肉强食，谈不上珍爱生命，这是错的。我在西双版纳野象谷，听一位动物学家讲了这样一个故事。他曾躲在密林丛中，近距离观察过隆重的野象“葬礼”。一头年迈的雄象，染上疾病不幸死亡。年轻的野象首领，带领象群结队而行，来到死者身边，将尸体运送到树林茂密的小溪旁。雄象们用象牙挖掘出很深的“墓穴”，小心翼翼地将尸体放入坑内。群象一起用鼻子卷起土块，往土坑内投去，然后，首领带着群象一起用脚踩土，把“墓坑”踩得严严实实。最后整个象群排成“一”字形，围绕着“墓穴”行走。许多野象的眼眶里充满泪水，久久不愿离开，这是对同伴生命的尊重。大雁为了舒适地生存，顺利地繁衍，排着整齐的“人”字形、“一”字形队列，年复一年，在天空中迁徙。它们飞行秩序井然，强壮的打头，幼雁居中，最后是老雁收尾、压阵。头雁在前面紧拍几下翅膀，气流就上升了，幼雁靠着这股气流滑翔，飞起来很省力。我在云南昭通的一个鸟类观察站看到这样一个场景。一只大雁一动不动地站在结了冰的湖面上，这湖不大，四周被大雪镶上了银边，原来这只雁在湖边草丛中栖息，可能是饥饿，就跑到冰面觅食，结果两只爪子已经被冻在冰里。这时从湖边的草地上，一群大雁随着头雁腾空而起，盘旋在湖面上空，渐渐地从“一”字形变成圆圈形，降落到湖面。它们围着那只冻在冰上的雁，脖子抬起又弯下，用利喙在冰上使劲地啄，那只冻雁爪子四周的冰屑四处飞溅。之后，这群大雁再次腾空而起，冻雁使劲抻拽身子，终于爪子挣脱了冰冻，可是翅膀结上了冰，无法伸展。这时，空中盘旋的雁群中，有四只大雁再次降下来，两左两右，用灵巧的长喙蹭掉它翅膀上的冰片，啄去羽毛缝中的冰块。不到二十分钟，这只雁完全展开双翅，跟随前来相救的四只大雁飞入天空。这是对生命的援救，也是对生命的尊重。

我的家在那曲藏北草原，那里有极美的雪山、蓝天、白云，还有大群的牦牛，散布的羊群，悠然的帐篷。到那里你以为在生命中永远不会看到的东西，忽然就显现在你眼前。有一年我回到自家的牧场住了三天，亲眼见证了绵羊母子间的慈爱。我到的那天，一只白色的小羔羊，摇着尾巴，在羊圈外伸出舌头舐舐草根，用蹄子踢踢土堆，十分可爱。我一出帐篷门，它便迈着笨拙的脚步向我迎面走来，表示亲密。就在那晚，它由于被大群的绵羊挤压而死去。第二天我看到那只失去孩子的母羊，像失了魂似的脱离羊群，不吃不喝，孤零零地站在羊圈外朝天哀鸣。到了晚上，放牧员将死去的羔羊皮剥下来，披在另一只失去母亲的孤儿羔羊身上，还用细绳绑上，怕掉下来，把羔羊牵到失去子女的母羊身边。母羊用鼻子闻了闻皮毛，以为是自己的子女，才开始母性大发，不仅喂奶，还亲昵地照顾失母的孤儿。亲情虽然是自私的，但仍然是博爱的基础。

进入了沅水桃源段，两岸虽然不称世外桃源，却胜似世外桃源。风景奇特、环境优美，桃花八景逐一显现，美不胜收。我想起了我居住的昆明。昆明是个花都，四季鲜花盛开，元月有油菜花，二月有牡丹花，三月有桃花……月月有花开，花多，蜜蜂在告急。昆明是个水城，城边是五百里滇池，城中有美丽的翠湖，盘龙江穿城而过。昆明是日光城，蔚蓝的天空，整日高悬着灿烂的太阳，早晨太阳从东山露出脸，就射出强烈金光；晚上日落西山，半个天空红霞纷飞。我家旁边有个圆通山动物园，据说这里曾传出一个羊与狼相亲相爱、亲密无间的故事。在人们眼里，狼是食肉动物，咬牙切齿地捕食食草动物。羊是食草动物，温顺安静地低头啃食青草。在人们根深蒂固的观念里，这两种动物是水火不容的两类，狼代表的是邪恶，是憎恨的对象；而羊代表的是善良，是怜悯的对象。在圆通山动物园出现过羊与狼同在一个铁笼中，各食各的料，各管各的事，相安无事的情况。据说相处半年之后，这两种动物便在一起玩耍，相得甚欢。这一消息一传百，百传千，成千上万的游客，从四面八方纷至沓来，抢着在笼子前合影、留念。善于思考问题的人，从事文字创作的人，经常拿着板凳坐在铁笼前观察，或者在笼子前徘徊走动，思考着问题。原来这笼子里关着一只在动物园出生的灰狼，管理人员别出心裁，从郊区牧场要来一只白色的小绵羊关进去。开始动物园也怕这只灰狼把羊给吃掉，甚至当着游客撕咬，造成不良的社会影响。从第一天起，这不相容的两种动物，相互有点戒备，尤其是食草动物小绵羊，对灰狼天生表现出一种畏惧。过了一段时间，彼此逐渐产生了信任感，灰狼睡觉自然钻进洞形的黑窝里，而绵羊悠闲地躺在空旷的草地上。这一景观使圆通山动物园门庭若市，游客如云，生意兴隆，收入增加。也有人提出这是哗众取宠，有悖伦理纲常。在有关领导的劝阻下，动物园只好忍痛割爱，把绵羊请出笼子送回老家。当它们分别的时刻，绵羊怎么拉也不愿意走出笼子，昂着头往里看，不断发出叫声。笼子里的灰狼，一看绵羊要被拉走，两只前足推开饲养员，咬断牵羊的绳索，把绵羊推进笼内。当人们强行拉出绵羊，关起铁门时，灰狼直立趴在铁丝网上，往外哀号，绵羊犟着脖子，往里哀鸣，难舍难分，泪汪汪地相互凝视着。这是一个真实的故事，至于怎么理解，那是见仁见智了。

人类狩猎文明、游牧文明、农耕文明时期不可能出现动物园，只有进入工业文明时代，人口聚集起来，发展城市，远离大自然，才在城中出现了动物园。人类对动物的心态有时是歧视性的、恐惧性的、帝王式的，有时是宠爱性的、利用性的、盲崇式的，十分复杂。以虎为代表的高级动物和以蚂蚁为代表的低级动物，在生命意义上没有区别，要说区别那是生命价值。人类把老虎关进笼子里，和它对视，敢用手指指点点，用相机拍照。要不是栏杆隔着，那可能是惊恐万状，不寒而栗。动物园的出现标志着人类对地球生命的最后胜利，这既是可喜的，也是可悲的。弱小的生命之间往往是相互同情，互为因果，相依为命。国际知名生物学家西蒙斯，于1976年创立了一门新学科——“社会动物学”，试图从社会学的角度研究动物的奥妙。他发现人人喊打的老鼠的奇妙。有一天在野地上两只老鼠同行，后面一只叼着前面一只老鼠的尾巴，他觉得很奇怪，抓住这两只老鼠观察，才发现原来后面一只是瞎子。英国的一位妇女，养了一条狗，狗年岁大了，眼睛瞎了。家养的两只猫，似乎对瞎狗产生同情，从此无论何时何地，两只猫离不开狗。狗走路时，两只猫一左一右为瞎狗引路，狗与猫相依为命。曾经希腊有个有名的歌唱家，名叫阿利翁。他到意大利演出，返回希腊就乘坐一条船。谁知这条船的水手是个海盗，他知道阿利翁背的七弦琴值很多钱，而且身上还带着许多钱。海盗决定在无人的大海上杀死他，并明确地告诉了他。阿利翁知道自己无处可逃，只好请求海盗，在他临死之前，允许他唱一生最后一次歌。他怀着悲痛的心情高唱的时候，发现一只海豚围着船游动，他想与其死在海盗手中，不如自己跳水一死。一唱完歌，阿利翁就怀抱七弦琴跳入深不可测的大海。那只海豚似乎听懂了优美的音乐，知道了音乐家的身价，托起阿利翁漂游到岸边，将他毫无损伤地送到岸上。后来希腊造币厂铸造了一种硬币，上面刻印着阿利翁手抱七弦琴端坐在海豚背上的画面。

人类和动物是伙伴关系，共同分享着大自然的恩惠。动物有自己的尊严，如果能够接近它们，得到动物的理解和爱，那是我们人类的荣耀和自豪。1980年9月的一天，江南洞庭湖畔，养鸭户徐辉，在自家门口的小河里摸鱼时，意外地捉到一只大乌龟。他把乌龟抱回家中，精心地饲养了一段时间。后来他在龟甲上刻上自己的名字，把它送回浩瀚无边的洞庭湖。时隔一年多，1981年12月的一个傍晚，这只乌龟风尘仆仆地回来了，爬进了徐家大院。徐家主人又惊又喜，全家商量，这乌龟情意这么深长，先留在家里住一段时间，再送回湖里。乌龟在家不仅吃喂的食物，还躲在墙角吃蚊虫，有时独自出去玩耍，每晚都要回家。徐家认为这龟能够摆脱人类世界的威胁，能够自然地栖息，更幸福，更幸运。于是再次将其送入洞庭湖，他们估计乌龟再不会回来，为表隆重送别，在湖边放了一挂鞭炮。又是时隔一年，正好春节即将来临，乌龟又回来了。它一进村就被村里的几个年轻人发现，他们弄来麻袋、渔网，你追我赶进行捕捉。乌龟机警地迅速爬进了熟悉的小巷的墙洞里，捕捉的人折腾半天一无所获，只好叫来徐家人。徐先生站在小巷边大声喊道："老龟你又回来了，我来接你，快出来。"话音刚落，乌龟从洞里出来，爬到老徐面前。徐家人忙完农活，围着锅灶吃饭喝酒，这只乌龟悄悄爬到人群中，将头高高地竖起来，看看这个人的脸，听听那个人说什么，它就像徐家的家庭成员。动物与人之间通过对视传递感情，徐家认为洞庭湖是它的家，到自己农舍来是访友，访友之后该回家。又一次次把它送到湖里，到了湖边的沙滩上，乌龟望着湖爬了一阵子，再回过头，眼睛直勾勾地望着徐先生，如泣如诉，难分难舍，最终还是下水了。据说，从那时起，这只乌龟连续八年，要么是端午节，要么是春节，每年得回来访友。据说徐先生与乌龟结缘的新闻公之于报端，全国各地的书信雪片般地飞到这普通的农家，徐先生成了知名人士。要是这事发生在今天网络媒体高度发达的时代，徐家就成了“网红”，可以赚到一笔可观的收入。

20世纪80年代初，我在西藏日报社工作，住在记者小院。所谓记者小院是两层藏式小院，曾经是一个小贵族的府邸，已经很破旧。守护大院的工人扎西住在一楼，养了两条看门护院的藏狗。两条公狗长得像黄狼，很多客人不敢进院子，它们吠声奇大，夜里叫起来很多人不得安睡。无论住在院里的人，还是外来的客人，当面和背后对扎西怨声载道，给他造成巨大压力。无奈之下，一生行善积德的扎西老人委托在青藏公路上拉货的司机朋友，先把一条狗拉到离拉萨200多公里的当雄兵站丢弃，因为那里剩菜剩饭充足，不怕狗饿死。扎西和司机把狗装进一只肥大的麻袋里，松松地扎了口，怕狗闷死。这狗看见汽车，又看见扎西亲自动手，还以为跟随主人去游玩，兴高采烈地任凭主人摆布。从那天起，院子里倒是安静了，可扎西闷闷不乐，见人不说话。另一条狗耷拉着脑袋，既不叫也不吃。院里死一般的寂静，人们觉得还有些不习惯。过了三个月，拉萨进入冬天，雪后的清晨，大门关得严严实实，院里的人拿着扫把扫雪。当扎西打开大门的那一刻，所有的目光聚集到披着雪花站在大门外的那条熟悉的黄狗身上。它第一眼看见扎西，就趴在雪地上，昂起头伸出舌头，看着主人发出喜悦的叫声，摇动着尾巴，把地上的雪扫得雪花四射。再看见院里的人群，一下子站起来，跑进院子活蹦乱跳，摇头摆尾，对每一个人用鼻子闻着、亲着，不在乎曾经人们对它的憎恨和冷酷。我后来从那位司机那里得知，他确实在200公里的土路上开了一天的车，晚上住在当雄兵站，把狗放了。第二天吃早餐，多打了一份，四周寻找饿了一天的狗，可狗无影无踪。可以断定，思念着主人的狗，当晚就踏上了返回拉萨寻找主人的路途。这200公里的路程，要跨越荒野，可能受野兽的袭击；翻越高山，可能忍受饥饿的折磨；还有江河的阻挡，绕河寻桥；过城镇，还要躲避人类的追打，不知道要经历多少痛苦、磨难、艰辛。这条狗，怀着对主人的忠诚和感情，以坚强、勇敢、机灵对抗一切困难，回到了主人身边。这时我十分懊悔当初我们对一条有情感、有尊严，为我们看家护院的狗，采取如此冷漠、残酷的举动。我想象不出这条狗拖着疲惫的身子，步履蹒跚，忍饥挨饿奔走在寻找家园、寻找主人的艰难路上的情景。

人类曾把收藏动物的标本作为冠冕堂皇的爱好，通过赠礼、交易获得它们，以欣赏动物的外形为时尚、娱乐，象征豪华的王廷气派。后来抓捕、禁锢、驯服，把自由自在的动物关入兽笼，供人参观，任人摆布。现在许多珍稀动物的血肉变成餐桌上的美食，满足人的贪婪、好奇、虚荣的心态。一般动物分为食肉和食草两类，人类不仅食草，也食肉，甚至可以说天上飞的、地上跑的、树上掉下的、海面漂动的都要吃。人和动物只有一个家园，那就是地球，任何生命对地球来说都是不可或缺的，人类保护野生动物就是保护地球这个家园，也就是保护自己。如果懂得这个道理，就请为自己的生存生发善良之心。

第二编

爱与人生

我就像一条自由的鱼儿，漫游在母爱的江河中，白天那些烦琐的仪轨，虚荣的祝词，都比不上母亲给我的一个吻。

童年的梦

我的家乡位于西藏那曲地区的比如县境内，永远流不尽的怒江在我家旁边的河谷里静静地流淌了千万年。河谷上方是一片茂密的森林，森林丛中藏式楼房错落有致，仿佛一座与世隔绝的修行庙宇，那儿就是我儿时的家。由于我的父亲出身于世代艺术之家，家境算是殷实，仅雕塑创作室就有五百多平方米。我父亲是一个虔诚的佛教徒。我出生时，父亲请了二十个高僧大德为我念经祈诵吉祥，一念就是三个月。且不说是否灵验，望子成龙的心愿是不分民族的，表达的形式则千奇百怪。喇嘛们念经要做大量的供奉，用糌粑和酥油拌合做成的“朵玛”供奉在给诸佛菩萨之前，人也可以食用，这种供果在西藏天干物燥的环境里可以保存很久。到我四岁多时，家里的早茶还用我出生时做的“朵玛”，用酥油茶泡烂干硬的糌粑坨坨。

记得在那年的深秋时节，怒江开始逐渐消瘦，也碧绿亮丽起来。河谷上方的森林换上了金黄色的衣装，像一个雍容华贵的贵妇人把华丽的衣袍顺手抛在巨大的山岗上，无数红色的野山果寂寞地点缀其间，仿佛一颗颗等待远行人的心。人们都知道，当山上的野山果都熟透变红时，外出的马帮就该回来了。

从拉萨回来的马帮，铃声穿越河谷两岸金色的森林，穿过了人们寂寞等待的心，让长久的期盼像太阳突破云层，把喜讯带给家乡翘首盼望的人们。这些戴着皮帽、背着土枪走南闯北的好汉们出去将近半年了，他们克服了一路上人为和非人为的灾难，让自己的脚底翻过一座又一座雪山，驮出去家乡的羊毛、羊绒、山货、药材，千里迢迢地从拉萨运回来镀金的佛像、闪光的银器、艳丽的绸布、日用的百货以及人们闻所未闻、见所未见的各式舶来品——它们是一些在藏语里叫不出称谓的西洋玩意儿，派不上多少大用场，但却是头人、贵族们标榜时尚、追逐虚荣的某种标志。那种感觉有些像中国改革开放之初，不谙世事的年轻人戴一副不撕掉商标的蛤蟆镜。虽然那时西藏的大门依然向外界紧紧关闭，世界认为它被铁幕笼罩，遥远神秘，但那些坚忍而顽强的马帮们，像穿越门缝的风，时不时给人们带来家乡以外的清新空气。

就像一个盛大的节日拉开了序幕，家乡的人们已经把目光拉得跟马帮们去拉萨的道路一样长，已经在心中积蓄了足够多的等待和梦想。康巴汉子们刀鞘上的装饰要闪耀如夜空中的星星，姑娘们身上的穿戴要绚烂似凌空飞跨的彩虹，以及要为神龛前的诸佛菩萨添上新的供奉，农事和日常生活所需的新奇日用品，全都寄托在马帮们的驮架上。但是马帮的铃声也给家乡的人们带来一阵小小的惊慌：出远门的人回来了，家里还没有打扫卫生哩。

过去西藏的贵胄人家，相当注重礼节。有客人自远方来，主人要穿盛装，家中上上下下都要打扫卫生，打茶备酒，烹牛宰羊。若是特别重要的客人，如活佛或官员，还要派人到路口煨桑。那时由于地僻人稀，道路艰险，人们交往多有不便。去别人家做客和家里来了客人，都是大事。一般来讲，重要登门拜访者要先送去书信，既是通报，也顺带问候主人。这种书信现在已经见不着了，藏语叫“沙布扎”。它是一个做工考究的长方形木盒，上面有盖，底层先涂上酥油，然后撒上一层木头燃烧后产生的白色细灰，用竹笔在上面写上字，向主人通报将要去贵府拜访的事宜，然后盖上封盖，交与人送去。主人家收到“沙布扎”后，将盒底的木灰抹去，再撒上一层新灰，便可给客人回信了。这是那时藏地因缺少纸张而时兴的一种特殊书写工具，既保密，也庄重。现在想来，

“沙布扎”是西藏往昔生活习俗的绝佳见证，是原始书信往来的绝妙之技，今日再用也绝不落后与逊色。

马帮虽然不是什么重要客人，但绝对是对寂寞清净的日常生活的一种冲击。由于我家四周树林茂密，视线受阻，声音也传得不远，当听到铃声时，马帮差不多已经快到家门口了。年轻人不需要吩咐，早就楼上楼下地忙得脚底翻飞，清扫客堂，烧水打茶，腾空马厩，准备草料。他们都是些聪明伶俐的家伙，知道最需要他们干什么。父亲面含微笑，似乎全家人中就他早已知道一个谜底将要解开。家中的女孩们显得更为激动一些，她们聚在一起，叽叽喳喳，面色红润——谁知道这次她们又能得到些什么样的奢侈品呢？

记得那时家里摆着一些来自印度的糖果、拉萨的佛像、山南的氆氇、林芝的杯碗。我父亲还有一架英国产的望远镜，像一个烟筒，外面紫色的漆已经脱落，露出铜壳的黄斑。马帮不仅给人们带来了生活的方便和实惠，而且带来了精神的愉悦与满足，甚至心灵深处的震撼。父亲的那架望远镜曾经让一个老喇嘛百思不得其解，他不明白，在望远镜里怒江对岸峭壁上的花儿为什么会近在眼前。当时他一手举着望远镜，另一只手向开放在河谷对岸的花儿伸出去，就像要抚摸一下它们，以证实它们是否真实存在。放下望远镜后，这个熟读经书的高僧郑重其事地对我父亲说：“洋人这个隐藏着神通的东西没有经过心的修持，不能给我们带来精微、清明的正见。它不是洋人的法术，就是魔鬼迷惑我们的心的阴谋。”

那一年我大约五岁，懵懵懂懂地跟在大人后面莫名地兴奋。那时我已经削发剃度、学经诵佛，父亲专门请来一个老师到家里指导我学习经文。我的老师是一个不苟言笑的严厉老僧，在我童年的印象中，他可比父亲令我敬畏多啦。我小时候没有挨过父亲的打，却挨过老师不少板子。那时的我也够顽皮的，在我背诵经书时，父亲常常在案桌上插一支藏香，规定香燃尽了才可以出去玩。可我总是在老师不留神时悄悄用嘴去吹那支香，三下五除二地就把香吹得燃完了。当然，我的这些小聪明总会被老师发现，挨打就是必然的了。最厉害的一次挨打是他用一串佛珠扇我的脸，扇之前还让我把腮帮子鼓起来，以让他扇得实在。那一次，被牙齿和硬木佛珠夹着的薄薄的脸皮都被打穿了。

马帮们终于踏着一地的阳光进入宽大的庭院，院坝霎时成为一个小小的超市，琳琅满目的商品摆满一地，人们都得到了自己的礼物，当然也包括我。父亲把我拉到一边，塞到我手上两件东西：一面藏在盒子里的镜子和一支手电筒。那个盒子做工非常考究，四周镶有黄铜，打开盒子，里面是镜子，盒子底层装有碱粉，是洗手洗脸用的。也许，那就是现在的女士们用的化妆盒的前身。

父亲说：“你是一名穿袈裟的小喇嘛，这个镜子可以让你随时注意自己的衣着。”

那支手电筒，父亲没有作更多的交代，只告诉我它叫“比西林”，也许父亲仅把它看成是一个孩子的玩具吧。“比西林”不是一个藏语词汇，是一个跟随马帮的脚步进来的外来词。在当时明媚的阳光下，“比西林”没有显示出它无穷的魔力，而那面镜子，一下把我带入了一个全新的世界。

我第一次看见了自己的脸！镜子里那个满脸稚气、面色通红的家伙就是我吗？我被他吓了一大跳，差点把手中的镜子扔了；但是又忍不住继续看他，这一看，足有一个小时！

我怎么会跑到镜子里去了？这是令我百思不得其解的问题，镜子里的是我兄弟，还是我阳光下的影子？我瞪大眼睛看镜子里的那个家伙，他的眼睛瞪得和我一样大；我向他做鬼脸，他的鬼脸和我一样坏；我笑，他笑得跟我一模一样；我做出哭的样子，他也仿佛和我一样伤心；我在镜子面前背经文，他也跟着我一起背，连嘴都动得和我一样。我问：“你会说话吗？”他好像也问我：“你会说话吗？”

天下竟然还有这样的东西，以后无论我跑到哪里，他是不是也会紧紧跟随我？无论我干什么，他是不是都照得见？我心里想的事情，他是不是也跟我想的一样？要是我干了什么坏事，比如把案桌上的香几下就吹尽了啊，将吃不完的牛肉偷偷拿去喂狗啊，在老师的背后做鬼脸啊等这些大人不允许的事情，他会不会去告发我？

慢慢地我发现，镜子里的那个家伙是我最最亲密的伙伴。我有多好，他就有多好；我有多坏，他也会有多坏；我做什么，他就做什么；我打什么坏主意，他不会去告诉大人，因为他受我指派，我就像他的小老爷，他就是我的小仆人。

从今以后，你是我的好朋友，没有比你更了解我的人啦。我对镜子里的那个家伙说。

镜子让一个孩子发现了自己的好伙伴，就像发现了一个新世界。我在家里狭窄的屋子间跑来跑去，用镜子去照各式各样的事物——神龛前的酥油灯，佛堂上供奉的护法神，马厩里的马，院子里忙忙碌碌的人群，镜子里不断变幻出不同的景观，像一个个神话传说在我的手上演绎。我还发现了一件更令人激动的事情：当我让镜子面对阳光时，一束强烈的光便反射出来，我照向哪里，那束光就打到哪里。这时我看见父亲正坐在屋檐下的椅子上，他有一脸漂亮而浓密的胡须，这一直是儿时的我没有弄明白的一个谜：为什么我没有而父亲有那么多胡子呢？他的下巴处一定有什么我们看不见的秘密吧？于是我将镜子反射的光束射向父亲。可是我打出的光束高了一点，一下射到父亲的眼睛处。只听得父亲惨叫一声：“啊呀！我的眼睛看不见啦！”

家里的人顿时像炸了群的马。苍吧（藏语，对地位高于普通喇嘛的人的称谓）的眼睛怎么看不见了！人们惊慌失措，大呼小叫。我知道闯了大祸，呆呆地站在一边，我看看镜子里的那个人，他也和我一样吓得目瞪口呆。喇嘛老师和门巴（藏语，即医生）都被召来为父亲治眼睛，一大群人围着父亲忙碌，母亲急得眼泪都下来了。好在没隔多久父亲就恢复了视力，大家一场虚惊。喇嘛老师说，刚才是镜子把父亲的魂照走了，父亲的眼睛才会看不见东西。父亲说：“现在还有一团光影在眼前晃动，我闭上眼睛时，它跑得很快。”喇嘛老师急速地为父亲念了一段经文，然后告诉父亲：“不用担心了，那是魔鬼逃跑的身影，它们已被我的经文赶走了。”这位秃顶、圆胖，整天手不离佛珠，口里不停地诵经，面部从不带一丝笑容的老喇嘛也是我家的智多星，任何人有什么大小难题都向他请教，他会滔滔不绝地给你解释半天。对于“为什么蚂蚁咬着比它大几倍的食物还跑得这么快”这类的问题，他居然解释出“蚂蚁的力量比大象大。大象背不动地球，蚂蚁能背着地球走”。对了吧，又一只蚂蚁钻进地里，它又开始背起地球；对了吧，地球转起来了，太阳向西移动了。

我的喇嘛老师显然不会像我一样对一面镜子有那样多的好奇心，也许他认为这是魔鬼的东西呢。不过，从此以后，父亲向我下了道严格的命令：不准用镜子照别人的脸。

尽管我闯了一个不大不小的祸，可是我的兴奋和激动还没有完。吃完晚饭，已是夜幕降临。从吃饭处回到我的卧室，要穿过一个大院及长长的走廊。过去我们走夜路时用油灯来照明，或者借助天上明亮的月光。那时西藏的夜晚是最深沉漫长的，我听说只有我们比如县的宗本（藏语，即县长）家里才有一盏煤气灯，那已经是现代得不得了的东西了。你就想想吧，一支手电筒的光芒划破沉寂了数千年的黑暗，是一件多么激动人心的事情。况且，它还握在一个孩子的手里。

那束在无垠的黑暗中闪闪灭灭、晃来晃去的光柱就像一个游荡在夜空下充满好奇的孩子的灵魂。黑暗中的事物可以被看见，无异于一个未知的世界开启了一扇神秘莫测的窗户。那个晚上我一夜没睡，我相信家里的人也被我搅得难以入眠。因为我用手电筒去照那些看家护院的狗，它们从未见识过黑夜里如此明亮耀眼的光束，惊慌得大呼小叫，吠声一片，似乎想把射来的光柱一口啃掉。其实我的惊讶和它们一样——我可以在黑暗中看见我想看的任何东西！这些狗跟白天相比怎么有些不一样呢？它们看上去不像家犬而像森林中的狼，面色凄惶、眼珠发绿、耳朵竖起、獠牙暴露、行动鬼祟。树上那些露宿的野鸡更有意思，当手电光照射过去时，这些家伙竟然一动不动，缩着脖子瑟瑟发抖，就像被一支光的利箭射中了一样。我手持电筒在宅院里蹿上蹿下，再也不用担心哪里是门槛，哪里有坑洼。以往对黑暗的恐惧被手电筒的光芒驱赶得无影无踪，我感觉自己就是驾驭黑暗的勇士，在过去从不敢涉足的地方如入无人之境。那从我手中飞出去的光束就像一把锋利的宝刀，将强大而深沉的黑暗一劈两半。黑暗中的魔鬼在哪里？大人们说的每到夜晚就四处游荡的阴魂又在哪里？我要用手中的电筒把它们都照出来，让它们在手电光下原形毕露，哪怕为此闹得鸡犬不宁。刺激和兴奋让我闯进了家中的佛堂，我想看看平常供奉的护法神们夜晚在干些什么，是在和魔鬼打仗呢还是和我们人一样在睡觉。可是当我把手电光照到护法神的脸上时，我被吓得一屁股坐在地上，差点用手捂住自己的眼睛。

白天里熟悉万分的护法神怎么会变得如此狰狞恐怖？他们在浓重的黑暗的包围下，只露出一张龇牙咧嘴的脸，用愤怒的眼睛瞪着我，大张的嘴仿佛要将我一口吞下。那样子不要说一个孩子，就是一个大人，大概也会毛骨悚然。在神圣的佛堂前，在各路护法神不怒自威的震慑下，我抱着手电筒落荒而逃。

那是我的第一个不眠之夜。许多年后我都还记得这个激动人心的夜晚，以及心灵深处所受到的巨大震撼。那时，应该说我是一名佛教徒，因为跟着一位喇嘛老师习诵经文，尽管我对喇嘛老师所教授的那些佛教经文一知半解，但神鬼世界的故事和传说却令我印象深刻。我削发了，我披着袈裟，可我的童心纯洁得像一座水晶塔，洁白、纯真。因为纯真，我心中是无神的，我敢将供佛的神水一口喝干，我敢用点燃的藏香穿破神鼓的面。第二天喇嘛们集中诵经时，所有的鼓一个都打不响，发出嘶哑的声音，惊得他们又是求神又是补鼓。一面镜子和一支手电筒向我展示了与喇嘛老师所描述的世界全然不同的景观，这种新奇的令人怦然心动的景观不是让我如梦初醒，而是让我仿佛置身梦幻般的世界。哪颗童心没有梦，哪个孩子不梦游？在枯燥乏味的经书和魔幻般的镜子与手电筒之间，任何一个孩子都会作出符合自己天性的选择。镜子和手电筒，成了一颗不安分的童心通往山外世界的方向和路标。

客观地讲，西藏人并不保守，也不排外，具有博大的包容心。这与雪域高原独特的地理环境和宗教文化习俗有关。当一个喇嘛上师对他所不知的山外世界和新生事物心存狐疑时，他必然试图用自己掌握的那一套理论去诠释。他们总是用该事物有没有灵魂，是不是有魔鬼在作祟来作出自己的评判。

普通百姓却像我一样对新生事物充满强烈的好奇。记得我得到那两样宝贝不久后的一天，父亲告诉我，山下的一个村子里有家人在办丧事，让我跟随我的喇嘛老师去念经超度亡灵。这是父亲要历练我的胆识，先见死尸，后看天葬，还要陪死尸同眠。这次本来该白天去的，可是我找各种借口拖到晚上才出门，目的只有一个：要让人家见识见识我的手电筒，我要尝尝照着电筒夜行的感觉。

没有想到的是，一个孩子的好奇心搅乱了人家的丧事。当手电筒的光芒在丧主的火塘前划过时，服丧的人们再不悲恸哭泣。电筒的光芒射到人身上时，竟然有人像躲射过来的弓箭一样，惊乍乍地四处避让。人们从惊慌到惊讶，从惊讶到欣喜，眼泪虽然还挂在脸上，却满脸莫名的兴奋。尸体静静地躺在那儿，身旁的酥油灯一闪一闪。严肃、庄重的亡灵超度变成了嬉笑、骚动的游戏，罪过，罪过，是我的罪过。我的得意使我忘记了教规教法，忘记了丧事场合和在一旁的老师，尽管在一旁的老喇嘛吹胡子瞪眼睛，是多么的不高兴。尽管超度亡灵的经文被我念得七零八碎，不成章法，可我感觉得出，那个晚上，人们对我很崇拜，除了我是一个小喇嘛，更多的是对那支手电筒的敬畏。

人们面对任何新生事物，总是从好奇和敬畏开始的。拒绝它其实就是在拒绝这个不断前进的时代，拒绝自己求知的心灵。当解放军来到西藏时，他们不仅带来了更多的新奇东西，还带来了农奴翻身解放、社会进步发展的全新观念。不管向我宣扬何种信仰、文化，年少的我更向往一种新的生活方式，向往到山外的世界去开阔自己的视野。当一个和蔼可亲的解放军营长问我愿不愿意到汉地去念书，告诉我在那里可以学到许多新的知识时，我几乎没有多加考虑，甚至没有告诉我的父母，就和一批翻身农奴子弟一起，跟随解放军去了汉地。后来我才知道，我离家出走后，我的母亲在怒江边徘徊辗转了三天三夜，急得险些跳了怒江。

当年走出雪域高原的那一步，虽然令我终生都感到愧对父母，但是我没有后悔，更没有遗忘我在西藏度过的童年岁月。2004年的夏季，我母亲已经86岁，双目失明多年，老弱的病体一年多卧床不起。我从昆明赶回老家，到家的那天，母亲奇迹般地从床上起来，穿上新衣，洗了脸，让人扶着到门口等候我的到来。我在家待了五天，我们母子促膝谈心，我介绍的云南情况有好多她不明白，但她频频点头，谈笑风生。我说："当初去内地没有告诉你，对不起呀。"她却说："当初若把你给拦住了，妈今天真对不起你呀。”我离开母亲，回到昆明才二十天，我母亲没有病痛、十分安详地走了，而且怎么处理后事都作了详尽的交代。我们兄妹三人，一切按母亲的心愿办。她会在彼岸世界里如愿地过着梦幻般的生活……

在藏地古老驿道上行走的马帮们的身影，已经走进了历史，那些仿佛是人间最动听的音乐的马帮铃声，也早已尘封在记忆的深海里，但童年的那面镜子始终令我没齿难忘。初到汉地的那几年，我最喜欢买的东西就是镜子，方的、圆的、弧形的、心形的，大的、小的，只要看见不同款式、形状的镜子，我都要买，像一个镜子收藏家，虽然它在我的心里已经不再神秘。20世纪六七十年代，人们还很单纯简朴，有朋友结婚，人家送枕头、被面、脸盆什么的，我则不管新人喜欢不喜欢、合适不合适，一律送镜子，我希望他们在镜子中看到自己结婚后的样子。70年代初我到上海上大学，到后第二天就兴冲冲地乘公共汽车跑去看哈哈镜。我早就从书中得知，那时全中国只有曾经是十里洋场的大上海才有一种叫哈哈镜的东西。我在哈哈镜中看到了变形的自己，忽高忽矮，忽胖忽瘦，忽丑忽俊。我在那里流连忘返，我不知道要是我童年时就看到哈哈镜会是什么样子，会受到多大的震撼；我也不知道如果我的喇嘛老师看到哈哈镜中变形了的自己，会不会吓得魂飞魄散，并将之解释为魔鬼的阴谋。那一天，我对镜子又有了全新的认识——人在镜中是可以被改变的，正如人在生活中被改变一样。

随着年岁的增长，我开始慢慢领悟人生。古人说："以人为镜，可以明得失；以史为镜，可以知兴替。"看历史，我们知道应如何治理国家；看别人，我们知道应如何做人。但如果我们要看自己呢？一面心灵的镜子就必不可少，现实的镜子也不可或缺。你瞪大眼睛盯住镜中的人看，慢慢地你就能看许多奥妙来：这个人怎么如此骄傲？或者，他怎么这样卑微萎靡？嗨，谦逊点吧，你这自负的家伙。嗨，振作起来啊，你这没出息的人。当我们面对镜子里的自己，其实就是在面对自己的灵魂。

生活中许多事物都可以作为我们的镜子。从别人的刚强里，我们看到人的勇气；从英雄的牺牲里，我们看到高尚的奉献；从小人的虚伪里，我们看到世事的复杂。而作为一个藏族人，我们的民族对镜子于人生的观照也有很深刻的认识。一个藏传佛教的喇嘛上师说："死亡是一面镜子。"因为最智慧的喇嘛上师能够了生死如观手掌上的纹路，他们身上所具备的佛性平常被身体所隐藏，被他们的谦逊所遮蔽，他们只有在死亡面前才会表现出非凡的佛性。当一个高僧大德面对死亡时，他所体现出来的就不是一种肉体的病痛或衰老的痛苦，而是一种庄严，而是一种神圣，他甚至可以在禅坐中平静地和死神握手。因此喇嘛上师们认为：“死亡时是真理呈现的时刻，是面对面正视自己的时刻。”一个走向死亡的人，心中有一面镜子映照着他的心灵，他站在这镜子前挥手与世界告别，与自己告别——你是保持一种无畏的勇气呢，还是沦为胆怯的懦夫？不是别人在看着你如何面对生死，而是你自己在死亡面前如何保持一个人最后的尊严。这就是在死亡之镜前的真理。

童年时代的镜子，让我的回忆充满温暖；心中有一面镜子，让我努力去做一个正直善良的人。尽管世界上的镜子无以计数，尽管生活中有形无形的镜子随时都在映照着我们的相貌和心灵，尽管镜中的伊人在一天天地老去——有谁可以在镜子里发现自己越活越年轻呢？但只要独自站在镜子面前，心不慌，不愧，不急，不躁，充实，平静，自信，刚毅，就应该是这个世界上最幸福的人。

生日与哈达

生日对每个人来讲都是人生中的重要日子。每过一次生日，人生的旅程就缩短了一年。人生是用时间来计算的，而时间对谁都不讲情面，不发慈悲，既不停留，也不回头。人生是一条与烦恼为伴的征途，有喜就有愁，有走运就会有倒霉。过生日，既能感受到成长的喜悦，同时也会对走过的坎坷之路进行反省，并且还会感叹时间的匆匆、生命的短暂。许多人童年时期的生日是快乐的，青少年时期的生日是充满希望的，成年以后的生日是辉煌的，而老年时，生日就像一首夕阳下的牧歌，从容淡定、韵味悠长。

我也常参加一些朋友的生日聚会，呼朋唤友吃大餐，手举钝刀切蛋糕，闭目祈愿吹蜡烛，齐声合唱《祝你生日快乐》……许多人在一生中，都会有一个乃至几个难忘的生日。那是他生命中的几个人生亮点，让他在之后的岁月中时常怀想。

一、佛门生日

世界各民族的人们有各自过生日的习俗，这构成了文化差异和色彩斑斓的民风民俗。我们能在这些特色中，看到民族风情、民族特性，乃至时代特征。

我如今已过耳顺之年，闲暇之余回顾以往的人生历程，有三次生日让我没齿难忘。它们在我的生命中留下了深刻的烙印，印上了那个年代鲜明的特征。

我们藏族人的生日和其他民族有所不同。解放前，由于制度落后、生活贫穷，一般人是不知道自己生日的。人们大体知道自己出生时的气候、季节，是下雪天，抑或是涨水季节，是绿草如茵的夏季，还是天凉草黄的秋季。若要论及具体时间、地点，则可能被告知："哦呀，你是收青稞时生的。""噢，你妈上山割草时，就生下你了。"从佛教观念来说，生命不过是一次一次轮回，来来去去，就像日起日落。不是藏族人不看重一个生命的诞生，他们是看重生命的延续、生命的转换和生命自身的价值。

在西藏，佛门弟子是社会中较为特殊的一个群体。他们居于寺院之中，终身不娶，整日学经，生活简朴，起居有序，把一生交给佛教，终日诵经祈祷，祈愿佛祖保佑、普度众生。他们中具备了一定生活条件和相当学位的，通常会在一生中过几个重要的生日，比如五岁、十八岁、六十岁和八十岁。解放前，藏地生活条件差，文明程度低，从婴儿呱呱坠地到五岁以前，一般认为这时的生命就像花儿还没有开放一样，是否可以存活，听天由命。只有到了五岁、满地活蹦乱跳的孩子才会让大人看到这个生命的活力，看到一个人的佛缘和慧根，也才能看出他未来的命运与发展。到这时，就应该过人生的第一个生日了。十八岁是一个僧人学业有成、学位升迁、自立自为的标志，僧侣可授比丘戒，历世达赖喇嘛则在这个年龄正式执掌政教合一的大权。在藏族人看来，六十岁到了生命的终结阶段，人一生该享的福和该受的苦皆已完成，人生已无怨无求，到了安享晚年、潜心礼佛的时光。因此，六十岁的生日要过得隆重且吉祥。至于八十岁生日，在当时的社会条件下，能活到这个岁数的人是很少的，人们称之为“白寿”，寿星要穿一套专门缝制的崭新的白色氆氇寿衣，庄重地接受人们的祝贺。修行的高僧活到这个岁数，其威望不亚于活佛，人们称这些老寿星为“加群果嘎”，即八十岁的白发老人之意。而俗人中能做“白寿”的，若是家奴自动成为自由民，若是囚犯则无条件释放。这可能是在一个普遍短寿时代对生命的珍惜和对长寿的仰慕吧。

这就是从前我家乡过生日的习俗，它与佛教信仰有关，与文化传承相连。尽管并不每年都过生日，但记住了人生中的几个重要阶段，一生的时光就历历在目了。

1946年12月26日，我出生在藏北草原的比如县。现在年纪稍大一些的人都不会忘记，12月26日是毛主席的生日。我与他同月同日生，只能算是一个巧合，可这一巧合为我的生日增添了一些故事。

我的第一个生日是在1951年过的，虽然尚是黄口小儿，髫发蒙童，但因为这个生日被赋予了强烈的宗教意义，所以它给我留下的是苦涩中的一丝甘甜，痛苦中的一些慰藉。

那时，新中国成立已经两年多了，西藏也已和平解放。中国人民解放军开进了拉萨，进驻西藏各地，我们县也成立了解放委员会。但全西藏还没有实行民主改革，我的家乡山河依旧，头人还是头人。我出生在一个很复杂的家庭里，家父曾做过官，后来弃官修佛。我没有考证过父亲弃官的原因，我估计是因为官场争斗伤了元气，看破红尘转而求神拜佛。其实，确切地说，我家是个书香世家，祖辈曾出了三个画家和三个雕塑家。他们画五彩缤纷的佛教唐卡画，制作栩栩如生的佛像雕塑，先辈们的成果，至今在一些古寺中仍然能找到，西藏著名的桑耶寺中供奉的千手千眼观音，就是我父亲塑的。

我虽然自小被父母溺爱，但由于家父潜心礼佛，希望我传承佛祖的衣钵，我三岁时就削发剃度，被送入佛门。因此，我五岁的生日就显得不同凡响。因为这不仅仅是一个普通孩子生命的开始，而且是一个佛门弟子从这一天起，正式继承前世修来的佛缘，奠定人生旅途的起点。这起点必须立得庄严、神圣，刻上令人终生难忘的印迹。从此，我要背负起祖辈的期望，开始学佛念经、参禅打坐、遵循戒规。在藏族人看来，入佛门，是为履行佛的旨意，修炼佛的意志，实践佛的理论，既视为前世修来的功德，也看作祖上无上的荣耀。因此，与其说这是在为一个孩子过生日，还不如说是一次宗教的仪式、民俗的表演、文化的传承。这种千百年来形成的习俗，是要借助这个生日，把一个单纯的儿童转变成一个虔诚的佛童，让他与虚幻的神灵越来越近，与人间的亲情，则越来越远。

这对一个童心未泯的五岁孩子来说，未免太难了。

但我生于这个家庭，属于这个民族，就像生长在这片土地上的一棵小苗，什么样的气候、什么样的土壤、什么样的环境已经确定了。尽管我那时根本不知道，我的命运从此会与其他孩子有什么不同。

我的第一个生日是在怒江边上的一座千年古庙里度过的。这座庙宇叫“麦巴朱普”，意为“火焰修行洞”，是我们家的家庙，也是离我家不远的两座寺庙贡萨寺和羌日寺的护法殿。关于这座修行庙宇，有一个美丽的传说。当年莲花生大师在此地打坐念咒七天七夜，用法杖一戳，地上就涌出了一眼山泉。这山泉因而具备神性，老人们能够通过泉水颜色的变化而卜凶吉、算农桑、看气象，人们甚至传说在我出生时，这泉水变成了奶白色。藏族是个相信神迹的民族，是个与大自然相依相亲并敬畏自然的民族，认为世俗万物皆具神性，自然界中的一些奇异变化常常被当作神的恩赐。祖辈依泉建庙，整个建筑沿着山坡上的岩石高低错落而建，远远看去像燃烧的火焰。“麦巴”在藏语里就是火焰的意思。寺庙包括经堂、僧舍、修行洞等，经堂里供奉的是一座高大的莲花生大师的塑像，还有一尊鹿头人身的护法神像。关于这护法神，也有一个动人的传说。很久以前，一个游方僧人在森林里迷了路，一头漂亮的鹿出现在僧人前方，为他带路，引导他走出了森林。僧人在一个山洞里闭关修行了三年三个月零三天，修得正果，出来后发现那鹿仍在外面等待。这个传说寓意鹿为藏族人的学佛引路者，因此，家乡的人们视鹿为吉祥的动物，加以供奉。

这里海拔4200多米。庙的四周是遮天蔽日的原始密林，高大挺拔的松柏四季不凋，装点着苍茫山岭。林中的野羊、马鹿在房前屋后追逐嬉戏。色彩不同、大小不等的鸟儿在林中飞舞。布谷鸟、杜鹃鸟的叫声，似悠扬的歌声，悦耳动听。从古庙中传来的击鼓、摇铃、吹号、敲钹的佛乐声划破林间的宁静，传向天际。庙前的草坝宽阔平坦，夏天远看绿草如茵、一片青绿；近观白色的格桑花、紫色的杜鹃花、黄色的醉羊花竞相怒放、芳香扑鼻，像大地上的彩色星星。一条蜿蜒的小河从坝中由东向西轻轻流淌，河水清澈见底，河底圆润美丽的鹅卵石舒展地躺着，像山上的动物们遗失在大地上的永不孵化的蛋。

这是一个寒冷的冬天，草坝枯黄，各种野花已经凋谢。小河结上了坚硬的厚冰，像一条白色的腰带把草坝捆紧。那天，我的生日在一股浓郁的煨松柏干粉的香烟中开始了，它从凌晨五点起就弥漫在我的卧室，随即，我就被我的老师占堆活佛的诵经声吵醒。他是我父亲请来的老师，年纪五十岁开外，秃顶、矮胖。他学识渊博，道行高深，但严肃刻板，让我望而生畏。他那天早晨念的据说是《宝瓶甘露经》，是一部祈诵吉祥的经文。睡眼蒙眬中，我才想起今天是个吉祥神圣的日子，是我的生日。但瞌睡使我无法睁开眼皮，我多想再睡一会儿啊！

我的侍读喇嘛阿旺丹增此刻正穿着整洁的袈裟，蹲坐在地板上，噘着嘴鼓着腮帮不停地吹着香炉中的炭火，让烟一阵阵生起，弥漫整个屋子。尽管煨松柏的青烟很清香，但熏得我的嗓子极不舒服，感到呛，感到烦躁，以致眼泪都流了出来。家里的大人小孩在房间里进进出出，把我今天要穿的衣服拿到香炉上熏了再熏。新衣是父亲专门请裁缝为我量身定做的僧服便装，里子是羊羔皮，外衬是黄缎子；还有僧侣穿的翘鼻僧靴，是软牛皮做的，靴头呈弯钩状，看上去很漂亮。

我父亲短暂的官场生活中，曾有管家和一些随从。父亲卸任后，随员便失业了。整日鞍前马后跑腿的人，习惯了看主子脸色办事，一旦离开了主子，就无事可做了。父亲有慈悲心，以友情为重，将一个无家可归的随从带到家里，派了个跑龙套的活给他干。他的习惯动作是整天弯着腰，垂着手，走路很快，双臂摇摆。只要有人在他面前，他总是扬起头，满脸堆笑，用细小的眼睛盯着你。听到别人说话，管他对否，他都像捣蒜般频频点头。母亲并不喜欢他，但一个家庭总需要这样的帮手。这天父亲派他帮我穿衣服。尽管量过身，但那套僧装对我来说还是又肥又大。靴子像两艘彩色的牛皮船，脚伸进去一走路，靴子便旋转。我像包裹在一个华丽僧袍里的玩偶，被人们摆布来摆布去。我用目光寻找着我的母亲，我想蜷缩在她温暖的怀里，甜甜地感受她的拥抱，但围着我团团转的人群中哪里有母亲的身影！我想，她一定是在厨房忙碌着吧。

太阳刚刚发出第一道金光，那光透过藏纸糊的百叶窗洒进了我的卧室。父亲进来了，穿着他那件半新半旧的官服。尽管从衣服上看不出任何官阶，但只要一有喜事，父亲总要把这件官服穿上，再套一件马褂。父亲那时刚满五十，宽阔的前额中间长着一颗黑痣，浓眉下的眼睛圆润闪亮，高耸的鼻梁上架着一副黑框眼镜，下巴上有几绺白须，飘拂在胸前。他进来时满面春风，白须因激动而抖动着。他怀里总是揣着一块马帮从印度带回来的英式怀表，镀了金的表壳已经褪色，上面斑斑点点，可金灿灿的表链依然耀眼夺目。父亲擅长书画、雕塑、藏医，他的雕刻技艺远近闻名，经常被人请去塑佛像。父亲是红教的虔诚信徒，红教是藏传佛教四大教派之一，早在唐朝时期就由印度的莲花生大师入藏传播。红教不仅可以建寺布道，还可以居家修行。每修行一年，头上的发髻就盘一圈。我记得那时父亲的发髻已经盘了九圈了，下大上小，看上去就像一个顶在头上的宝塔。

父亲在我房间里走来走去，不断把怀表掏出来看，然后庄重地告诉我说："孩子，时辰到了，我们走。"

我被父亲牵着手走进家中的经堂。经堂足有两层楼高，宽敞明亮，中间那尊莲花生大师的法像，有五米多高。这尊法像是父亲自己设计、雕塑的，上面镶嵌着各种珠宝，可以说，我们家的大部分财富都在这尊法像上，连母亲陪嫁的首饰都供奉在上面。法像的里层是木架结构，外层是粘泥雕塑，上面涂着厚厚的金粉，看上去庄严巍峨。莲花生大师面容安详淡定，目光深奥慈祥，仿佛能包容世间万象；佛身坐北面南，端庄地坐在莲花宝座上，右腿微微伸展，左腿勾紧。一般来讲，莲花生大师不同的坐姿代表不同的佛教含义，或悲天悯人，或威压仇敌。我家经堂里的这尊法像的坐姿，具有护佑众生平安吉祥的意蕴。

莲花生大师的法像前供奉着一百盏酥油灯、一百个圣水碗、一百枝干花等五种供品，俗称“百供”，这是吉祥的节日里才有的场面。经堂里闪耀着灯火的光芒，弥漫着浓郁的果香。父亲让我给莲花生大师的法像磕十个头，我年幼体小，匍匐下去半天爬不起来，但还是双手撑地，硬撑着爬起来再磕。那时我望着法像想：他真高大威严啊，不磕头要受到严惩哦。在我磕头的时候，旁边的人神情肃穆，老师和喇嘛们齐声念诵祈祷经，浑厚低沉的诵经声在经堂里回荡，好像怒江水在峡谷里激荡奔流。这样大的阵势和场面，不要说一个孩子，就是一个大人，也会心生畏惧。

如果说一个人的宗教情感来自环境和家族传承的话，那么对神灵的敬畏感就是培养这种感情的第一步，而宗教仪轨是培养敬畏感的重要程式。这些复杂烦琐的程式对于一个孩子的心灵来说，就是一种熏陶和训练，就是让他进入佛门的第一级台阶。它即便不能立即让你产生皈依之情，至少也让你的心灵被引导到某个既定的模式和轨道，让你相信，这就是你将来的生活，这就是你必须服从的命运。

但在当时，我哪里想得到这些呢。我既不觉得自豪，也不感到好玩，尽管人们用恭敬的眼光看着我，可我巴不得尽快结束这场乏味的游戏。父亲把我引到宽大的客厅，中央有一个“寿座”，是一把没有靠背的方木椅。两边坐的是老师和父亲。客厅两边摆满了藏式卡垫，左边是喇嘛，右边是亲朋好友。我忽然觉得自己比其他人都高大。

九个喇嘛列队向前，手持法鼓、法铃、经书、宝瓶、供果和法器，齐声念诵《祝寿经》，经文大意是：

明亮的太阳照耀着美丽的花朵，
雪山峡谷沐浴着太阳的温暖，
草原上开满灿烂的鲜花，
经堂里飘散着神灵的祝福。
今天是个祝寿的日子，
给我们的未来带来的是好运气。

接下来，父亲让我起身向占堆活佛磕头，这算是正式拜师了。五岁就是我这个佛子学佛的学龄，拜师就是正式学业的开始。我给占堆活佛磕了十六个响头，意味着十六个圆满的佛缘，也希望他将十六部佛经传承给我，同时标志着我把他视为自己的又一个父亲。藏族人经常说：“如果你视自己的上师如佛，你将证得佛果；如果你视上师如菩萨，你将成为菩萨；如果你视上师为凡夫，你将永远停留在凡夫之地。”因此，在出家人的戒律中，最根本的一条就是不能违背师命。我那时虽然懵懂无知，但也知道，从今以后，我要接受这位老师的管教了，可我并不喜欢他，虽然说不上憎恨他，但一见他的面，我的腿就开始发软。

磕完头，占堆活佛赐我祝福的经文。那九个喇嘛再次出场，这次他们伴着法鼓、法号，跳着神灵的舞步，口诵经文，分别来到我的面前。占堆活佛先是将一部经书放在我的头顶，这意味着加持佛法，叫“语”加持；然后用一尊佛像触我的额头，这意味着加持佛身，叫“身”加持；最后捧一尊宝塔放在我的胸前，口里念念有词，这便是“意”加持了。“语、身、意”三加持，象征着五岁的我将继承佛的衣钵，行佛所行，说佛所说，想佛所想。我不再是个人的我，我是佛的传承者，从此和佛生死与共。

这个生日仪式，既是我进入佛门的仪式，也是祖辈嘱我立德、立言的仪式，所以繁杂、漫长。拜师后，人们把四周的坐垫撤掉，客人们站立在宽大的客厅里看僧侣们的跳神表演。他们的舞步合着鼓点和法号，凌空蹈虚，诡异飘逸，像个隆重的晚会。人们看得津津有味，“寿座”上的我却心神不定，我并没有领会“语、身、意”对我这个生日有什么意义，这些舞蹈是跳给我看的还是跳给神灵看的，好像这些都是大人们的事情，他们似乎不是在为我过生日，只是自己在搞化装舞会。记得我从马帮带来的一张印度画报上看到了一副拆成四页的照片：一群身材高大的男女，穿着肥大的衣服和宽大的袍子，戴上动物头像的面具，在一个金碧辉煌的大厅不知疲倦地旋转着。有个大人告诉我，这是洋人的化装舞会，给我留下了深刻印象。

既枯燥乏味又烦琐冗长的生日仪式还在继续。占堆活佛手捧一个宝瓶出场了，编制成扇形的孔雀羽毛插在瓶盖上。在场的每个人都低着头，伸出手接过占堆活佛从宝瓶里滴出的几滴圣水，然后恭敬而如饥似渴地喝下，并且用手心在自己的头顶上拍一拍。据说，宝瓶里面装有江水、河水、湖水、泉水四种圣水。最后，占堆活佛来到我的面前，将宝瓶中的甘露圣水用孔雀羽毛扇洒在我的身上，说这是为我洗罪，我从前做过的坏事都将被圣水洗干净，我将成为一个洁净的人。我就想：我从前干过的那些调皮捣蛋的事，诸如追打野鸡，上树掏小鸟，在神圣的经堂里和弟妹们玩捉迷藏，闹得鸡飞狗跳的，都是罪过吗？能洗掉吗？难道以后再不能玩这些游戏了么？

我肚皮早就贴到脊梁骨，饿极了，只盼望他们早点端上奶茶、酸奶。可在这种场合，吃也是一种仪式，吃之前要先敬神、敬佛，让神、佛先请，人们才可以吃。尽管食物并不丰盛，不过是酥油、红糖拌人参果，但算是那个时代最好吃的了。人参果在藏语里叫“措玛”，与藏语“顺利”的发音相近，因此吃人参果寓意“一帆风顺”，这东西也只有在过年和喜庆的日子才吃。

那天最叫人淌口水的食物，不是牛羊肉，而是大米饭。要知道，在那个年代的西藏，即便是富裕的家庭，一年能吃上几次大米饭就已经很不错了。因为西藏不产大米，又交通闭塞，大米都是由马帮从遥远的汉地驮运而来，吃大米饭就像过新年一样，隆重而珍稀。当那碗用红糖、酥油、葡萄干拌的大米饭摆在我面前时，我迫不及待地伸手抓了一把塞进嘴里。这时，坐在我身边的老师占堆活佛一巴掌打在我的手上，威严而低声地说：“先敬神！”

我把被打得火辣辣的手缩进袖里，嘴里塞满米饭，眼里含着泪水。我长这么大，还从来没被人打过，就是有人对我说几句批评的话，我的父母也总是对我呵护有加。这一刻，我终于有些明白了，我无拘无束的童年就此结束了。

生日仪式终于收场了，人们纷纷退出客厅，将我一个人留在“寿座”上。只有一个老僧威严地站在我身旁，就像是我的侍卫官。

按照家乡的规矩，喜庆之余总是要接受亲朋好友的祝福，当然不外乎是献哈达，送礼物，说几句祝福的话。首先是家庭成员向我祝福生日。第一个上来的是父亲，他给我献了一条黄色的哈达，送我的礼物是他的坐骑母马“黑玉”产的一匹白驹。因为从我家到寺庙有半天的路程，以后我每个月都要来回一两趟。父亲的祝福语是：“知识要在年轻的时候求，良田要在春天的时候耕，你现在已是学佛的年岁了。已经登上了巍峨的雪山，就不要再留恋脚底下的草原了；山上滚下的石头滚不回去，已经开弓的箭不能回头射。师恩大于父恩，一切听从师教。你是有佛缘的，坚持走下去，定能成就。”

在这个隆重而烦琐的生日中，记忆最深刻的是母亲对我的祝福。当母亲拉着两个妹妹和一个弟弟进来时，我的第一反应是想跳下“寿座”，大喊一声“阿妈”，然后扑向母亲，搂住她的脖子，可我身边的老师用严厉的目光盯着我，让我动弹不得。

母亲今天虽然一身盛装，但穿着并不算华贵。我母亲从来不佩戴珠宝玉饰，更不穿珍贵的皮毛衣裳。尽管她也出生于大户人家，并且是方圆几十公里内有名的美人。在我的心目中，母亲是天下最美丽最善良的阿妈。我的父母都乐善好施，凡是有亲戚来，无论贫富，母亲都不会让他们空着手回去，不是一只羊腿，就是一口袋糌粑或是几坨酥油。一些生活困难的亲戚来时只牵一匹马，上面搭两个空口袋，走时母亲一定会让他们把口袋装得满满的。母亲常说："不应该装糌粑的口袋是缎子做的，里面装的却是豌豆磨的豆面。虎显示的是虎纹，人显示的是学问，虎纹在外，学问在内。做人要做一个品德高尚、信仰虔诚、施舍大方的善良人。"

母亲走到我的跟前，满眼泪水，眼神呆板，神情卑微。她躬身向我献上一条哈达，然后跪在地板上，工工整整地向我磕了三个头。

不要磕！在母亲刚一跪地的时候，我差点就哭喊出来。

过去，我常看见别人给父亲磕头，自己也给活佛磕过头，没有觉得有什么异样。今天，竟然是母亲给我磕头，让我感到意外、惊讶，似乎一下进入一个紧张、恐惧、迷惘、虚幻的梦中。她是最疼爱我的阿妈，是我最亲爱的母亲啊！

望着母亲躬身在地的背影，我的眼泪忍不住掉了下来。

我不愿因为做了一个佛子，就离开母亲的爱，拉开与她的距离。我想下去搀扶她，但我的身子刚一动，身旁的老僧就用他刚硬有力的手掌按住了我的肩膀。我抬头仰望，他的目光像鹰一般锐利，我害怕了。

母亲最后一磕，长时间地匍匐在地上，似乎在默默地祈祷着什么。然后她缓慢地站起来，垂手弯腰，退出了房门。到了门口，母亲回头望了我一眼，那目光炽热而痴迷，自豪而哀伤。我那时看不懂这目光，多年以后我时常在回味中，才慢慢领悟到其中的内容。

我恍惚感觉到，从这个生日起，仿佛这家中的人，都离我远去了，所有的亲情都对我严肃起来。我成了一个僧童，成了个与神更近、与人更远的人。欢乐的童年、纯洁的童心、无拘无束的奔跑、无牵无挂的玩耍，就这样被这个生日终结了吗？

冗长的仪式终于结束了，我被送回卧室。卧室也是教室，今后我的老师将在此授课，他将永久住在我的卧室隔壁。占堆老师已经威严地坐在我床头边的坐垫上了。他让我盘腿坐在床上，然后宣布了几条戒规：以后没有许可不准出门玩耍，除定时的两餐外不许随便吃零食，出家人过午不食，我年岁小，允许每晚喝一杯牛奶；早晨天不亮即按时起床，先是诵经，后是习字。他指着卧室沿墙落地的藏式经书架上摆满的经卷典籍说："你的这一生，从藏族古典诗词、萨迦格言，到各类经典、藏医藏药，都要学，把这些书念完，才算初懂佛学。"

我看着那些沉重的大部头经典，傻眼了。

夜幕笼罩着古庙，四周静悄悄的，唯有一闪一闪的酥油灯，像是一个微弱的生命在颤动。我睡在这间墙边堆满经卷、墙上挂满唐卡画的房子里，看着唐卡画上那些栩栩如生的度母像，想起了慈祥的母亲。就在昨天，我还睡在母亲带着羊奶味的藏被里。可现在，她的怀抱、她的双手、她的眼神、她的体温，已是可盼而不可及了，陪伴我的只有这些让人生畏的经书和唐卡画。院子外的羊圈里，羊羔"咩……咩……"的叫声在寂静的夜里显得悠扬绵长，牛犊吸吮母奶的声音也不时传来。牛羊都可以跟自己的妈妈在一起，为什么我就不可以了呢？摆放在案头佛龛里的护佛神面目狰狞、怒目而视，就像要扑下来吞噬我，使我感到更加孤独无助、恐惧万分。

这叫什么生日啊？简直将我的童年一刀斩断，把我从阳光明媚的天空下，投入到黑暗阴森的禅室里。以后我还可以去夏季的高山牧场，躺在青青的草地上，仰望碧蓝的天空吗？还能在静静的夜晚，依偎在母亲温暖的怀抱里，听她讲神话传说吗？在我三岁时，母亲常在夜晚的炉火边，夏日的星月下，给我讲格萨尔王的故事，讲部落兴衰的传说。她的故事语言生动，比喻贴切，人物丰满，情节感人。母亲还有一副优美的歌喉，能唱几百首草原上的民歌。有些歌词在草原上、峡谷中传唱了千百年，有些歌词是她自己编的。我听着母亲的歌声，常常不知不觉就睡着了。

看来，这一切都已经离我远去了，我终于放声大哭。

我的哭声惊醒了占堆老师。他披着晚上打坐时穿的法衣，赤着脚板来到我的房间，表情依然刻板。除了重复那套生日对我的祝词，还告诫我说："山和山不相遇，人和人总要相逢。我们结为师徒，是前世的因缘。你要做一条游进大海的鱼，一匹跑进草原的马，一只飞进云层的鹰，就得有学问。我教过的学生，比你妈会唱的民歌还多，我不相信金刚磨不出针尖，何况你是一个聪慧过人、灵智超前的孩子。"说完他就转身走了。他的声音在寂静的夜里显得如此威严、冷酷，而所说的那些大道理又如此沉重、冰凉，吓得我的心一直怦怦乱跳。

我在泪眼婆娑中迷迷糊糊地睡着了。我梦见唐卡画上的那些护法神都从画中跳下来捉拿我，他们肩上扛着骷髅，手里拿着铁链，双脚踩着人头，追赶得我到处乱窜。藏传佛教的护法神有各种不同的化身，有善相和怒相。忿怒相的护法神一般都显得狰狞恐怖，以威吓佛法的敌人、神界的魔鬼。我被噩梦惊醒了，看看香案上的燃香，才发现自己并没有睡多久。

我爬起来，钻出被窝，站在窗前，拉开窗帘，窗户被一层粗糙的藏纸蒙着。我用手指沾上口水，浸润藏纸，戳破一个小洞，往外一看，先是看到伙房里的煤气灯仍在闪烁，那里的人还在忙碌。伙房旁边是母亲的房间，那就是我的目光要找的地方。

母亲的房间竟然还亮着烛光，这让我欣喜若狂。我在喉咙深处喊了一声："阿妈……"

泪水模糊了视线，我要去告诉母亲，我不当喇嘛了，我也不想学佛了。我只想随时见到阿妈，随时都在阿妈的身边，随时听到阿妈的声音，哪怕是骂我的声音。我离不开阿妈的温暖和呵护。

隔壁占堆老师的鼾声此起彼伏地传来，我确信他已经睡熟，就披了件藏袍，蹑手蹑脚打开门，在黑暗中飞奔到母亲的房门前。我从门缝中看到母亲坐在床头，手里抚摸着一个黄布包裹，眼睛发亮，神情慈祥而专注。灯光下的母亲显得那样恬静、温柔、美丽，就像唐卡画上的绿度母。母亲那时的神态，一辈子都铭刻在我的记忆深处。

我猛然推开门，低声叫了声“阿妈”，便扔掉披着的藏袍，光着身子钻进母亲的被窝里。她先是惊讶片刻，接着紧紧地搂住了我。母亲的力量好大呀，这是世界上最有力量的爱，最有力量的温柔。这就是一个母亲宽广温暖的怀抱。

我哭，母亲也哭。我双臂勾着母亲的脖子，拼命地亲她。母亲抱着我的头，把她的前额紧紧地贴在我的脸上。母子的泪水交融在一起，我再次嗅到了母亲身上熟悉的体味，感受到了母亲大海般的温情。我就像一条自由的鱼儿，漫游在母爱的江河中，白天那些烦琐的仪轨、虚荣的祝词，都比不上母亲给我的一个吻啊。

母亲想把我推开，仿佛又舍不得；不推吧，我跟母亲的怀抱已经粘连在一起了。母亲推我一下，我在她的怀里钻得更深，母亲就搂得更紧；然后她又推，又搂……反反复复，难舍难分。

而屋外占堆活佛的鼾声隐约传来——那是世界上我最不愿意听到的声音，我相信母亲此刻也有这种感受。

母亲怕我冷着，就找来一块黄色的氆氇被把我裹起来。我说：“阿妈，我要在你的房间睡，再不离开你。”

母亲犹豫了一下问：“儿子，今天占堆活佛打你的手，痛吗？”

我来不及想这个问题，只说：“忘记了。”

母亲轻轻叹了一口气，在我的耳边低声说：“儿子，阿妈的好宝贝，你听妈讲。你父亲继承了家族的荣耀，他现在像一座古老的房子，不知哪天歪斜。你是支撑他的唯一的柱子，是他唯一的安慰和希望。你不知道家史，祖辈开头兴旺得快如骏马，现在不能衰落得矮如草原。你是佛家的后代，已经染上了红色的氆氇，就不能说我喜欢白色；经商聚财不是家传，学佛积德才是家规。这些道理你现在不懂。你五岁的生日为什么耀眼光彩，是为了让人记住，‘麦巴’有了后人。要听话，妈送你回去。”

我不明白为什么阿妈说的话也跟其他人一样。我心里在想：我只要阿妈，不要当佛子，不要学那些搞不懂的经文。我把阿妈的被子一把拉过来，将我们两个盖住，然后再往她怀里钻。我认为，只要我钻进她的被窝里，她就不能赶我走。一个小孩子在母亲面前能撒的娇，能耍的赖，我都使出来了。

母亲只好从床上起来，点燃房间里的香炉，撒上香粉，让青烟再次冒起，然后将刚才裹我的氆氇举在香烟上熏。这不仅仅是一种来自神的祝福和母亲的疼爱，而是母亲认为：刚才这块氆氇沾了她的身子，对一个佛子所用的东西来说，已经不洁了，她要用香烟熏走氆氇上的凡人之气。

母亲用熏好的氆氇再次裹紧了我，将我从床上拉出来。我看见了母亲眼睛里的泪花，也看见了母亲脸上哀婉的表情，但母亲的行动很坚决。她紧紧地搂抱着我往屋外走，我不断挣扎，不断哀求："要和阿妈睡，要和阿妈睡……"以致有一次差点从母亲的手臂中掉下去。

母亲吓坏了，再次搂紧我，说："儿子，你要听话。阿妈可从来没有打过你，求求你别闹啦，占堆活佛会听见的。要是他知道你来我这里，你会挨打的。你阿爸也会骂我的。听话呀，儿子。"

我最终被母亲抱回了我的房间，占堆活佛还在隔壁熟睡。母亲把我放在床上，用一条毛茸茸的红色氆氇把我裹好，又说了很多鼓励我好好学经的话，不断地哄我、亲我。母亲说："阿妈可以爱你，想你，但不能将你育成古柏，做成栋梁。你要听占堆活佛的话，他的名声大如雷鸣，他的知识多如林涛，是你父亲以建一座小庙的功德请来教你的。你要珍惜啊！"

我再一次把手伸进母亲的怀里时，无意间碰到一件东西，我把它拿出来，原来是白天母亲给我献的那条哈达！这条哈达不是很新，上面甚至还有酥油的痕迹。既然我不能留住母亲，就留下母亲的这条哈达吧。因为那上面有母亲怀里的香味。

我对母亲说："我要这条哈达。"

但是母亲把哈达拿回去了，她说："儿子，哈达不能给你，以后再给你讲这条哈达的故事。你要早早地睡，明天一大早还要起来念经呢。阿妈每天早晚都会在佛、法、僧三宝面前为你祈祷的。"

一条哈达背后会有什么故事呢？那时我还不明白。白天母亲在向我献完哈达后，就将它取回去了。我没有想到母亲会一直将它揣在怀里。

母亲终于要走了，她狠狠地亲了我两口，她眼里的泪花再次洇湿了我的脸。我感到伤心的是：她竟然一点也不顾惜我此刻依恋她的心情！在跨出门槛时，她仿佛是做了件什么错事，不断扭过头来望着我，我还能清晰地看见母亲眼眶里的泪水。母亲忘记了门槛的存在，她绊了一下，差一点跌倒。我大叫一声"阿妈"，但我的呼喊让母亲更慌张、狼狈，她的背影倏然消失在黑暗中。

是泪水迷糊了母亲的眼，让她看不见地上的路？还是门槛有心，不让我的母亲就这样离去？

我人生的第一个生日就是这样过的，既让我伤心，又令我怀想。生日对其他的孩子来说，是快乐无比的；而对一个佛门弟子，则是进入佛门的第一扇门。今天我回忆起五十多年前的这个佛门生日，只是想再现当时历史背景之下西藏的一种民风民情，以及它体现出来的文化特色。其实，不同民族间的区别，根本上在于文化的不同，迥异的文化造就了不同的民族特色。民族之间的沟壑，实质就是文化认同上的沟壑；而民族之间的团结融合，是建立在对彼此文化的尊重理解基础之上的。我们或许可以从一个孩子的生日，看到一个民族曾经拥有的过去。

二、革命化生日

我第二次过生日是在一段动荡的岁月里。如果说我第一次过生日具有浓郁的宗教色彩的话，那么，我第二次过生日则是带有某种滑稽和荒唐的成分。

1960年，我为了追求山外世界的新知识，在热心的进藏干部的动员鼓励下，脱掉了袈裟，从藏北草原深处的古寺，先走路，后骑马，再坐车、乘火车，行程三千多公里，来到位于陕西咸阳的西藏公学学习汉语。我在这个现代文明的学府完成了初等汉语的学习，在西藏民族学院攻读了师范专科后，被保送到北京的中央民族学院学习新闻专业。

没想到我在这风华正茂的年岁，刚进入全国最高的民族学府学习，却赶上风云突变、黑云压城，造反狂潮席卷大江南北，“文化大革命”开始了。毛主席在天安门广场上进行六次红卫兵大检阅后，学校停课了。大字报铺天盖地，围墙、院墙、门窗、黑板全部挂满大标语；批斗会汹涌澎湃、劈头盖脸；教室、食堂、操场、球场，愤怒的声讨声震耳欲聋。“停课闹革命”“全国大串联”等新名词、新举动层出不穷。在北京各高校还兴起一个时髦的行动，叫“打回老家闹革命”。我们一群来自雪域高原的学生积极响应这个行动，“打回老家去”。

当我回到西藏，看到的却是另外一番“革命景象”。西藏跟全国各地一样，惨遭浩劫。当年那些抛头颅洒热血解放西藏的革命功臣，与曾欺压百姓、坐享其成的贵族头人同台挨斗；当年那些中央政府治理西藏的大政方略，与封建领主、噶厦政府统治百姓的法规同时被批判。一些大字不识一个，成天游手好闲的人，却成了造反派，标榜自己是最革命的。到底谁是革命，谁是反革命？谁是好人，谁是坏人呢？我年轻的心开始迷惘了。

我到拉萨之前先抽空回了一趟老家。当年，因为怕父母阻拦，我是悄悄出走的。这给父母造成了多大的伤害，让他们流淌了多少牵挂与思念的泪水，已难以用语言表述。而六年之后和家人团聚，是一番悲喜交加、相见无语的凄凉境况。

熊熊燃烧的“文化大革命”烈火，让我这样的家庭在劫难逃。来自内地和拉萨的造反消息添油加醋地传到这穷乡僻壤。在“破四旧”“立四新”的革命行动中，一群藏族造反派带领一批年轻的革命群众来到我家，掀屋顶，拆院墙，足足干了近一个月才完成了他们的“革命行动”。家被荡平了，曾经香火旺盛的“麦巴朱普”被捣毁了。我的父亲被揪斗、关押；而我母亲每天为来拆我家房子的人烧水煮茶，脸上还总是笑呵呵的。母亲的豁达与慈悲，连那些革命群众也感到不可思议——尽管一家老小四口从高堂大屋被驱赶到没有门窗的羊圈里，几块石头垒起炉灶，用一口裂了缝的陶罐煮水熬粥。父亲被冠以“山谷里的反动文人”“农奴主的代言人”“地下寺庙的总店老板”等称号，还有一顶随时可能带来灭顶之灾的“钢铁帽子”——“现行反革命分子”。戴着纸糊的帽子游街，坐“喷气式”，挨批斗，似乎成了父亲的家常便饭。而赤着脚板在铺满荆棘的打麦场上跑，光着屁股端坐在河水的冰层上，以检验一个修行者是否真的有传说中的那些“法力”，则是造反派们的“独特发明”。

更有甚者，造反派听说我回来了，动员我去批斗自己的父亲，以与自己的“反动家庭”划清界线。我告诉他们：“虎群中的老虎还不吃自己的伴呢。如果需要，我可以陪我的父亲挨批斗。”大约是念及我回家一趟不容易，造反派也动了恻隐之心，我在家的那几天，他们没有像往常那样天天揪斗父亲。

有一次，父亲告诉我说，人死大概会很痛苦，但一个人一生中只有一次死；活着受折磨，那是几百次的死，还不如一次性了断算了。

在那短暂而显得漫长的日子里，我上山拾柴，下河背水，夜晚伴着父亲睡，给父母说一些安慰的话，伤心的眼泪往肚里流，脸上还要挂上一丝笑容。我能做的，仅此而已。

我不能为我的父母分担更多的痛苦，便匆匆告别家人，继续我的学业，在混乱的年代中努力把握好自己人生的方向。1968年，我很幸运地分到西藏的一家报社，做了一名见习记者。就在这年冬天，母亲穿着皮袄，踏着冰雪，从老家看我来了。

母亲住在一个亲戚家，我下了班便急忙赶过去。一进门，发现母亲比三年前相见时更显苍老、憔悴，头发竟然全白了。她才五十多岁啊！不过想来也是，尽管母亲没有受到冲击，但经历和目睹了这样悲惨的经历，难道会不老得快吗？

母亲拉着我的手说了很多话，都是在夸我、赞我。我在想：这雪封山、冰冻路的寒冬腊月，母亲穿着单薄的衣裳翻山越岭来看我，是有什么要事吗？那时，我的故乡比如县到那曲还不通汽车，骑马要走四天，而从那曲到拉萨，要坐两天的汽车。

我问母亲："弟弟妹妹他们好吗，你一路辛劳，多待几天再走。"母亲定了定神说："这年月，好也好不到哪里去，坏也坏不到哪里去，反正大家都一样。妈这次来，只是想陪你过个生日，然后就回去了。"

我这才想起，没有几天就是我二十二岁的生日了。十多年来，我一直在外地读书，从来没有过过一次生日，包括按家乡规矩，十八岁那个重要的成人生日。

那时我住在单位的集体宿舍。在那个年代，夜不归宿是一个很大的罪名。所以那晚我只能告别好几年不见的母亲，赶回宿舍。我躺在床上，辗转反侧。生日啊生日，该怎么过？这革命的年代，婚丧嫁娶都有一种别样的"搞法"，这生日总得突出一点什么才是。

第二天，我的一位朋友出了一个好主意。他说既然有"革命化的婚礼""革命化的节日"，那就过一个"革命化的生日"吧。这是一个大题目，可要别出心裁。我俩正在商量过生日的方式，另一位朋友又出了一个主意。他说："你这个名字带有封建色彩，丹增不就是捍卫佛法吗，你要以改名字的实际行动，过一个革命化的生日。去年，工厂的丹增便在四十岁生日时改了名字，现在人家都当上不小的头头了。”

我的邻居毛红武也曾名叫丹增，他出身贫寒，年轻时曾与马帮去过印度，受尽苦难，解放后被报社招来当工人。他曾对我形容过他的家境：“家里没有牛鼻孔大的房子，没有巴掌大的土地。抓头上一把乱发，抓身上一片氆氇，带走的是自己的影子，留下的是自己的脚印。”“文化大革命”刚开始时，他在忆苦思甜大会上诉说了血泪斑斑的家史，声讨了封建农奴主的罪行，一腔怒火，满腹心酸，讲得声泪俱下，打动了很多人的心。他确实是发自内心，紧跟全国性的改名热潮，把自己的名字改成了“毛红武”，意思是保卫毛主席的红色武装战士，把自己一双儿女的名字分别改为“听毛话”和“照毛办”，还把妻子的名字改为“学毛著”。他妻子是一个厚道正直的藏族妇女，坚决反对丈夫给她改的名字，谁叫她“学毛著”，她就装没听见。你逗着多喊她几声，她就烦了，骂你神经病。她曾呵斥丈夫：“我大字不识一个，怎么学毛著？你是睁着眼睛说瞎话嘛。”从此以后，再也没有人叫她“学毛著”了。

其实，在那个狂热的年代，被改的不仅仅是人名，连地名也改了，拉萨郊区的纳舍坝改为向阳坝；山名也改了，布达拉宫对面的药王山改为胜利峰；街名也改了，全国闻名的拉萨八角街改为立新大街。不光是西藏改，全国到处都在改，著名学府复旦大学改名为东方红大学；为了体现反帝防修，北京将苏联驻华大使馆所在光华路改为反修路，以前美国人建的协和医院改名为反帝医院；哈尔滨的桃花巷解放前是妓院集中的街道，后改名为欢乐巷，红卫兵认为不妥，干脆叫兴无灭资巷。食品、药品、玩物什么的都改了名，什么“丰收饼”“斗私糕”“红卫膏药”等等。这种改名热潮，有其理论依据，即要大破一切剥削阶级的旧思想、旧文化、旧风俗、旧习惯，要向资产阶级意识形态和习惯势力展开猛烈的进攻。这样做的结果，闹出不少尴尬来，西藏一所中学的一个班，老师点名：“卫东同学到了没有？”全班三分之一的学生齐声喊“到”。我熟悉的一位内地朋友，“文化大革命”初期改名为卫东彪，林彪事件发生后改名为卫东恩，“批林批孔批周”时改名为卫东青，“四人帮”垮台江青被捕后又要改名。这种人如果不是政治投机分子，起码也是太紧跟形势了。

我想，我的名字是父亲请一位活佛取的，师道尊严，不能随意改动。我辩解说：“革命化的形式多种多样，何必只盯着改名字呢。”另一个朋友提议：“你的生日，要穿着像个造反派，仪式像个革命者，吃喝像个无产者，这就算对路了。”

生日那天，同宿舍的同事东拼西凑打扮我。上身着黄军装，头戴黄军帽，腰间还扎了一条朱红色的武装带，有人说太像一个红卫兵领袖了。另一个则说：“你要手握一支钢钎，就太像一个砸烂旧世界、横扫‘地富反坏右’的革命者了。”在那个年代，这身打扮是最时髦的。头头出席会议是这身装束，演员台上表演也不外乎这身打扮。我对着镜子看了看，感觉挺精神的。

宿舍东墙上恭恭敬敬挂着一幅毛主席和林彪在天安门城楼上检阅红卫兵的大幅照片，这是每个人凑了十天的工资购买的。

我装扮完毕，大家就列队站在毛主席像前，手捧《毛主席语录》，先背诵几段语录，然后齐唱《东方红》《大海航行靠舵手》两首歌曲。那天因为是我的生日，大家还跳了一曲忠字舞，舞步缓慢，表情严肃，动作虔诚，全神贯注。那时忠字舞已经从单家独户、室内院中跳到了马路、广场，成百上千人，甚至一万多人齐跳忠字舞的壮观场面，随处可见。

我们语录背得流畅，歌唱得深情，舞跳得投入。因为这些都是革命行动，也都是日常的行为，我们一点也不觉得它荒诞滑稽，流于形式，反而感到无比自豪。

他们祝福我生日也别有花样。要是在今天，藏族人会说："扎西德勒！"汉族人会说："生日快乐！"可那时，这些祝贺词显得低级，甚至反动。无论父子、夫妻、朋友、同学，一相见，首先就是念一段毛主席语录，而对方要立即回答："伟大领袖毛主席教导我们……"有不少人随时将一本印有毛主席相片的红皮语录揣在怀里，无论问话还是回答，都拿在手上，既显得自己革命、庄重，又防别人的语录劈头盖脸喊过来时，自己措手不及。

因此，在我过生日时，当他们齐声高喊："最高指示……"手持《毛主席语录》的我就应声答道："要斗私批修！千万不要忘记阶级斗争！"当然，这两段语录不是随口而出，而是深思熟虑之后针对我存在的问题念的。比如，我们宿舍睡上下铺，我争着睡下铺，这是"私"字在作怪；又比如，我偷偷从图书馆拿了一本《红楼梦》，越看越入迷，这是资产阶级思想在作祟。这些都曾受到工宣队批评。还有我那复杂的家庭背景，也要说清阶级根源。

那天我收到了不少生日礼物，主要是《毛主席语录》和大小不等的毛主席像章。有个同学送了一尊毛主席的半身塑像，是塑料做的，底部有个气嘴，像身用手一捏就"吱吱"响。一个室友觉得好玩，就反复捏了几下，发出"吱吱"

声。他当场就遭到大家的围攻批判，吓得他又是检讨又是认错，我的生日差点搞成一个批判会。

我当时也偶尔想，这样的情景似曾相识。过去我在寺庙的岁月里，每当喇嘛们要举办隆重的法会，吟诵的经文和我们背诵的主席语录，吟唱的祈祷词和我们高歌的革命歌曲，僧侣的舞蹈和我们跳的忠字舞，都是一样的虔诚和狂热。但是我那时不敢将两者对照起来审视，只是充满了对革命事业绝对的忠诚和过好这个革命化生日的不折不扣的新鲜感、使命感。如果说我的第一个生日，人们虔诚地对我膜拜，要把我塑造为一个佛门弟子的话；现在我的第二个生日，我和我的室友们，和全体中国人一道，正在以相同的方式去膜拜，并且心甘情愿、争先恐后。

时辰到了中午，大家敲着碗筷去食堂吃饭。那时，单位每天开两餐，菜要菜票，饭要粮票。人们说肚子是国家称过的，大人每月二十八斤，小孩每月十五斤，婴儿每月六斤，肉每人每月二斤，还分牛肉票和猪肉票。所有粮油副食品都是定量供应，你到黑市上去买，叫作投机倒把，查出来，轻则批评教育，重则劳改劳教。个人只要有出售粮、油、肉、菜的，罪名就是黑市交易，轻则取缔，重则逮捕、拘留。当时机关工作基本瘫痪了，要说活动，无非是批判会、声讨会，再就是学习最高指示，进行忆苦思甜。有人说，我们吃食堂的饭还不足以体现革命化的生日，晚上该吃忆苦饭。那时的标准是，如果有人比你更革命一点，你一定就得听他的。大伙儿告诉食堂，有人要过革命化的生日，我们要吃忆苦饭。食堂的炊事员真是求之不得，因为食堂常常断粮缺油。

下午我们到郊外挖了一堆荨麻、野葱之类的“垮台菜”，请炊事员煮了一大锅忆苦饭，每人都盛了满满一大碗端回来。那闻起来还有一些香味，一口嚼下去，我的妈呀，难吃死了，舌头发麻、喉咙寡辣不说，连耳朵都吃得嗡嗡直响。碍于革命的情面，谁也不敢说不好吃，更不敢当着大家的面倒掉。宿舍里鸦雀无声，只见一会儿出去一个人，再不回来；一会儿又出去一个人，也不见了踪影。我硬着头皮吃下半碗就再也咽不下去了。见其他人走光了，我也就悄悄地跑出去倒在厕所里。第二天有人悄悄告诉我，这顿忆苦饭当时吃得艰苦，夜里肚子胀痛，早上去上厕所，连肛门都火辣辣的痛。

傍晚了，我总觉得有些对不起为我过生日的室友，我说：“报社外面有家铺子卖酸奶，我请你们吃酸奶吧。”可是我们去后被告之，酸奶铺已经被当作资本主义的尾巴割掉了，那个卖酸奶的藏族大妈还对我们一肚子的气。回来的路上，路过一片萝卜地，大家实在忍不住饿，便找了个理由，说这是人民公社的萝卜，吃这个也是很革命的吧。就这样，我的这个在单位上过的革命化生日，以背诵毛主席语录开始，偷人民公社萝卜结束。

回到宿舍，我才猛然想起：母亲还在等着我过生日呢。

母亲专门从老家来给我过生日，我却只想到自己要过一个革命化的生日，竟然把母亲给忘了，顿时惭愧不已。

那时借辆自行车骑，比今天借辆汽车开还难。我只好撒开双腿往亲戚家跑，大约跑了四十来分钟，总算到了亲戚家。母亲和亲戚一家人都还在等我，我连忙给大家解释说，我在单位已经过了一个革命化的生日了。怕他们不明白，我又把过程给大家说了一遍。大家听了目瞪口呆、面面相觑。

母亲缓缓地说："今天一早我就去你们单位了。门口有带枪的人站岗，话说不通，进不去。等到中午，我就回来了。儿子，阿妈不懂你革命化的生日是什么，现在这年头食物短缺，怕你饿肚子，想送点吃的给你呀。"我惭愧、内疚，又有一些感动、激动，真是百感交集。看着母亲沉静、和善，鬓丝如银、饱经风霜的面容，我默默无语。上午寒风呼啸，天下着茫茫白雪，我们单位那破旧阴森的大门口，连一棵遮风避雨的树都没有，她是怎么裹着这身单薄的羊皮袄，蜷缩着身子，眼巴巴地在等我呢?

我见母亲很伤感的样子，为了让她老人家高兴，我“唰”的一下站起身，端个姿势，抖擞精神问她：“阿妈，你看我这身衣服，生日打扮。”同时还做了一个舞台演员登台亮相的动作。

母亲哭丧着脸，摇摇头：“去年我路过县城，看见球场上围了很多人，以为在处理商品，挤进去一看，是县委王书记在被一伙人批斗。斗他的人都是你这身打扮，听说还是从内地来的。王书记是多好的一个人哪，带着我们修水渠，雪灾的时候给牧场上的人送粮食，救过好多人的命。你知道吗，那些拆寺庙，批斗你父亲的人，领头的也是这一身穿戴。村里的老百姓看见他们，就像看见魔鬼，走路都躲得远远的。唉，儿子，你长这么大了，要懂事啊！”母亲语重心长地说。

她这一声叹息，让我脸上火辣辣的，恨不得地上有条缝，赶快钻进去。

母亲让亲戚们先去休息，说她有话单独对我说。她轻轻地拉上门，坐在我旁边，摸索着从家乡背来的那个牛皮包袱，摸出一个油津津的牛皮纸包来，递到我的手上：“上午就想给你送去的。听说你们吃个肉都要票，吃不饱吧？”母亲说。

纸包里是几块肥厚的风干牦牛肉，黑黢黢的，看上去有些时间了。一股日晒风干的肉香味顿时扑鼻而来，这是我已久违了的香味。我抓过一块啃了起来。

母亲幸福地看着我吃。我想，以我们家当时的生活条件，不可能有风干牦牛肉之类的，那可是“高档”食品，不知她为我爱吃的这块风干牦牛肉花费了多少心思。我问：“阿妈，你从哪里找来的？”

母亲没有回答，只说：“你多多地吃，饱饱地吃。”

我心里酸酸的，吃不下去了，递了一块牛肉给母亲，母亲推回来，我再递，母亲再推……唉，我实在不忍心吃这饱含母爱的牛肉啦！这世界上有很多爱，母爱是最纯洁的；这世界上有许多宝，母爱是最宝贵的。我们母子之间的爱，用语言无法描述。

我心里涌起了无限的忧愁：母亲把我当作命根子，而我能给她带来什么幸福，帮她分担什么忧愁，承担什么责任呢？

母亲轻声细语地说：“现在这样的日子，可能长不了。过去贵族头人做的事情，老百姓不喜欢，所以解放了。现在做的事，老百姓也不喜欢，肯定也长不了。”母亲顿了顿，接着说：“家里没有留下什么财富让你继承，不过呢，用珠宝装饰自己，不如用知识丰富自己。虎的纹路在外，人的学问在内。财产可以被劫去，权力可以被夺去，而知识是外人偷不去夺不走的。这都是你阿爸近来常唠叨的话。好好学习知识，将来做个文化人也就够了。看到了吧，做官，好像是地换了一层草，羊换一身毛，要想占有神一样的高位，就要有鬼一样的计谋，这是你做不到的。”母亲小时候学过藏文，算是有文化有见识的人，她对我的教诲，总是体现出一个民族的质朴的智慧。

母亲又从牛皮包袱里拿出一个油迹斑斑的黄布小包，解开它，抽出一条陈旧的哈达。她把房门关严，拉上窗帘，双手捧起哈达说：“儿子，今天是你的生日，阿妈没有更好的祝福了，给你献一条哈达吧。”母亲把哈达端端正正地挂在了我的脖子上。在那个年月，献哈达也被认为是旧习俗，没有人敢在公开场合献哈达。

母亲双手合十，仰着头虔诚地说：“儿子啊，我要替你感谢解放军，要不是他们来了，你走不出大山，也就没有今天的出息。”

母亲又抚摸着我脖子上的哈达说：“儿子，你还记得吗？这条哈达是你五岁生日时我献给你的。在你不在家的时候，我天天把它揣在怀里，晚上常常翻出来看一看。看到哈达，我就想起你……”

我倏然想起五岁生日的那天晚上，我跑去母亲房间撒娇的情景，母亲端坐床头，抚摸哈达。我也可以想象到我不在母亲身边的漫长岁月里，那一个个孤独的夜晚，母亲是如何思念着不辞而别、远离家乡的爱子……多么美丽的母亲！多么慈祥的母亲！多么苦命的母亲！你那能穿透灵魂的眼神，你那度母求雨般的坐姿，仿佛已经用血深深地印刻在我的心上。

过去我们藏族人献哈达是有很多讲究的，比如给父辈献哈达，双手捧上，父辈接下后，放在一边；下属给上司献哈达，上司接了挂在手臂上；上司给下属献哈达，属于赐哈达，下属接了要挂在自己的脖子上；同辈同级的人互献哈达，也可以挂在脖子上；而俗人给活佛献哈达，活佛祝福后要返还给敬献者。哈达有不同的档次，有棉的、丝绸的；也分长短，有长哈达、短哈达。那时献哈达不像现在这样随意，哈达很珍贵，尤其是那些丝绸质地的哈达，都来自汉地雅安。一般人一年中能得到两条哈达，已属不易。穷苦人家一生中可能只在婚嫁、丧礼这种红白事中才能有幸得到别人献的哈达。我母亲献给我的这条哈达，是丝绸的，属于最高档次的，我们叫“阿西哈达”。

我真想回到五岁，变成一个孩子，重新依偎在母亲的怀抱，听她讲这条哈达的故事。这条哈达是以前一位有名的活佛赐给我奶奶的。因为奶奶心地善良，终身敬佛，收养了一批孤儿，作为对佛祖慈悲的供奉。据说奶奶活了一百岁，她去世前将这条哈达献给了我的老师八世占堆活佛。在一次敬神放生的佛教仪式上，我母亲把家里的六头奶牛给放生了，占堆活佛又把这条哈达赐给了我母亲，希望她像我奶奶那样慈悲、善良、虔诚。而母亲在我第一次过生日的时候把它献给了我。我走后，母亲把它作为思念的寄托、精神的支撑，从不离身。儿行千里路，与母亲都被这条哈达紧紧连着啊！

母亲拉开窗帘，打开窗子，太阳已快要落山，晚霞映照着群峰之巅。母亲收拾好那个牛皮包袱，告诉我她已经买好了明天早晨七点的车票，今晚得到车站住下。

母亲走了，留下我在房间里。她留给我的那些宽慰的话语、关切的嘱咐、鼓励的言辞，一直在我的耳旁萦绕。我把哈达从脖子上取下来，在昏暗的灯光下久久端详。哈达摸在手中清凉柔软，一股暖流从我的手心传遍全身。童年的记忆如开了闸的渠水，源源不断地流淌到脑海里。我无忧无虑地成长在母亲的怀抱里，懵里懵懂地被送进了古寺，又义无反顾地走出大山。我的每一个脚印，都刻着民族历史文化的烙印；我的每一次成长，都有母亲的牵挂与祝福。母亲是用这条哈达寄托着她对儿子的爱啊。

哈达上印着活灵活现的吉祥八宝图案，两头穗子顶端横绣着一行祝福的祈祷语——

年年吉祥，天天吉祥，白天吉祥，夜里吉祥，时时吉祥。

可能世界上没有哪个民族像藏族这样时刻企盼吉祥。我们用献哈达来表示吉祥的祝福，哈达在藏语里称为“央”，是“福气”的意思。我们把哈达挂在脖子上，挂在家中的梁柱上；我们还把哈达献给菩萨神灵，献给雪山森林，献给江河草原，我们希望众生吉祥、大地吉祥、民族吉祥、国家吉祥。

我忽然在哈达上发现一个快要褪色的红印记，仔细一看，竟然是占堆活佛的印章。

这条哈达积淀了几代人的慈悲人生，还包含着一个民族文化的不懈传承，象征着人神共处的吉祥祝福。哈达上，不仅有酥油味、红花味，还有藏香味、圣水味等各种吉祥供品的味道，交织在一起，我甚至还嗅出了草原的味道、雪山的味道、故乡的味道。沉香剁百块，其香依旧在。最重要的是，这条哈达上，有我母亲温暖香甜的味道。

回过头来看看我那时的那身装扮，真是羞愧难当。就像我们藏族的一句谚语说的那样：“山羊披上狮子皮，也成不了雪山的主人。”害人的虚荣心，分不清美与丑，我感到难堪、别扭、遗憾、困窘，就像乱箭穿心般难受。

我把哈达铺平叠好，揣在怀里，飞一般跑回单位。一进宿舍，我就把帽子扔了，把上衣脱了，皮带解了。室友们不解地看着我，有人说："这么难得的衣服，你要穿着它睡，肯定能做个好梦。"

熄灯的号子吹响了，我把叠好的哈达用一块白布包好，塞进我的枕头里。从那以后，我天天枕着它睡，就好像枕着我的往昔岁月，更像枕着对母亲的思念。

这次生日有一个小注脚，发生在一个月以后。那天上午，单位的军宣队通知我，要我下午去张政委的办公室。在那个年代，谁接到通知被叫到工宣队、军宣队，那首先要安顿好家人，做好有去无回的准备。我不知自己犯了什么错，怀着忐忑不安的心情去找张政委。掀开门帘，我看见顾副政委板着面孔端坐在一张破旧的牛皮沙发上，旁边的木头椅子上坐着红卫兵分队的孔副队长。我二十多岁了，还从来没有像那时那样惶恐过，那气氛让我透不过气来，领导还没有开口，我的内衣都湿透了。

顾副政委有点像怒目圆睁的阎王，劈头就问我："你最近搞什么样喜庆的活动没有？"我想糟了，肯定是过那个革命化的生日出什么事了。但已经裂了缝的石头，再怎么往中间填土，都不可能合拢了。我连忙解释说："过了一个革命化的生日。"顾副政委又问："你生日是哪一天？"我回答说："12

月26日。”

他勃然大怒，一拍茶几吼道：“你太不像话！”

我的心怦怦直跳，衬衣已贴在后背上了，不明白不像话在哪里。真是“秀才有理说不清，人急喉咙不出声”，我呆呆的，无言以对。

顾副政委怒气冲冲，那严厉的目光盯住我：“你的生日到底是哪一天？”他问完话，站起身来，走到我的面前。我又重复了一遍。这下，把他的肺给气炸了，他在房间里暴跳如雷，一手叉着腰一手指着我的鼻尖，不停地抖动着，从鼻腔里发出“你……你……”的声音。

我更懵了，嗫嚅道：“这一天过生日……怎么了？”

这时，孔副队长插话了：“怎么啦？我告诉你，这一天是‘东方红，太阳升’的日子。你这资产阶级的孝子贤孙，反动派的狗杂种，不配在这一天过生日！”

顾副政委一手贴胸，一手举到半空，就像要劈头给我一巴掌。他冲到我的面前，急得差一点被破旧的地毯边角绊倒。他仰着头高喊：“这一天是伟大的统帅、伟大的舵手、伟大的领袖、伟大的导师毛主席的生日。”

就像晴空里一声霹雳，我被吓得差点昏了过去。我这才知道毛主席也是这一天过生日。那时不要说我，全中国知道毛主席生日的人也没有几个。我急忙辩解道：“对不起，对不起，我不知道，是我错了。可我的户口本、档案袋、工作证上都是这么填的啊。”

孔副队长呸了我一口，训斥道：“你不可能这天出生，你不配！”

我连忙点头：“是是是，我不应该在这一天过生日。我错了，对不起毛主席，对不起革命群众，我接受你们的任何处理。”

他们似乎并没有听进我的道歉，仍在喋喋不休地批判我，说我不应该在这一天出生，更不应该在这一天过生日。我想：既然连革命群众组织的代表都来了，今天恐怕军宣队不会轻易放过我。但我口头上虽然认了错，内心里并不认为自己有多大的罪。但钉在木板上的钉子，放进茶水里的盐，今天是自己惹的祸，恰好又撞在枪口上了，错已铸成，爱怎么批怎么斗，我不为自己辩解了，任它去吧。

不知是出于对我的宽容还是他们欺软怕硬，没想到顾副政委的态度缓和了下来：“去吧，选一个革命的日子做你的生日。深刻检讨自己，加强思想改造。”他说完后摆摆手，让我出去。

我想，道路可以选择，出身却不能选择；思想可以改造，生日却无法改变。更何况，要改出生日期，还得找派出所改户口本，找组织部改档案袋，找政工组改工作证，这能说得清楚吗？更重要的是：我怎么跟我的母亲解释得清？我心里暗暗想，我不改生日，但一定不再过这无趣的生日了。以后如果有人再问我的生日，我就语义含糊地说，是最吉祥的那天出生的。

后来，我在一个旧书摊上买到了一本20世纪50年代出版的《译文》杂志，上面刊登的一篇散记中描述道：非洲南部散居着一个不足十万人的部落群，被称为莫瓦人。他们世代相传着一个更改生日的习俗。在族群中，谁偷盗了他人财物，就会被流放他乡；谁打伤了他人，就被投入牢狱；谁与别人之妻通奸，就终身不能另娶。所有犯下罪行的人都要附加一条惩罚：更改出生日期。部落长老有至高无上的权力，其中最大的权力便是确定那些罪犯的生日。在莫瓦人看来，被更改出生日期，是一个人最大的耻辱，也是最严厉的惩罚。莫瓦人以这种形式来维系他们的道德准则，从一个侧面反映出生日对人的神圣，以及人们对生日的敬重。

只是在那个年代，以往被敬畏的、被尊崇的，都在被打倒、被羞辱之列。我在这个时候的生日有一出这样的闹剧，也是在情理之中了。

三、在莫斯科过生日

又一个12月26日到了。其时，已经是公元2004年，时光荏苒，人生如梦，世事沧桑。人生就像一叶在时间的长河里漂流的扁舟，时而随波逐流，时而逆水行舟，奋勇争先、迎风破浪，两岸景色无限，变化无穷。人生的道路并不总是平坦的，有阳光大道，也有独木小桥，还有崎岖山径，曲曲折折、坎坎坷坷。但是，天道是公平的，决不会把所有的灾难、痛苦都加到一个人头上，也决不会把所有的荣华富贵全都给哪一个人。关键是自己要做一个仰不愧对天，俯不疚对地的人。

这一年冬天，我以中国文联副主席、中国作协副主席的身份，率中国作家代表团访问俄罗斯。因此，我在莫斯科过了一个不同寻常的生日。

把自己当作作家来谈，要说名副其实，觉得有点愧对于这一光荣的称号。我以为，作家是一个高贵的称号，是“人类灵魂的工程师”。作家的责任，是要昭示至高无上的人类良知的黎明，对人类怀有责任感和使命感。作家既是现实社会的探索者，又是人民声音的代言人。作家最大的良心应该是善良，当然善良不并等于做一个好好先生。对黑暗的抗争，对邪恶的揭露，对弱者的同情，对真理的坚守，对正义的维护，都是善良之举。拥有了善良，就能够战胜一切。如果胜利不能站到善良这一边，人类就不可能不断繁衍生息。也许，一些平庸的作家一时能得到很多五彩光环，一些伟大的作家有时会遭遇悲惨的命运，但人民是文学的唯一评判者，只有心里始终装着人民的作家才可能成为一名真正伟大的作家，哪怕他的作品很少。

我们这一代作家都是喝着俄国文学的乳汁成长起来的。托尔斯泰、普希金、陀斯妥耶夫思基、高尔基等文学大师，感动了世界文坛，他们的作品哺育了一批又一批不同国家、不同肤色、不同民族、不同信仰的文学大家。他们对世界文学的贡献，就似一盏照亮五洲的明灯。一批批作家冲破心灵的樊笼，跨出安乐的家园，砸碎思想的禁锢，去追求平等、正义、自由、博爱和良知，去点燃自己的创作火焰。

我至今还记得，在“文化大革命”那动荡不安、混乱不堪的年代，我牢记母亲好好学习的嘱咐，远离那些空洞的革命口号和纷乱的派别组织，躲进自己的宿舍，苦读《安娜·卡列尼娜》《复活》《罪与罚》《我的大学》等俄国名著。这些经典著作孕育了我的文学情结，滋养了我的文学情感，帮助我树立起自己的人生理想和目标，陪伴我度过了那些令人胆战心惊的岁月。

这次到俄罗斯访问，我特意带了一本《安娜·卡列尼娜》。我在从莫斯科到圣彼得堡的火车上重读了这部经典作品，感受书中描写安娜、沃伦斯基与卡列宁在这段路途中交往的情节。火车在摇晃，景色在闪过，托翁所描写的场景，如同电影般一幕幕在我眼前上演。我深深地感谢俄国文学大师们，给人类留下了如此丰厚的文化遗产，也给我这个懵懂从文、不揣冒昧的文学工作者增添了力量、丰富了人生。

借助这次中俄两国作家的文化交流访问，我们如愿以偿地游览了莫斯科、圣彼得堡等城市的名胜古迹，还拜谒了普希金、托尔斯泰、陀斯妥耶夫思基等文学泰斗的故居和墓地。我认识到：俄罗斯能够跻身于世界民族之林、雄踞于世界大国之列，争霸于超级大国之间，跟这批星光灿烂、智慧超群的作家们的文化贡献是密不可分的。

在我们乘火车从莫斯科去圣彼得堡的路上，沿途林海莽莽、松涛阵阵，火车似乎总是穿行在森林的隧道里。听说俄罗斯森林覆盖率在百分之六十以上，木材储量居世界各国之首，现在开采的林木资源还不到占有量的百分之六。他们县以下要开采一千立方木材，就得报联邦政府批准。而本国使用的木材大部分依靠进口，中国理所当然地是俄罗斯的主要木材供应国。俄罗斯人把自然环境当作自己的家园来爱惜，把生态环保当作国家的要务。

到圣彼得堡后的第一站，是到郊外参观当年托尔斯泰的故居。乡村土路凹凸不平，尘土飞扬，车一会儿陷下去，一会儿又蹦起来，车上的人便前仰后合，脑袋不时碰到车的顶篷，每个人都紧紧抓住车里的扶手。我们乘坐的是一辆小型奔驰客车，但其车龄起码有苏共党龄的一半，除了喇叭不响，四处没有不响的，给人快要散架了的感觉。在车里说话，必须大声喊，否则什么也听不见。我们每次上车后，司机就要拿一把粗粗的螺丝刀，对着车门上的锁洞，把螺丝拧紧。下车的时候，司机先下来，又拿着那把螺丝刀把螺丝松开，才能打开车门。我无法容忍，几次要求换车，可好客的主人告诉我，这已经是俄罗斯作协最好的车了，不然就得去租车。

经过两个多小时的颠簸，我们到了一个古堡林立、古树参天、古道幽长的古镇。一座幽静、小巧、秀丽的两层别墅跃然眼前，这就是我们的目的地。

在一间吊着风扇的客厅里，四周古朴的书架上摆满了大小不等的书籍，有精装本，有线装本，还有手抄本；有大部头的书，也有不到百页的小手册。一张宽大的书桌上，摆放着托翁当年用过的笔墨纸张等文具和一个木质水杯。墙壁上挂着一幅用镜框镶嵌好的托翁晚年的巨幅照片。他一头银发披肩，浓密的白眉中伸出几根麦芒针尖般的寿眉，银白色的胡须熠熠生辉，炯炯有神的目光像一把利剑，似乎要穿透一切，这可能就是他智慧的象征，洞悉人间百态的源泉吧。他那微显阔大的面庞看上去是那样的慈祥和蔼，那样的恬静安详。

看了托翁的面容，我请讲解员介绍托尔斯泰的其他方面。她介绍道，托翁身躯高大，肩膀宽阔，体格魁梧，迈开大步像拉开弓箭，盘腿坐着就像一座硕大的雕像。但他说话慢声细气，神情姿态透着孩子般的稚气。他是一个智慧超群、才华出众的人，是一个纯朴善良、坦率至极点的人。

我觉得，真挚、敏锐、热忱、诚实是成为伟大作家的基本素养。托尔斯泰的作品不虚构古怪的情节，不编造离奇的故事，而是力求反映生活，反映生活各个方面的真实，因此，他给苏联人民、给全人类留下了不朽的、无价的瑰宝。讲解员还专门讲了一段托尔斯泰鲜为人知的故事——

托尔斯泰在莫斯科住宅的对面，是一座精神病医院。医院的院子里有花园苗圃，有林荫小道，宽敞舒适。托尔斯泰经常到院子里散步，认识了一些医生和病员。有一次他带着儿子在这院子里散步，一位患者跑过来，拉住他的手说：“哎呀，先生，我太感谢你了，终于把我儿子送回来了。”从交谈中他得知，这个患者是因为唯一的儿子被车祸夺去生命而急疯的。他儿子年龄与托尔斯泰的儿子相仿，长相也非常相似。此后，托尔斯泰就嘱咐儿子经常去看那位患者，还送一些鲜花给他。患者的病情很快好转了。托尔斯泰有一位经营农庄的朋友，是他的忠实读者。这位朋友不幸患精神病住进了这家医院。有一次托尔斯泰散步时，这位朋友跑过来说：“我太高兴了，你也终于进来了。你是想故事急疯了，还是写书写病了？”当他得知托尔斯泰只是来闲逛时，大失所望，号啕大哭，不住地说：“你没有进来，太遗憾了。”

在托翁的墓地，我们看到这个叱咤风云的伟大作家最后的归宿，竟然只是一方小小的墓穴。他晚年过得凄凉，又客死在野地，但是他留给后人的，却是一部部扣人心弦、流芳百世的鸿篇巨制。这就是一个作家的生命价值、文化价值。

偶像的存在是永恒的，因为人都追求理想和目标。那些文学巨匠是智慧之身，是艺术之神，是文明之魂，我们虔诚地跪拜了。

在圣彼得堡，我们还参观了一些神秘瑰丽、气势磅礴、规模宏大的古代建筑，其中陈列的栩栩如生的名家画作、精妙绝伦的稀世珍宝令我大饱眼福。最值得一提的是穿城而过的那条河流，宽如长江，清如明镜，静如镜面。一位金发碧眼的美女导游介绍说：喧闹的城市生活、沸腾的车水马龙都没有给河水带来任何的污染，夏天的时候，这条河碧如蓝天，沿着河面，百鸟云集，天鹅神游，家鹅戏水，宛如点点白雪；河水中有鲟鱼、白鱼、黄鱼，一些国外早已绝迹的鱼类，在这里继续繁衍生息。我们随行的一位朋友说了一句："在这儿钓鱼多好呀。"导游小姐困惑不解："从我有记忆以来，还没有听说过谁在这里钓过鱼。"秋天河水清澈见底，就像一面镜子，在河水中丢下一枚硬币，距离十米你也可以看出它的面值和铸造年份。这时，我脑海里立马出现了我们昆明城边的"五百里滇池"，黑乎乎、绿油油，黑的是湖水，绿的是蓝藻。湖里如果停着军舰，也许你拿放大镜也无法看到。罪过呀，罪过。风把晶莹剔透的冰面吹得干干净净，看上去像一个硕大的水晶平面，又显得很薄，望而不敢投足，其实脚下的冰层足有一米多厚。

突然，听到一声轰隆的爆裂声，那是破冰的响声。裂缝处，蔚蓝的冰块叠积成一排壮观的"冰峰"，河水挤出冰缝，溢满冰面。这水，在阳光下闪亮流动，似有生命。有人说水比油贵，我说水应该比油贵百倍千倍。因为水是生命的源泉，没有水就没生命，也不可能有人类。为什么人们要借助现代科技到火星上、月球上探索，也许就是要探寻有否水的迹象，实际也是在探寻有无生命的迹象。石油的利用才几百年的历史，而人类千万年来的生息繁衍要靠水，没有油的时代人类也创造了辉煌的文化，而油的出现给人们带来便利的同时也带来了恐怖的战争和生态的破坏。水，这生命的源泉，我们要像俄罗斯人那样珍惜它。

俄罗斯的交流访问可以说是可口的文化大餐，但我们在物质生活方面遇到了很大的尴尬。

从官方角度讲，我们享受到的是高规格的接待。全俄作协副主席专程到机场迎接我们，礼仪小姐手捧鲜花在贵宾休息室举行了欢迎仪式。我们住的是俄罗斯国防部的招待所，过去是苏共中央的招待所。据说，这里曾接待过许多社会主义国家的最高领导人。有趣的是，我住的房间是个大套间，卧室里的那张木床却长不过一米七，宽不过一米二。床上的褥子上打了三处补丁，厚重的被子散发出一股霉味。晚上躺在床上，身子一动，床便发出嘎吱嘎吱的响声。一翻身，差一点掉到地上，我只好整夜仰卧，不敢动身。客厅里的那条丝质地毯，底色是什么已经无法辨认，看起来油津津、黑黢黢，中间有几处似乎是被火烧过，有一些斑斑点点的小窟窿，又像是被老鼠啃过。卧室里有一张红木桌子，有三个抽屉。我想把一些日用品放进去，一拉那个生了锈的铜把手，整个抽屉“哗”的一声便掉到了地上。无论我费多大的劲，再也无法把这个散了架的抽屉装回去。客厅里的电视机大而笨重，电源通着，电视开着，却经常失去信号。几天后，我慢慢习惯了，只要电视机没了信号，就上前拍打几下机身，嘿，还真灵，电视画面又回来了。

就是在俄罗斯这种精神文化生活与物质生活存在巨大反差的情况下，我的生日再次被人提起。代表团成员、鲁迅文学院常务副院长白描先生曾是我的同事，也是我的朋友，他在一次聚会中提议说：“丹增书记是和毛主席同月同日出生的。毛主席在1949年新中国刚成立不久、第一次出访苏联时在莫斯科过了生日，我们提议丹增也在莫斯科过个生日。这真是历史的巧合呀！”

此言一出，作家们纷纷上来祝贺，并说一定要在莫斯科给我过一次生日。我是第一次听说毛主席曾经在莫斯科过了生日。现在无巧不成书，我也第一次来到莫斯科，竟然碰巧有机会在同一个地方，与毛主席一样第一次在异国他乡过生日。

我给同行们大体讲了我记忆深刻的前两次过生日的情景。对于第一次过生日，由于文化环境的迥异，大家感到特别新鲜，难以想象。而第二次过生日，由于多数人已年过半百，大都亲身经历过那个时代，有着共同的记忆。有一位老作家也曾过了一次类似的生日，结果被戴了一顶向往资产阶级生活方式的帽子，被批判了三天半。他们只是没有想到，我母亲竟然那么的善良、坚韧、达观，我们母子之间的感情竟然那样深厚、浪漫、优美。他们鼓励我把对母亲的思念从心头移到纸上，将这个藏族母亲伟大的爱写出来。

出访回国后，我查阅了有关史料，毛主席是在1949年12月16日至1950年2月17日到苏联访问的。他此番到苏联，主要是为了签订《中苏友好同盟互助条约》，并庆祝斯大林七十周年诞辰。当时各社会主义国家的元首齐聚莫斯科，为斯大林过生日，斯大林的生日是12月21日。五天后，毛主席就在莫斯科过了生日。至于毛主席在莫斯科过生日的细节，史料竟然都没有记载，但我相信这里面一定有许多的故事。

我们的翻译在莫斯科转了半个城也没能买到一个生日蛋糕。无酒不成席，没有生日蛋糕的生日是不完美的，无奈之下只好将就买了一块俄式豆腐糕，论形状，论颜色，论造型，它都很像高档的生日蛋糕。但没有生日蜡烛是许不成愿的，好在作家们都是形象思维极其发达的人，一位作家跑到餐厅对面的教堂里，放了几枚硬币，请来了几支供奉用的蜡烛。

生日聚餐定在莫斯科郊外的一家古老饭店里。俄罗斯作家协会副主席加尼切夫先生闻讯主动赶来参加。他是一个小说家，还是政治学博士，有憨厚的面容、满头的银发，他渊博的学识令人肃然起敬。

当加尼切夫副主席得知这个晚宴是为庆贺我的生日而举行时，惊讶得大叫起来："毛主席在莫斯科过生日的地点，就在前面另一条街上！"那里曾是苏共中央的交际处，不过现在成了石油大王们的俱乐部了。据加尼切夫介绍，他的一位朋友曾是莫斯科《红星日报》的记者，不但见过毛主席，而且是为数不多的采访过毛主席的记者之一。这个朋友曾写过一本俄文报道文选集，其中有两篇是专门介绍毛主席在莫斯科过生日的札记。加尼切夫幽默地说，不管是从图书馆偷，还是从旧书摊上买，从朋友处借，他都要想法弄到一本送给我做生日礼物。

加尼切夫的话使我这个生日的气氛更加活跃，也让我在历史的时空隧道里流连忘返。大家将蜡烛插在那块豆腐糕上，点燃了指头般大小的六支蜡烛。在吹熄这独特的生日蜡烛之前，我在心里默默搜索着那些美好的祝词，但隐约可见的却是母亲的身影。就像那首我很喜欢听的藏族歌曲《慈祥的母亲》所描绘的那样，我在遥远的俄罗斯的烛光中，仿佛看见了母亲的音容笑貌。

现在，我唯有在摇曳的烛光中祈愿我的母亲吉祥安康，祈愿她老人家在清静的生活中永远快乐、安详。阿妈，你陪儿子度过的生日，儿子永生难忘；你的祝福，你的期盼，你的教诲，永远都在儿子心上；阿妈，儿子在遥远的莫斯科给你跪拜了……

蜡烛吹灭，众人齐声祝福生日快乐。我用西餐刀切开了那块被当作生日蛋糕的豆腐糕，他们让我先吃，我把其中一块放进嘴里，又酸又苦又涩，不知是个什么味道，几乎可以跟我当年过革命化生日的那顿忆苦饭媲美了。我没声张，想看其他人作何反应。东西入口后，他们全都哇哇喊叫，摇头叫苦。

今昔对比，中外参照，总能催人奋进。敝帚自珍，珍惜现在，才能展望未来。生日宴会收场了，我们一行人信步来到莫斯科的红场。已是夜幕降临、华灯初上的时刻，闻名世界的红场银装素裹、灯火通明。来自世界各地的游客在此合影留念。红场对面有一排排商店，旅游纪念品琳琅满目。我随意走进一家商店，柜台里陈列着许多苏联时期的纪念品，军帽、军徽、军章、像章，还有斯大林、丘吉尔、戴高乐、罗斯福四巨头的画像、照片；更多的是普京总统的生活照片和艺术画像。购买苏联时期纪念品的大多是上了年纪的老人，而买普京总统纪念品的多为年轻人。一个正在买印有普京头像衬衫的年轻人问我是不是日本人，我回答说：“我是中国人。”年轻人友好地说：“你们中国有邓小平，干得很棒！我们现在有普京，也会干得很棒的。我们要做普京那样的硬汉。”

这句话深深打动了我。从20世纪80年代至今，我先后出访过五十多个国家。1984年第一次去意大利时，陪同人员告诉我：“罗马小偷很多，但不会袭击你们中国人，他们知道中国人没有钱。就怕被误认为是日本人，因为日本人有钱。”时隔二十年，我又一次出访意大利，陪同人员左叮咛右嘱咐：“罗马小偷很多，专偷中国人，你们千万要小心。”我问：“不是说小偷专偷日本人吗？”陪同人员说：“哪里哟，日本人没有中国人钱多。”连外国小偷都知道中国目前的经济实力了。

我忽然在一家商店里看见了一张毛主席与斯大林、贝利亚合影的巨幅照片，图片说明是俄文。翻译过来告诉我，这就是当年毛主席在莫斯科过生日时留下的照片。我喜出望外，店老板要五美元一张，我连价都没还就买下来了。这是我此番去莫斯科买的纪念品中最为珍贵的一件了。

当晚回到房间，我从箱子中取出那条母亲献的哈达，回味着，思念着，端端正正地把哈达挂在了自己的脖子上。

四、永远的哈达

多年来，每次远行，我总会带上从不离身的物品，这条哈达便是其中之一。而每到生日这一天，我都要看一看这条哈达，自己给自己挂一次哈达，作为对母亲的怀念，对母亲的感恩，对自己的激励。这条吉祥的哈达与我的生命、我的灵魂密不可分。过生日时，我可以不要美酒佳肴，可以不要鲜花簇拥，可以不要歌舞升平，也不需要显赫的场面、隆重的仪式，但一定要有这条哈达陪伴。哈达上的祝福之词、哈达上的八宝图案、哈达上的历史故事，陪伴我走南闯北，引领我披荆斩棘，鼓励我开创事业。哈达蕴含着母亲的期望，寄托着家乡的嘱托，也见证着儿子的孝心。

我五岁的时候想过当神，但好景不长；十多岁的时候求学立业，总算看到了人生的光芒与灿烂，还是好景不长；二十多岁的时候，学业有成、意气风发、踌躇满志，自以为可以放胆闯荡、著书立说，没有想到遇到了“文化大革命”的风刀霜剑，再次好景不长；三十多岁时，进了报社当了记者，做了文人；改革开放，也许是机缘巧合，也许是时来运转，我一个文化人逐步走上从政之路。现在已是五十八岁，接近耳顺之年、还乡之年。追昔抚今，人生既有挫折、失误和遗憾，也有成就、幸福和欢乐。我想，应该可以告慰母亲期盼的心了。

我远在故乡的母亲已经八十五岁了。早在七十四岁时，她就因眼疾而失明了。在母亲陷入无边黑暗的那段岁月里，我时时忧心这突如其来的不幸，托亲朋，求好友，到处打听名医秘方，寻求让母亲重见光明的机会。我曾经请求香港光明行动基金会的医生，请他们不惜代价，设法帮助我的母亲复明；我也曾请美国、尼泊尔的眼科专家来诊断医治，可母亲患的是无法医治的青光眼。我平常忙于工作，母亲长期居住在乡下，等发现母亲眼睛不行时，已为时晚矣，这是我心头深深的悔痛。

记得有一天夜里，我梦见母亲的眼睛忽然复明了，兴奋的泪花在母亲明亮美丽的眼仁里闪烁，而梦醒时，只有我在黑暗中泪湿枕巾……

有位诗人曾经写道："黑夜给了我黑色的眼睛，我却用它寻找光明。"可是对一双失明的眼睛来说，黑暗统治了一切，光明的希望在哪里？在一部佛经中有这样一个故事：很久很久以前，一个修慈悲行的高僧有一天穿过一片密林，来到一片草坝上。他看到一头双目失明的母鹿匍匐在地，身边依偎着刚产下的嗷嗷待哺的幼鹿。母鹿由于看不见草地上的青草，已经瘦得皮包骨头，干瘪的乳房悬在腹下，空如口袋。幼鹿吸吮不到母乳，饥肠辘辘，唯有哀鸣，可怜的母鹿焦急得空洞的眼窝里滴血成行。高僧见之，慈悲之心大发，遂向母鹿布施了自己的一只眼睛。母鹿见到了地上的青草，吃草后有了母乳，幼鹿不再有饿死之虞。失去一只眼睛的高僧看到母子两头鹿在草场上嬉戏亲昵，为自己的慈悲拯救了两条生命而深感欣慰。

传说不仅是美好的，而且是感人的，倘若我能为母亲奉献一只眼睛，那不仅仅是慈悲，而且是报恩，让她重见光明，我认为是对母亲最大的报恩。母亲的生活随着时代的进步、儿女的成长芝麻开花节节高，日子越过越甜蜜，色彩斑斓的世界她还没有看够，平安吉祥的生活她还没有过够，怎么能剥夺母亲享受幸福生活的权利，但我没有回天之力，不能为母亲驱散她眼前的黑暗，我深深遗憾。

母亲操劳一生，为我付出了太多太多，我却不能报母恩于万一，就连陪伴在母亲身边的机会都没有多少。我曾以为按时汇去足够的生活费，就能报答养育之恩，就能尽到孝心，可我错了，全错了。

我赤条条来到世上，父母用生命中最珍贵的爱呵护我成长，那是一份深入血脉、不求回报的爱。从没有哪个父母会对孩子说："你给我钱我才疼你。"父母这份爱，不因孩子成年而减少，更不因他们衰老而削弱，只要他们活着，这份爱就始终如一。孩子幼小时怕孩子摔跤而操心，少年时为孩子学业而奔忙，成年后为孩子婚姻而操劳，再后来为事业、为健康……父母终生都在为儿女牵肠挂肚、无私奉献，这种爱是用金钱回报得了的吗？

金钱不能回报母爱，就像物质永远代替不了精神一样。情感的东西，只能用情感去报答。揉揉背，唠唠嗑，常回家看看，这些最平常的行动，才是儿女对老人最大的孝心。正如汉语说的“孝顺”，顺着父母之心，也就尽到孝了。

我心中始终有个夙愿未了，那就是要给母亲献一次哈达，给母亲磕三个谢恩的头。

我是被母亲磕过头的儿子，多年来我一直将母亲的这三个磕头铭记在心，它既是对我的期望，又是对我的激励；既是母亲的慈爱，也是儿子的内疚。我在汉族地区工作多年，我知道“老吾老以及人之老，幼吾幼以及人之幼”的儒家伦理道德观。在藏族传统里，也是晚辈向长辈磕头，俗人向僧侣磕头，僧侣向诸佛菩萨、神山圣湖、圣地寺庙磕头。即便是普通僧侣，面对自己的父母，也是要磕头的。

汉文化中有一句话叫“忠孝不能两全”，用在我身上再合适不过。自从我离开母亲求学、工作，尽的孝我认为微乎其微，完全不能报答母亲对我的养育之恩。藏语称“孝”为“滋冬”，有遵循祖训，听长辈的话，尽心侍奉长辈之意。我在少年时代因为向往外面的世界，追求进步，背叛了自己的家庭，挣脱了父母的苦心期盼，应该视为有违“滋冬”；成年后常年在外工作，不能端水倒茶于父母左右，问寒嘘暖于父母耳旁，甚至眼睁睁地看着母亲在生命最后的岁月里沉入无边的黑暗而束手无策，也让我面对“滋冬”一词，面红耳热，羞愧难当。我认为无论是汉族还是藏族，那些在“孝”（滋冬）面前问心无愧的人，最值得尊重，最值得仰慕。

2005年8月，正是藏北草原牛羊肥壮，浮云化为甘霖滋润草原的季节，我又一次回家探望母亲。这时母亲已经八十六岁高龄了。我们母子已有三年多没有见面，其间母亲多次病危，每次病重，母亲总是告诉守在身边的妹妹，不要让我知道，一是怕我担心，二是怕影响我的工作。我没能在母亲病危通知书一下再下的关键时刻，守候在母亲身旁。

在我到家的那一天，故乡的人们得知我这个远方的游子要回来看母亲，早早地就在我家山脚下的草坝上为我搭起了帐篷，摆好了醇香的青稞酒，备好了洁白的哈达。藏族人对久别回乡的家乡人或远到的客人的尊重，可以从搭起帐篷欢迎你的方式来体现。

几顶绣着吉祥图案的白色帐篷在青青的草原上格外引人注目。其中一顶帐篷上升起了袅袅炊烟，我似乎闻到了一股牛奶、酥油、羊肉的清香味。山谷里云雾缭绕，天上下着蒙蒙细雨，是个少有的好天气。我还没有进家门，就被故乡的歌舞、美酒、哈达包围了，我远远地看见了自己家的门，却无法脱身，我的心急迫地想见到母亲，哪怕早一分一秒。

终于应酬完毕，我一人直奔家门。母亲一定是听到了山脚下的热闹喧嚣，早早地守在门口。我的两个外甥一边一个搀扶着她。我看见母亲了，她穿着我给她做的簇新的毛料藏装，满面红光，一头白发梳洗得干净整齐。在我的眼里，母亲显得还是那么健康、那么慈祥。我几步奔过去拥抱母亲，恨不得立刻跪拜在母亲面前，向她老人家磕三个长长的头。母亲把我的手紧贴在她苍老的脸上，泪水一下就浸湿了我的手……

但是母亲在笑，而且笑得爽朗而健康，一点也看不出是个被下过病危通知书的人。母亲笑着说："一听说你要回来，我的病就完全好了。"

母亲通过她的手指感受她的儿子。她摸过了我的脸，又摸我的肩膀、我的手、我的腰。母亲说："你瘦了，晒黑了。"她还说："你很累了。"对于失明的母亲来说，如果手指是她目光的延续，慈爱就是她眸子里的光芒。

母亲的手指在我的身上游走，那么温暖、那么慈爱、那么执着、那么呵护。我小时候在母亲怀抱里的幸福时光仿佛重现；又仿佛在我困难、忧愁的时候，她能用她明亮温暖的目光带来她的期盼、她的疼爱、她的关注。过去母亲用她的目光追随着儿子的身影，现在母亲通过她慈祥的手指，传达给了我她终生不变的母爱。

我在家里陪了母亲五天，那真是一段幸福无比的时光。我为母亲打茶，为母亲做饭，在她用了八十多年的木碗里为她揉糌粑，做成一坨一坨的放在她手中。除此以外，我能为母亲做的还有什么呢?

我听说，多少年来，她从来没有这么精神过，就像从未得过重病似的。她头脑是那么清醒，谈笑风生、风趣幽默，真不像已经八十多岁了。我在家里哪个位置，甚至我去了哪个房间，她全知道。她摸索着为我整理衣服，收拾东西，动作跟妹妹一样麻利。我陪她聊天，一谈就是半天。我们聊天南海北，聊各自的生活。母亲特别关心我最近的工作情况。她还感叹说："当年你背着我去外面读书是对的。要是我知道你要走，我会死死拦住你的。现在，你在外面干了不少的好事，还听说你出了几本书，是个有学问的人，为家乡、为亲朋好友们争了多大的光啊！如果我把你留在家乡的话，现在顶多是一个乡干部，或者是一个放牧的老牧民，最多也不过是个寺庙里的老僧。儿子，路都是自己走出来的啊！”

我抚摸着母亲布满老茧的手，哽咽着说：“妈，当年我让你把心都操碎了。我走时没有给你打声招呼，遗憾了一辈子，我真对不起你。”母亲说：“真正对不起你的是我，当初把你给留下来了，那可就葬送你一辈子的前程了。”

人在一生中，总会遇到一些终生难忘的恩人。他们给你机遇，给你关怀，为你指明一条人生的道路，改变你一生的命运。我的恩人之一是时任县委书记王西恒。他是陕西咸阳人，从青海骑着骆驼，渡过通天河，越过昆仑山，穿过无人大草原来到藏北那曲，1958年被任命为比如县委书记。为了做统战工作，他常到我所在的寺庙，每次都住在我老师占堆活佛的僧舍。他一来，我就高兴极了，因为每次他都会带一些糖果和干果给我吃。我也把供奉的印度干花、藏红花送给他，可每次他都婉言回绝。他是一个白面书生，戴着深度近视眼镜，腋下随时都夹着一个黑皮包，说话慢条斯理，对人和蔼可亲。他对占堆活佛特别友善，还经常送给占堆活佛一些大米、罐头之类的物品。他看到我学经刻苦，头脑灵活，也格外喜欢我。我牵着他的手，在经堂、护法殿、跳神场到处转，介绍这些场所的用处、来历。他不一定有兴趣，但频频点头，从不厌烦。

有一天，他问我，愿意不愿意到他的家乡去学汉语。我立即回答：“什么时候走？就这么定了。”我这不假思索的回答使他一愣，然后说：“这可要得到你家里和占堆活佛同意哦。”我说：“没问题，快定走的时间吧。”

大约一个月后，占堆活佛有一天突然难舍难分地对我说：“王书记派人来了，要接你去汉地学习。我可真下不了决心，我昨天晚上做了个梦，今天早上又在护法神殿打了卦，都是去好。佛祖保佑，王书记是见过世面的人，也许这个主意是对的。”就这样，我连家人都没有告诉，就不辞而别了。

我是多年以后才听说，当年我离家外出上学后，母亲急得几近发疯。那时我们外出都要过怒江上的一条溜索，听说我过溜索出去了，母亲守在溜索渡口，三天三夜不吃不喝，也不回家，无论人们怎么劝说，母亲都呆呆地望着怒江水哭，流着无声的眼泪，形容枯槁、心如死灰。人们怕母亲跳怒江，就让一个亲戚躲在旁边的一棵树后，悄悄地陪伴着母亲，以防万一。

我至今也难以想象母亲当时守望在怒江边的悲伤心情，那是何等的绝望，何等的凄凉！心头的肉被挖去了一块，大约就是我母亲当时的感受。溜索对面就是我学经的寺庙，我就是从那里出走的，母亲一定期望在溜索渡口再次看到她的儿子像雄鹰一样飞回来的身影吧。

五天的时间一晃而过，在我即将向母亲告别的那天早上，我早早起来，用电动机打了一壶酥油茶。首先就盛到母亲的木碗里，妹妹尝了一口就端给母亲喝，还问她好喝吗。母亲回答说：“太好喝了，我儿子打的茶，比谁打的都好喝。”妹妹端着母亲喝剩的让我喝。哎呀，太咸了，几乎是一碗盐水！妹妹开玩笑地说：“妈当然说好喝，她从来没有喝过这种酥油茶。我伺候妈半辈子了，也打不出这么高水平的酥油茶。”母亲笑了，笑得合不拢嘴。她说：“我儿子从北京回来，专门打茶给我，再咸也要喝。嘴里是咸的，心里却是甜的啊。”

我事先已给两个妹妹打好招呼，我今天要给母亲磕三个头，以还我的心愿。过去每次回家，我都想给母亲磕头，但不仅母亲不答应，亲朋长辈也坚决不让，说我是大男人，还在外面当着领导，这成什么体统。可这让我觉得永远亏欠着母亲。现在母亲眼睛看不见了，又这么大岁数，还不知能在世多久。我呢，又因为公务繁忙，不知什么时候才能够再次回家。是该“还债”了，我不想让这份亏欠再多存放在心间一天了。

我让母亲好好坐在椅子上，母亲不知道我要干什么，她还以为我要给她照相，就听任我摆布。我整理好衣襟，悄悄站在母亲的跟前，恭恭敬敬地跪下，认认真真地磕下了第一个头。我心里默诵着：阿妈，一磕头，感谢你的养育之恩，是你的乳汁让我长大，是你的哺育让我成长。

我抬起头来时，看见母亲面色安详，那透亮的眼珠似乎在看着我，在找寻我。我知道这双眼睛守望了她的儿子一辈子了。阿妈，你是因为追寻儿子的身影而望眼欲穿吧？

我磕下第二个头。阿妈，二磕头，愿能补偿儿子不在你身边时未尽的孝心。一个不孝敬自己父母的人，也绝对不会真心热爱自己的民族乃至国家。自古以来就是忠孝不能两全。阿妈，请你原谅儿子吧。

“儿子，你在干什么？”母亲似乎感觉到了什么，轻声问。

我没有回答，给站在旁边的两个妹妹使了个眼色，让她们也不要说话。我看见了母亲脸上的疑惑，她似乎有某种不安。阿妈啊，我知道你时时都在惦记着儿子，儿子做的每一件事，都在你的眼中，都让你高兴，让你满意。唯独这个磕头，儿子永远不想让你知道。

我端端正正地磕下第三个头。阿妈，祝你健康，祝你吉祥，希望你年年吉祥、天天快乐、时时高兴。

我站起来，拿出那条哈达，对母亲说：“阿妈，我要给你献一条哈达。”她摸着哈达，露出微笑，把哈达捧到头顶说：“这是当年你过生日时我献给你的那条哈达吧？”

我惊讶于母亲的感悟力，也幸福于母子之间的心灵感应。我说：“是的，阿妈。这条哈达激励着我的人生道路，护佑了我一生的吉祥，我现在要献给你。”

我恭恭敬敬地把哈达给母亲挂上，母亲抚摸着哈达，幸福地说：“儿子，哈达你还是继续留着吧，它会给你带来好运的。你远离家乡，在外为政府做事，会有很多荣誉、名望，也会有很多风险、困难。只要做事用心，待人善良，不贪恋权财，就不会有什么灾难。你平安了，妈就幸福了。”

是啊，哪个为人父母的，不把儿女的平安当成自己终生的幸福？父母在儿女年少时，都对他们寄予了许多的希望和梦想；当父母白发苍苍、儿孙绕膝时，所祈求的，只是一家人和睦平安而已。

我离开母亲十八天后，正在成都出差。一天夜里，我躺在床上看书，床头柜上的电话响了。我接起电话，是妹妹的声音。她声音嘶哑，断断续续地说：“妈——今天——不在了。”这突如其来的噩耗使我悲痛不已。“不是十多天前还好好的吗？”妹妹告诉我：“自从你走后，阿妈精神一直很好，只是昨天，胸有点闷，头有点昏。就是今天早上，妈起不来了，昨天下午妈说：‘我发生什么情况，都不要让儿子回来。他工作忙，别去打扰他。’”

母亲是在熟睡中告别了亲朋，告别了这个世界，但她仍然惦记着我、挂念着我啊。

让人欣慰的是，她老人家已享年八十六岁。按藏族习俗已过八十“白寿”；按汉族文化，已仰望九十“米寿”。生存在海拔4000多米、高寒缺氧的艰苦环境里，这应该说是长寿之长寿了。更何况，她这一生没有生过大病，住过医院，儿女们从未为她的健康操过心。母亲生活俭朴，粗茶淡饭相伴一生，唯独喜欢喝酥油茶，吃糌粑。没有污染的家乡食物养育了她强健坚韧的身体。她从不吃水果蔬菜，20世纪80年代末，我回家探亲，买了许多新鲜的苹果、梨和橘子，装满一大箱带回家。我对母亲说：“要多吃一些水果，维生素丰富，对身体有好处。”可第二天早上，我发现除了佛龛前供奉了几个水果，算是敬了神，牛食槽里装满了被切成一块一块的水果，牛羊们正吃得高兴。维生素是什么，母亲根本不用知道，她自有自己的长寿秘籍，那就是一生乐观开朗的胸怀，善良慈悲的心灵，勤劳诚实的性格，坚韧豁达的意志，虔诚如一的信仰，简单朴素的饮食。

妹妹说，母亲曾给她说过处理后事的要求，一是要求按习俗天葬，二是希望用她的积蓄在占堆活佛的寺庙里捐建一个平安塔。晚辈们在母亲生前孝敬她老人家的钱，她既不存银行也不放钱柜，用一个布口袋装着，常年放在枕边，总共有八万多元。母亲并不是一个手紧的人，她曾经捐了一万多元给一所敬老院，又捐了两万元给一些闭关修行的僧侣，她自己的生活却相当简朴。她慈悲的心相当博大。

我想，人总是要死的，从出生的那天起，就开始一步步向死亡靠拢。不要说人，万物都有生有灭。如果人不死，都万寿无疆，那从孔夫子算起，这地球上的人不要说安身立足，连站的地方都没有了。老死就是自然界的瓜熟蒂落，是幸运的。遗憾的是，有的少年夭折，有的英年早逝，有的中年离世，有的晚年累死，能活到八十、九十，在没有痛苦、没有悲伤中悄然离世，当然应该是极大的幸福和圆满。想到这里，我的心情好了许多。十多天前我们母子相聚，这是天意还是偶然，又或者是临终告别？真有点说不清、道不明了。倘若没有这次和母亲共享天伦的五天时光，就可能成为我终生的遗憾了。

我这个没能在母亲床前送终，没有尽到孝心的儿子，唯一能够补偿母亲养育之恩的，是忠实地遵从母亲生前的遗嘱。我将母亲的遗体葬在尊位最高的止贡梯寺的天葬台，让亲属把母亲的一颗门牙带回了云南。

不久，我要偿还母亲的另一个心愿。多年前我一次回家探亲，母亲问我五台山离我们西藏有多远，还说，她这一辈子能去朝拜一次五台山，那就太幸运了。我说："那太容易了，这次我就陪你去不就行了。"母亲考虑再三，一怕影响我的工作，二怕坐车晕，三怕不适应内地气候，没有去。

五台山是驰名中外的佛教圣地，是文殊菩萨的道场，与浙江普陀山、四川峨眉山、安徽九华山并称为我国佛教四大名山。五台山以其悠久的建寺历史和宏大的规模，居佛教四大名山之首，故有"金五台"之称。它始建于汉朝，在唐代达到鼎盛，历来在东亚各信奉佛教的国家都享有盛名。清代，藏传佛教传到了五台山，五台山的菩萨顶上修建了一座藏传佛教寺院，这是汉藏两个民族友谊与宗教交往的见证，寺内有不少清代皇帝御笔亲题的碑和匾。因此，信仰虔诚的藏族神往内地的五台山，把到五台山朝圣视为人生中的一大圆满。

母亲有生之年没有实现朝圣五台山的愿望，现在，把她的那颗门牙送到五台山去，也就了了一个心愿。我利用一个假期，一天从昆明赶赴五台山：先是坐飞机到太原，然后转乘汽车。临近山腰，已是夜色茫茫，山道上游人稀少，鸟鸣空谷。我在心里默默地说：母亲，我带你来朝拜你心目中的圣地了。

那是一个初冬，我刚到山上时，夜空晴朗，星光灿烂，忽然间暮云低垂，天色渐黑，不多时天上竟然飘起一阵纷纷扬扬的雪花。我情不自禁地想起藏北草原的雪，想起下雪天火塘前的母亲，想起如火塘一般温暖的母爱。啊，那可真是世上最令人难忘的温暖啊！

第二天早上起来，山上银装素裹，太阳已经升起，晴空万里。山上的人都很兴奋，有的人在堆雪人，有的人在打雪仗。我在一块白布上放着那颗牙齿，旁边陪伴着的是一捧来自家乡的饱满圆润的青稞粒，轻轻地包好，然后独自向山顶走去。雪后的五台山静谧空旷、庄严高远。洁白的雪装扮着远方的大地山峦、近处的树木道路，仿佛一个凡尘之外的世界。我来到一处面向故乡的幽静、干净之地，埋下了那核桃大的布包。我在心里对母亲说：妈妈，尽管你在世时儿子没有陪你来过这里，但现在你已经安息在这佛域净土了。我祈愿你善良的灵魂往生到一个平安吉祥的地方。

无论在西藏还是内地，佛塔都象征着平安和吉祥，用意是镇魔与压邪，标志着兴盛和繁荣。佛教经典中的各式佛塔，内涵丰富，形象高大，文化厚重，造型别致。在东方文化中，可以说，一座佛塔，就是一段善缘，也是一种慈悲，是护佑人间的无言大爱。母亲临终前，为了乡亲们的平安，留下遗嘱，希望塑一座平安塔供奉在占堆活佛的寺庙里。我的两个妹妹一个是退休工人，一个是纯粹的牧民，她们的生活都不算富裕。我将八万元稿费寄回家，加上母亲攒下的钱，终于建成了这座象征着万事如意的平安塔。它代表着母亲对亲朋好友的爱，也代表着我们对一个平凡的母亲深深的敬意。

我的妻子和女儿在佛像前供奉了两盏纯银的酥油灯，我则把母亲献给我的那条陪伴了我大半生的“阿西哈达”装藏在平安塔里。母亲的在天之灵一定会看到儿子敬献的这条哈达。

吉祥的哈达呀，愿你陪伴着我善良美丽的母亲；生命中的哈达啊，愿你时时刻刻激励我的人生。当这条珍贵的哈达在我五岁那年挂在我的脖子上时，我并不知道母亲的期望；当它在我二十一岁再次出现在我的眼前时，我只是个热血方刚的青年，一心要过一个革命化的生日，而忘记了母亲的一片苦心；当我在莫斯科自己给自己挂上这条哈达的时候，我只能怀念母亲的温暖，感恩母亲的慈爱。现在，这条连接着我们母子一生的温暖、思念、牵挂、祝福的哈达，一直系挂在我的心头，一端告慰着母亲的灵魂，一端紧系着我深深的怀念。

忆母校　念恩师

说起来，我对现代教育最初的、最根本的认识——教育能够改变人的命运，是从坐落在陕西咸阳的西藏公学开始的。

1958年由邓小平题名、创建于古都咸阳的西藏公学（后更名为西藏民族学院）[注]，是我开始认识和接受现代教育之处，同时也是包括我在内的许许多多藏族及其他少数民族的莘莘学子的母校。对于母校，我有着忠诚而又炽热的赤子情怀。

西藏公学创建之初，有人说它是“四不像”：既不像小学，也不像中学；既不像大学，也不像干校。有人对这话很反感，也有人对此感到很新奇。有人对这所独特的学校进行深思，也有人对它进行研究。直到现在，人们也无法给当时的西藏公学一个准确的定位，因为它是那样的特殊，在古今中外的

编者注：2015年已更名西藏民族大学。

教育史上恐怕难以找出第二所这样的学校。其实学校究竟像什么并不重要，重要的是能够培养出什么样的人。而我们现在可以非常肯定的一点就是，西藏公学培养了一大批在西藏乃至全国都是拔尖的、一流的人才，其中担任省部级领导职务的就有三十多人。这关键是，西藏公学在建校伊始就拥有一支经过革命战火锤炼的干部队伍和一支从全国著名高等院校毕业的业务过硬、作风正派、情操高尚、诲人不倦的优秀教师队伍。

在建校两年之后的1960年，我从藏北草原深处的一所古寺中脱去袈裟，先走路，后骑马，再坐车，最后乘火车，历时两个多月，跋涉近三千公里才来到这所学校。那一年，我仅仅十三岁。

我刚进校时，同学们年龄参差不齐，学习课程有难有易：有年近四十的中年人，也有十二三岁的小孩子；有的刚读小学课本，有的已经在攻读大学课程。有许多学生是刚放下牧鞭的放牧孩子、刚离开农舍的放猪娃子，也有刚脱下袈裟的贫穷喇嘛，还有的是从县级领导岗位上到学校来进修补课的。你说，这是一所什么样的学校呢？

在雪域西藏，圣洁的珠穆朗玛直插云霄，俯瞰着大地。千百年来，它以其永恒不变的庄严，护佑着一代又一代的藏族子民繁衍传承，生生不息。在往昔，由于地域的限制和社会制度的束缚，藏民子女除了能够接受一定的宗教教育，很少能受到与时代同步的现代文明教育。这种状况直到西藏解放才开始发生变化。

我今生对教育虔诚的爱，正源于我的母校——西藏民族学院，因为它不仅是我接受现代教育的起点，也是我人生历程迈出的重要一步，更是我人生的一个重大转折点。进入西藏公学之前，我几乎没有接触过汉语，连一句汉话都不会讲。到学校后，我开始学习汉语拼音，从汉字“你、我、他”，汉话“吃饭、睡觉、你好”开始学起。学校刚筹建，国家又急需人才，边建设边教学是当时的教学方针。刚建不久的校舍算不上富丽堂皇、宏伟壮观，但简朴大方、干净整洁。闪着亮光的黑板，乳白色的日光灯，厚重崭新的红木课桌，为我们这些学子创造了优雅清静的学习环境。那时受三年自然灾害的影响，人民在节衣缩食，国家在咬紧牙关，师生每天一律只吃两餐，玉米、红薯、槐花是主食，大米、白面只能偶尔吃上一次，每月只有两顿荤菜，学生像过年一般盼着这一天。生活纵然是艰难的，但我们是快乐的，因为我们畅游在知识的海洋里。有一份感动我至今难忘，那就是我们学生食堂的伙食比教师食堂的好，校长、副校长经常端着饭碗和学生们一起吃饭。

我记得我的班主任姓倪，他个子颇高，走路极快，为人师表，威仪俨然。在我的印象中，他对我们要求非常严格，同学们都有点怕他，上课之外见到他都要绕着走。我们这帮少数民族的学生，从入学的时候开始学说汉话，老师为了鼓励大家大胆说，就给每个学生发十粒黄豆，学生之间在一起交谈时，谁要是找不到合适的汉话表述，不小心说出了自己本民族的语言，就要罚一粒黄豆给对方。一个学期下来，谁的黄豆最多，谁肯定就是汉语说得最流利的。倪老师在点我们的黄豆时，要是发现哪位同学没交出几粒黄豆来，他的脸色就显得很严肃认真，我们则内心忐忑不安。正是这种严格的要求，使我们五年就学完了初中汉语课程。

记得有一次我和另一位同学在教室里偷着抽烟，远远看见倪老师朝教室走来，吓得慌不择路，双双从二楼的窗子跳下，幸好落在树叶塞满的水槽里，没有摔伤；可又怕被倪老师发现，就挣扎着拔腿再跑。其实在倪老师严厉外表下，包裹着的是一颗对学生慈爱的心。夜幕降临、学生们入睡之后，他就挨个到学生宿舍查铺，轻轻地把被同学们蹬开的被子重新盖上，把慈父般的大爱深深地融入这悄无声息的动作之中。

我们的汉语老师姓陈，他能讲一口流利、标准的藏语，相貌堂堂、衣冠楚楚，并且能歌善舞，据说是从部队文工团转业过来的。所有同学都特别喜欢他，他对同学们从学习到生活关怀备至，哪个男生的头发长了，他就帮着理发；冬天有同学被冻出了鼻涕，他会过来掏出自己的手帕帮你轻轻地擦掉。

他们是父亲吗？不是。他们是母亲吗？也不是。但他们胜似父母。这样的老师还有很多，他们平凡的举动中流淌着高尚，他们严格的要求中饱含着挚爱，他们朴实的作风中透露着硬朗。他们就是我们最为可亲、可敬、可爱的人，我们永远尊敬他们，爱戴他们，想念他们。至今，他们和蔼可亲的音容笑貌依然常常浮现在我的脑海之中，他们和颜悦色的谆谆教诲仿佛还回响在我的耳边。

就我个人而言，有一个老师给我留下了刻骨铭心的印象。他姓陈，教写作。他是华东师范大学中文系毕业的高才生，能写小说，有人说他是作家，我对此倒没有考证过。不知出于什么原因，他很欣赏我的作文。他每次把全班学生的作文簿批改完后，就在课堂上亲手发给每一个学生，先发最差的，依次而下，最好的留在最后发。作文后面他都写上评语，一般写上“差”“好”或是鼓励几句，最差的和最好的，他都写上详细的原因。我和一位女同学的作文经常是最后发，有许多次，他亲自将我的作文朗读给全班同学听，有时他还把我的作文从作文簿里撕下来，连同评语一道贴在教室的墙上让大家看。当时不知是出于上进心还是出于虚荣心，反正老师这么一鼓励，我可来劲了。三千个单字还没有塞满我那小小的脑袋，我就到图书馆借来《红楼梦》《家》《春》《秋》等名著，半通半不通地阅读。除了名著，我喜欢读一些武侠神怪小说，老师把这些书贬为有害的闲书，不准学生阅读。我认识图书馆一位管理员，他是个哑巴，我慢慢地和他交上了朋友，连哄带骗从他那里借阅那些“禁书”来读。怕被老师发现，我白天把书压在褥子下面，夜里躲在被窝里打开手电筒来读。那时我梦想将来当个作家，因为作家这个称谓对我来说，是那样的高贵，那样的神圣，那是“人类灵魂的工程师”啊。“作家”两字就像灯塔，就似航标，一直引领着我不断进步。从此，写作成为我最大的爱好。我至今不敢以作家自居，我始终仰慕那些为中国文坛建立起一座座永恒的丰碑、为人类文明的传承呕心沥血的作家。

正是这些老师对我无微不至的关怀，对我孜孜不倦的教诲，使我迈出了人生最坚实的第一步。在我的认识中，教育最宝贵的财富并不是高级的校舍，也不是现代化的教学仪器。固然它们都很重要，但教育最宝贵的财富还是教师，教师是教育的第一资源，名师才出高徒，名师托起名校。所谓大学之大，非有大楼，而是有大师也。

据有关资料统计，西藏公学建校五十年来，共培养了三万多名各民族学生。在西藏民族学院四十周年校庆的时候，有个令人骄傲的数据，当时西藏自治区的党政领导干部中，三分之一是这所学校培养的，而西藏近半数的地厅级领导干部，以及教育、卫生、科技战线相当一批学科带头人，都出自这所学校。我们说西藏民族学院江山代有才人出，桃李芬芳满天下，绝对是当之无愧、名副其实。这是每一位从这所学校走出来的学生的骄傲，更是母校的光荣，我们由此为母校感到自豪！

此后，我又进入西藏民族学院师范专科学习，从此与教育结下割舍不断的情缘。1973年，我进入复旦大学学习新闻专业，这是我人生的第二步。随后我从《西藏日报》开始迈出人生的崭新步履：从一名普通记者到西藏自治区党委副书记、中共云南省委副书记，再到中国作协副主席、中国文联副主席，是教育给予我动力，让我伴随西藏、云南和祖国的进步而成长。当然，一个人职务的升迁也许并不能完全说明能力和贡献的高低与大小，孝敬好父母、抚养好子女、善待好邻里以及善良地对待每一位朋友、真诚地对待每一位同事，一样能体现人生的意义。对工作的兢兢业业，对生活的无限热爱，对专业的不懈钻研，都可以体现自己的人生价值。这也是教育使人立德的标志。

在我看到一座座冰川雪峰的同时，也看到了一个个藏族儿女渴望知识、渴求教育的目光，那是一种使人刻骨铭心的目光，它流露出来的，是真正发自内心的千年期盼！如今回想起来还触目惊心。我还看到了西藏实行民主改革以后，更多的人被教育这把金钥匙改变了命运的事实，看到了自治区的兴旺发展，看到了藏民族的进步。毋庸置疑，这些变化，无不与教育有关。

来到地处边陲的云南工作，我也看到了许多类似的情形。云南民族众多，二十六个民族处于不同发展阶段，有着不同的语言与文化，需要不同类型的教育；云南经济落后，政府投入不足，百姓手中缺钱，致使校舍简陋、师资短缺；云南山高谷深，全省百分之九十四的面积是山区，群众居住分散，校点多而散，一个学校一个老师带着一帮学生的现象都存在。云南历届省委、省政府为教育发展付出了有如精卫填海般的移山心力，可愿望与现实之间还是横亘着难以逾越的高山深谷，生活在红土高原上的各族儿女时刻期盼着，通过发展教育来改变现状，追求未来，对教育充满激情、充满渴望、充满期待。

我在母校几年的学习和生活，使我真正认识了现代教育，也让我开始懂得人生的哲理，还让我对教育有了由表及里的理解和思索。这让我不断加深对教育的认识，不断增进对教育改革和教育发展的思考，不断增强做好教育工作的责任感、紧迫感。坦率地讲，是教育改变了我的人生轨迹，改变了我的命运，也是教育使我学会了在以后的工作中关注教育、感激教育、热爱教育并积极投身教育事业。

当我从藏北腹地来到陕西咸阳，又从黄土高坡来到首都北京，再到彩云之南，回望人生历程中的每一步，我始终对教育充满无限的崇仰与感激。在我心中，教育就像高原一般壮阔浩瀚，像哈达一样圣洁高贵。教育与人类文明的进步息息相关、命运与共，它犹如一盏明灯、一个航标，始终映照着人类历史的长河。教育擦亮了文明，教育点燃了希望，教育就是使人成其为人的桥梁，它引领着人类一步步从遥远的过去走向现在，再从现在走向未来。若我们穿越时空，就可以看到，教育是永不熄灭的火炬，既照亮了历史，又辉映了文明；当我们翻开历史的篇章，我们也可以发现，教育就是人类文明的纽带，既延续了历史，又传承了文明；我们更可以通过自己的亲身经历体会到，教育就是传说中的那把打开命运之门的金钥匙，既改变我们每一个人的命运，又开启了社会乃至整个人类的文明之风。

人的命运就是这样的奇妙，它注定了我这一生要与教育紧密相依，要与教育难分难舍——它让我这一个受教育者回到教育事业上来。这让我在终身学习、继续接受教育的同时，又增加了一份责任。我先后成为西藏教育发展、云南教育改革与发展行动的一名组织者和参与者：1985年起在西藏联系和分管教育多年；2003年，当云南省委、省政府果断做出教育改革决策的时候，重任又责无旁贷地落在了我肩上。在云南省委、省政府的强力领导下，我参与和组织实施了云南教育改革与发展这一崇高而惠及子孙的行动。受命以来，虽不至于“夙夜忧叹，恐付托不效”，但殚精竭虑，始终坚持“为社会主义现代化建设服务，为人民服务”的教育改革与发展方向，把满足求学者的愿望、发展教育事业和维护人民利益放在首位，努力使教育逐步成为“人人都享有的权利”，不懈探索，大胆实践，取得了一些可喜的成绩。

几十年来，我与教育结下了不解之缘；多少个春秋，我始终对教育发展的方向苦苦思索。走上仕途后，文山会海，几乎日理万机，我没有培养起太多的爱好。忙里偷闲、苦中作乐，唯有读书、写作成为繁忙工作之余的最好享受，从书本中汲取养分，在实践中丰富智慧，不断地学习、不断地获取知识成了我最大的幸福源泉。而多年来形成的做笔记的习惯，忠实地记录了我人生历程的点点滴滴，记录了自己与古今中外文化大家、教育大家们的一次次思想和心灵的沟通，记录了自己在文化发展、教育改革实践中的所思所得，记录了自己一路走过的所见所闻所想。一本本厚厚的笔记，凝结着我的心路历程，蕴藏着我的人生感悟。我家虽然有万册书，但我还未能做到“读万卷书”，不过我在文化教育领域所涉猎的图书已汗牛充栋、无法尽数了。尤其是二十多年来我先后到过五十多个国家考察、讲学、访问，其中有美国、德国、英国、法国、意大利、俄罗斯、希腊、埃及、南非、日本、印度、泰国、阿根廷、巴西、智利、澳大利亚、新西兰等，一路所获已远非读几本书所能及。地球的每个角落都有数不清的新鲜事物，使人眼界大开、耳目一新。读书、写作、走访，都丰富了我的人生，加厚了我的笔记，更增添了我的阅历。

想到这里，我越来越多地回忆起那些教过我的老师来。他们的身影依次浮现在眼前，我内心深处的感激之情油然而生。我今天的一切，哪一样不归功于我的老师呢？我尤其怀念那些离开人世到达彼岸的老师，比如，戴着黑框深度近视眼镜，腋下始终夹着皮包的张老师；经常身着灰布衣衫，脚穿圆口布鞋的高老师；说话有点磕巴，几缕白须飘拂胸前的周老师；还有邓老师、王老师……当我每次听到有哪一位老师不幸辞世时，总是震惊多于哀悼，惋惜多于忆念。生老病死是自然规律，任何人都无法改变。我的这些老师走过曲曲折折、坎坎坷坷之路，一生追求真理、向往光明，忠诚于自己的事业，他们仰不愧于天，俯不怍于人。我对先走的老师们的缅怀犹如烈酒，犹如火焰，燃烧着我的灵魂。我的眼眶湿润了，我的视线模糊了，泪水顺着面颊不断地往下流。今天只有把自己的哀思从心头移到纸上，如此而已。

岁月如梭，人世沧桑，我已经渐入老境。我以一个成熟的人的视角，回忆、怀念我那些无论是在天国还是在人间的老师。他们对西藏民族学院这所远离辖地、起初困难重重、独具特色的学校，爱之如家，为学校的建设添砖加瓦，为学校的荣誉增光添彩；他们对我们这些天真而幼稚的学生呵护有加，光风霁月、菩萨慈眉；他们对伤天害理的丑恶行径是那样的横眉冷对、金刚怒目。在我的认识里，那时的老师对上级没有阿谀奉承、媚俗取巧的习惯，对同事没有投机取巧、装腔作势的作风，所有老师几乎都淡泊名利，评职称他们你推我让，提工资他们相互谦让，提了职务的没见兴高采烈、欢天喜地。像今天一获晋升就摆宴席庆贺荣升，在我看来，这不过是无知者的无耻之尤。

我始终认为，学府就是学府，不是商府，更不是官府。教师就是教师，应该把教书育人、钻研学问作为自己的第一要务。市场经济、商品社会既是好事，也令人忧思。如果哪一天商品交换的规则渗透到官场、学府，那就意味着道德的沦丧、良心的缺失；如果一所学府，出现入学等价交换，学历明码标价，学位讨价还价，那它就变成“商府”了；同样，一所学府，出现校长一屋子，处长一礼堂，科长一操场，那它也就变成“官府”了。这是我们不愿看到的。也许不会有这一天，但愿只是我的多虑和杞人忧天。

刚正不阿的铮铮铁骨是历代中国知识分子的优秀传统，学府就是要培养这样有气节的人。他们的可敬，他们的可爱，与天地日月同辉。我祝愿那些仍然健在的老师们，始终保持大海般宽广的胸怀，天天快乐、年年健康，充满信心地过上八十八岁的“米寿”，仰望一百零八岁的“茶寿”。

我想起了故乡的那棵参天古树，当它还是一棵幼苗的时候，从石头缝中顽强生出，尽管缺少土壤，缺少阳光，但它以令人震惊的毅力冲破挤压，弯弯曲曲地、忍辱负重地长成了一棵坚韧挺拔的大树。茂盛的枝叶，供人们乘凉；干枯的树枝，供人们取暖。如果人们还要向它索取，树干可以改作木材，树根可以投进火塘，给人间带去最后的温暖。这棵树就是我求学时所理解的老师形象。

回眸历史，我们不能不发出这样的感慨：人类历史长河万古不息，奔流至今，不知有多少文明苍烟落照、悄然逝去，又不知有多少伟烈丰功光华散尽、雄风不再，成为少数智者笔下荡出的浪花，成为历史星空中一划而过的细雨流星。但我们发现了一幕灿烂夺目的景象：远离文明碎片，一刻也未被人类淡忘的，始终与时代发展脉搏一起跳动的，并且越来越溢射出迷人光芒的，唯有教育。从人类第一所学校诞生以来，无论世界格局如何变幻，政治风雨如何飘摇，经济大潮如何动荡，城头大旗如何变换，教育这一人类文明的火炬永不熄灭，春秋代序，薪火相传，世世代代，延绵不绝。

一位语言学家曾经说过："在我所知道的世界语言中，只有汉语把'恩'和'师'紧密地嵌在一起，成为一个不可分割的名词。这只能解释为中国人最懂得报师恩，这是为其他民族所望尘莫及的。"我一向认为，知恩图报是做人的根本准则之一，人人都应该有一颗感恩的心。我最看不起的人就是那种背槽抛粪、忘恩负义的人，即便他是高官显贵、富翁商贾，他的脑袋也是一个粪坑。

今年，我的母校西藏民族学院已经跨入了"知天命"之年，五十年的风雨岁月使她逐渐变得成熟起来，成长为一所名副其实的现代高校。最近，我带着一份感恩的心，再次回到了阔别已久的母校，想看看我那朝思暮想的恩师以及流连难舍的校园。令我欣喜不已的是，我见到了今年已九十三岁高龄的王静之，我在校时的校长；八十六岁高龄的汪文彬，我在校时的系主任；七十七岁的陈钦甫，我在校时的老师；还有张老师、王老师、刘老师……看着一个个早已满头银丝，脸上刻着岁月沧桑，但身体依然硬朗的恩师们，我的心中涌起了阵阵喜悦与激动。无论时光如何飞逝，无论历史如何变迁，他们都是问心无愧的。他们送走了一批又一批学子，把自己的青春与智慧毫无保留地奉献给了学生，奉献给了学校，自己却渐渐走向了暮年。在他们身上，真正体现了“春蚕到死丝方尽，蜡炬成灰泪始干”的优秀品质。我一一地看望了每一位仍然健在的班上老师，并且邀请曾经给予我教诲的十多位老师相聚就餐。忆当年、看今朝，叙旧情、谈当下，他们都是年近八旬的老人了，好在大多头脑清醒、思维敏捷、耳聪目明、身体健康，还能谈笑风生。我在高兴之余也有几分担忧：我不知道我和老师们的下一次相聚会在什么时候，也不知道下一次相聚时能不能看到每一位老师都还如此。

我漫步在母校的校园里，一点一滴追寻着过去，感受着几十年来的惊人变化。过去尘土飞扬的泥土球场，现在已被绿草茵茵的体育场所取代；一座座气派的教学大楼拔地而起，过去的平房矮棚已荡然无存，当年仅存的几幢教学楼虽然依旧在，但内外装修，已披上漂亮的新装；一排排整齐茂盛的林荫大树，取代了过去凌乱不堪的电线杆子；当时略显苍凉的校园，如今是一派绿树成荫、繁花似锦、小桥流水的动人景象。我感叹于母校的巨变，也为现在的学子们能够在如此优美的环境里求学感到由衷的高兴。

我无法尽数报答母校、老师们的恩情，但我无论是过去、现在还是将来，都会始终关心、关注母校的发展变化，我也会始终牢记母校对我的教育之恩，始终牢记老师们对我的教诲之情。

亲爱的母校，敬爱的老师，你们抚育的学子已经走过了六十年的漫长人生旅途，途中，既有阳关大道，也有独木小桥，路旁有深山大泽，也有缓坡平地；有杏花春雨，也有塞北秋风；有山重水复，也有柳暗花明；有迷途知返，也有绝处逢生。风雨雷电之后，往往是明媚阳光。我回顾自己的一生，稍稍值得欣慰的是：在风华正茂、前程似锦、人生得意马蹄欢时，我没有高傲自大、沾沾自喜；前进道路上荆棘丛生、坎坷不平，甚至堕入泥潭时，我也没有唉声叹气、怨天尤人。因为老师常说，要淡泊名利，欲望越小，人生就会越幸福。我知道，一个小小的石洞最容易被填满，而浩瀚无垠的大海却永远无法填满。人赤条条来到这个世界，最终又要赤条条离开。其实每个人所拥有的财富，没有一样最终还能属于自己，只是有的暂时为你所有，暂时寄存在你这里。当你离开这个世界的时候，有什么你能够带走呢？你的钱、你的房、你的车，你的一切究竟归何人还未可知。至于名誉、地位，更是如行云流水，如昙花一现，去留无形。有的人不惜出卖灵魂、丧失人格追求名誉、官职、地位，到头来，这一生全是烦恼和忧虑、痛苦与悲伤，难以摆脱。官职其实就像一件衣服，你穿上了它就是，脱了就不是。有哪一件衣服能够穿一辈子呢？“钱财不积则贪者忧，权势不尤则夸者悲”，功名富贵，本就是身外之物。我从学校毕业后，在不同的地区和不同的岗位上历练本领，磨砺人生，一步一个脚印地向上攀登，为的就是追求当年在学校立下的目标，做一个善良的人、诚实的人。

回忆虽然如云如烟，感情都是真实的。文体是散文还是杂文，抑或是纪实文，我并没有考虑，只是想把我最真实的情感自由地表达出来，把对母校、对老师、对教育的深深挚情充分地抒发出来，这对我就足够了。

阿妈拉巴的酥油灯

佛教把智慧比喻为灯，师徒传法，继承法脉，被称为传灯、续灯。昼夜长燃的灯破暗为明，普照世间，启迪滋养人间智慧。生活中人性大爱的灯盏，是人类的第二太阳，无限的宽恕、无穷的温暖，照亮人间的漆黑与孤寂。

有这样一个关于酥油灯的故事，几十年来，始终萦绕在我的脑海中，挥之不去。1982年，我在西藏日报社任副总编辑。一天，拉萨西郊大站的一个宣传干事来到报社，说是有一件好人好事需要报社帮助宣传。西郊大站是一个部队单位，属青海格尔木解放军后勤部青藏兵站部。青藏兵站部是正师级单位，下属好几个汽车团，西郊大站是个团级单位。在那个年代，铁路是舍不得摒弃的梦想，空运是看得见够不着的湖中月，拉萨乃至西藏守边的解放军、机关单位干部职工以及广大农牧民所需的生活物资，从一根银针到一双筷子，吃穿用品，都靠解放军的汽车和地方运输车队在千里青藏线上日夜不停地运送。部队的汽车都在西郊大站卸货，那里是一个货物集散中心。那位宣传干事，标准的笔直的军人身材，略显清瘦，合体的草绿色军装，帽檐上的红五星、领口上的红领章、整齐的斜挎皮带和腰带上佩的手枪，更加衬托出一种英姿勃勃、神武有力的风采，那清癯的脸上还蕴藏几分投笔从戎的俊朗。他站在我办公桌前，那闪烁着乐观自信光芒的眼睛端正认真地注视着我，滔滔不绝地讲述着阿妈拉巴的感人故事……

不久前，部队的一辆汽车在当雄县一个牧区因道路结冰、轮胎打滑，不慎轧死了一个牧民。这次事故交警部门认定部队车辆负全责，肇事士兵当时就被关了起来，可是死者家属——一个藏族老阿妈，却再三要求从轻处理肇事司机，部队送去的慰问金一分不收，送去的米面一一退回。宣传干事眼里闪着泪花激动地说："这个藏族老大妈太伟大了！太善良了！你们要好好帮我们宣传一下。"

我当即派了一个记者下去采访，几天以后记者回来跟我说，死者家属不希望报纸上出现自己儿子的名字。因为藏族风俗中，人死去了就不能再叫他的名字，甚至邻近、同村重名的也要改名，认为提死者名不吉利，也不利于死者的灵魂转世。这个藏族老阿妈只有这一个儿子，她的丈夫也已经去世，现在只剩她一个孤寡老人了。一个人的生命是短暂的，只有高尚的道德才能把它留传到久远的后世。阿妈拉巴的言行既朴素，又高大，能点亮人间善良和爱的心灯。于是我约了拉萨市交警大队副政委尼玛一同去当雄。

当雄属拉萨市的一个县，从拉萨出发，沿着笔直宽敞的青藏公路向东200公里便到达县城。那时县城一半是黑白相间的帐篷，一半是土坯盖的饭馆店铺，总人口不到两千。县城四周是瑰丽的百里牧场，青绿的牧草、鲜艳的野花、纵横的溪水，安静得像无风的大海。从县城往北70公里，翻越一座海拔5000米的高山，更是风光秀丽、丰艳多姿，那里有个神湖，叫纳木错。山静养心，水动慰情，现在纳木错已成凡去拉萨旅游的人必到的目的地。

我的同伴尼玛，身材稍胖，个子不高，被高原的太阳晒得脸庞黑里透红，穿一件白色制服，制服领口与袖口有橘黄色的条纹，还带着橘黄色的肩章，他手里拿着一根黑色胶棍，他用直线式的思维去理解人世间最曲折的事物，因此在拉萨城里，几乎没有不认识他的，人们提起他都有些敬重甚至敬畏。这个案子就是他负责处理的，他向我介绍了车祸的经过。

出事那天天寒地冻，前晚下了一场雪，部队的三辆军车离开青藏线主干，开向通往当雄雷达站的支线，运送物资。道路高低不平，两条深深的车辙印里时而有冰，时而汪水。在一个转弯下坡处，第一辆车忽然发现坡下来了一群牛羊，司机连忙踩下刹车，结果车轮在冰上打滑了，碰巧放牧的小伙子看见汽车来了，急忙冲上道路驱赶牛羊，失控的汽车就轧向了小伙子，还撞死了三只绵羊。后面的军车立即停了下来，解放军战士急忙把最后一辆车上的货物卸下一半，掉头将受伤的小伙子送往当雄县医院。

道路上满是残雪泥浆，颠簸摇晃，天黑了才赶到县城，医生建议立即手术，可县医院里连无影灯都没有，人们用几只手电筒照着做完了抢救手术。遗憾的是小伙子伤势太重，流血过多，没能抢救过来。事故发生后，交警部门的处理既要征求死者家属的意见，也要征询部队的意见。部队很重视，主动承担责任，请求从严处理，汽车团团长是个20世纪50年代进藏的军人，他跟尼玛说："我们是人民子弟兵，藏族人民是我们的亲人，我们是为藏族人民服务的，以铁的纪律约束自己，不能侵害老百姓的任何利益，今天出了这么大的事故，首先我要负责任，接受上级处分，其次请求严判肇事士兵。"

1950年冬天，昆仑山上狂风翻滚，大雪纷飞。一支解放军部队，从昆仑山北麓出发，在零下40摄氏度的严寒中向着西藏阿里进军。他们翻越海拔6000多米的雪峰，爬过100多公里的冰山深谷，来到雪山绵亘、人烟稀少的阿里，在野羊成群、野驴奔跑的荒滩上驻扎下来，在岩石旁拴好战马，在雪地里扎下帐篷，在冰河边架起炉灶。冬天寒冷而漫长，大雪封山，后续物资无法运送，他们所带的口粮剩下不多，只好每天每人吃三碗炒面，渐渐减少至两碗、一碗，仅仅维持生命。这里氧气只有内地的百分之四十，捡柴、放哨，人一动，心慌气喘，全身发软，手唇开裂，常流鼻血，洗脸也只能抓一把雪擦擦，生活条件十分艰苦。

为了生存，部队只好组织战士到荒山野岭打猎。他们从不拿老百姓的一粒粮、一块肉，还特意制定了几条纪律，其中规定，打死牧民家畜、误伤群众者开除军籍。就这样，这支百十来人的队伍，九个多月时间，没有尝到过蔬菜的滋味。春天来了，春风吹了，百头骆驼组成的运输队才运来了祖国人民支援的食品等物资。这位团长就是这个部队的战士。那时进藏部队纪律严明，把军民关系看得比眼珠子还重要。

尼玛向我叙说了老阿妈拉巴的意见。出事第二天，八个解放军把小伙子的尸体送回阿妈拉巴家，她才知道自己的儿子出事了。之前邻居把牛羊赶回来，她还不知道儿子去哪里了。现在转眼母子阴阳两隔，自然是非常伤心。当时她的一个侄儿气得要跳起来打解放军，说阿妈拉巴儿子一死，就等于房子的大梁没了。但阿妈拉巴把他拦下了，说人已经死了，让儿子投生转世、超度亡灵最为重要，快去请喇嘛来念经、点酥油灯、做超度法事吧。

不久，拉萨西郊大站的副站长、肇事战士所在汽车连的连长带着几个干部和士兵，手捧哈达，身背大米，肩扛茶砖，怀揣一万元，来到阿妈拉巴家门口。连长让随行的战士卸下东西，跪在阿妈拉巴面前赔罪，自己首先脱帽致哀，请求她原谅。阿妈拉巴连忙将连长和士兵们一一搀扶起来，明确表示：你们是解放军，过去进藏受了苦，现在运送物资还在辛苦，你们已经够好了；我现在只身一人，送来的东西我不能要，这钱若是国家的请用于军队开支，若是你们个人的建议拿到寺庙供灯吧。

阿妈拉巴的善良与宽容是发自内心的。20世纪50年代她父母双亡，被一家富裕的牧民收养，成了远近闻名的放羊能手。她放牧的羊从没被狼吃过，她放牧的羔羊从没被鹰叼过，她放牧的牲畜冬天从没被饿死过，春天从没有摔伤过，只只膘肥体壮。在一次赛马会上，一个大头人发现拉巴长得机灵，便用10只绵羊把她换到自己家。当地羊体格小、毛色杂、产毛少，她为了主人发家，从另一个部落借来5只公羊，改良羊种。转眼3年过去了，60多只改良羊，体质健壮，皮毛厚实，四肢粗壮，毛色纯净，产毛量大增。就在这时，一场意外事故发生了，她给羊喂盐水时，不小心把土制的草原灭鼠药当盐巴放到水里。羊喝完水，一个个倒在地上，嘴里吐着白沫。这简直是晴天霹雳，拉巴瘫倒在地上，吓得浑身直打哆嗦。头人的管家把她毒打了一顿，然后赶出了家门。

事故发生后的第四天，阿妈拉巴依照藏族习俗，将儿子送到西藏著名的直贡寺天葬台。把儿子放牧的牛羊卖了30多只，换的钱送到直贡寺，分别请喇嘛们做法事、点酥油灯或布施给穷人。剩下的牛羊交给亲戚代管，而她自己每天只专注于做两件事：一是为儿子点一盏酥油灯，并请一位喇嘛在家诵经祈祷；二是她自己手不离佛珠，口不离“嘛呢”，发愿要念一千万遍“嗡嘛呢叭咪吽”为儿子的亡灵超度转世。一个藏族母亲，对儿子的深厚感情，就在这不断重复的嘛呢经中和那摇曳不熄的酥油灯火里。我想，这是一种多么虔诚而伟大的母爱。

我和尼玛聊完了车祸的经过，阿妈拉巴就像一座山，还没有见到，却已经有了熟悉的形象。一个人做了一件不会被众人所遗忘且被陌生人所敬重的事，那这个人值得读、值得写。

一片连绵不断的草原在碧蓝的天空下伸展着，整个地面形成翠绿的海洋，上面点缀着五彩缤纷的花朵。新建的帐篷一座座撒落在草原上，尽管七月盛夏，太阳当空，打开汽车窗户，却感到难抵簌簌的凉意。一群群白色的羊，一批批黑色的牦牛，悠然地吃着嫩草，像一幅美丽的油画，比画还美的是我们正在追寻的阿妈拉巴的心。我们开着车在牧场上转了半天，因为有不少的大妈都叫这个名字，后来问“家里出了车祸的阿妈拉巴”，才找到了她的家。她是一个朴素谦和得没有任何特点的老人，瘦小、黝黑，背已经很驼了，从她的外貌你就可以想见她大半生辛劳，没有享过几天清福。她的家是一座牧区特有的矮小土坯房，只有一个窗户，屋子里很暗，却有一盏明亮的酥油灯供在佛龛前，照着整个屋子，一个喇嘛盘腿坐在藏式木床上，闭目专注地祈颂着超度经。阿妈拉巴请我们在屋外坐下，由于她认识尼玛，就误以为我是公安局的领导，没来得及端上茶就一再向我解释道：“我的儿子死了，我不希望再有一个人失去儿子，哪家小孩不是父母的心头肉？无论什么人痛苦越少越好，痛苦如果一再叠加，精神就要崩溃，一家就要牵连。我的儿子离开了阳世，是他的命到头了，一棵树死了，你不能把另一棵树的根也刨掉吧？我原谅了肇事司机，你们也要宽恕肇事司机。”说着说着，她匍匐在地，双手合十，向我磕头。

肇事的司机叫刘志，出生在气候温和、物产丰富的人口大省河南。20世纪70年代末，他从一个技工学校毕业后，参观了一个西藏阶级教育展览，他深深地被西藏美丽的风景所吸引，被藏族人民的善良所感染，开始梦想着到西藏去工作。正好，格尔木西藏兵站招兵，通知中明确要求要招驾驶兵，要在艰苦的千里青藏路上为藏族人民运送物资，他没有跟家里人商量就报了名而且很快被录取。临行前，父母怎么也舍不得，当时信息闭塞，去西藏工作，好像要到天边，要到无法回来的遥远的陌生世界。他苦口婆心做父母的工作，与相爱的女朋友海誓山盟，保证回来结婚，永不变心。他肇事后不久，他的父亲专程从河南赶来，坐火车、搭汽车、走山路，整整用了25天才赶到当雄。他给阿妈拉巴带来了一堆河南的土特产和一万块赔罪钱。当时，这可不是一笔小数目，内地一个万元户都风光得不得了。刘志家是普通的农民家庭，这笔巨款是他父亲东挪西借凑来的，目的当然是想保下儿子一条命。

刘志父亲来到当雄县，心里忐忑不安地嘀咕，儿子造成人命，人家又是独子，见了这藏族老太太，她会不会放声大哭，会不会跺脚骂人。最终还是鼓足勇气、壮着胆子，找了一个翻译来到阿妈拉巴家。没想到，阿姆拉巴热情接待了刘志的父亲，还让他住在自己家里，每天为他打酥油茶，她对刘志父亲说："你拿来的钱我一分也不会要，如果是你借来的钱，以后要还债，你还债就等于我在还债，就是我的罪孽。请放心吧，我会帮忙保你儿子出来。我的儿子不在了，你的儿子不能再失去，我已经把他也看作是我的儿子了。"心怀慈悲，像布施一碗酥油茶、一块糌粑一样将自己的爱惠及于他人，哪怕是自己的仇人，这就是一种大悲心。在阿妈拉巴看来，如果说众生皆父母，那么一个汉族儿子，也是她的儿子。

我第二次去看望阿妈拉巴是在一个大雪灾之年。那一年西藏牧区遭遇罕见的大雪，雪连续下了三个多月，整个当雄区域大雪封盖了草场，积雪堵死了公路，几万头牲畜受冻挨饿，上千户牧民燃料紧张，许多牧民家的帐篷被雪压垮了。有的房子雪高过了门窗，人只好从屋顶烟囱中爬出来。牲畜饿到牛吃羊、大羊吃小羊的地步，一些牧民不得不把马鞍、牛鞍都烧了取暖做饭，有的拆了学校的门窗，甚至掀了屋顶，把木料分发给牧民做燃料。我去当雄救灾，心里自然惦记着那个失去了儿子的老人阿妈拉巴：她孤身一人如何抵御这百年不遇的严酷雪灾？可是，当我来到阿妈拉巴家时，我简直不敢相信自己的眼睛。这个家就像一个救灾物资中转站，青稞、大米、煤油、牛粪，甚至连汉地的白酒，一应俱全，都快堆成了小山。阿妈拉巴笑容可掬地站在屋子前迎接我，她的样子看上去哪里像一个受灾的牧民？倒像一个准备过节的老人。屋子里，酥油灯依然摇曳，喇嘛依然在诵经。

我坐在阿妈拉巴家暖和的火塘边，听她讲，这些物资并不是当地政府的特别照顾，而是路过的解放军给她送来的。原来，刘志所在的汽车连，路经当雄正遇上大雪封堵，连长当即命令士兵们卸下车上的物资，把牧民受困的牛羊装上车拉走转移。他们还给格尔木总站发报，请求派车拉上青稞、煤炭等救灾物资，沿途分发给受灾牧民。阿妈拉巴自然成了他们第一个前去救助的牧民家庭，以至于屋子里都堆不下了，不得不摆放在屋外，还得用氆氇毯子盖起来。一个老人哪用得了这许多的东西，阿妈拉巴又把一些生活物资分送给邻近的受灾牧民。即便是遇上了这样的大雪灾，老人家中的物资送都送不完。

善良真诚比硬性教育、强制学习更快、更强烈地铭刻在人们心里。这些子弟兵，感受了一个普通藏族大妈的高尚人格，涌泉相报。那一次大雪灾，当雄县牧区没有冻死一个人。如果以一个信佛的人眼光来看，这是一个老人慈悲心的现世福报。正是这次探访，我才得知刘志已经判了刑，在阿妈拉巴的苦苦哀求下，给了当时最轻的处罚——劳教三年。阿妈拉巴料理完儿子的后事之后，就跑去看望拘押在看守所的刘志，按藏族习俗提着酥油茶、带着风干牛肉。起初看守所还不让她进去，说她又不是嫌犯的什么亲人，连看望对象的名字都说不清楚。阿妈拉巴连比带画，总算让人弄明白她就是受害者的母亲。她终于见到刘志，把带去的东西给了他，一再叮嘱刘志没事多看书学习，自己会尽全力帮助他减轻处罚，还要为他念经、祈祷，请佛祖保佑平安。刘志当即感动得哭了。阿妈拉巴还以藏族人的直率向看守所的负责人提出：这个解放军你们不能骂，更不能打，他吃不惯西藏饭，给他做点内地菜。希望放他出来。看守所当然没有放人的权力，但将阿妈拉巴的要求如实向上级部门反映。不久，阿妈拉巴搭了顺风车，真跑到拉萨西郊大站、拉萨市交警队挨个给刘志求情。这个与肇事者素昧平生、又有冤怨的藏族老妇人，没有要一分钱的赔偿，更没有声泪俱下地哭闹，反而一脸真诚地为肇事者开脱，让所有人为之感动。

千里青藏公路沿线，传遍了这个藏族老阿妈的感人故事。青藏线上穿梭奔跑的司机，无论是解放军还是地方上的驾驶员，听说了阿妈拉巴的故事后，许多人路过当雄时都要特地去看望一下，给老人送一些吃的、用的。一个普通的藏族老人，何以轻易征服这些走南闯北的汽车驾驶员？我想是老人的虔诚、善良、宽厚、淳朴以及博大无边的大爱感动了他们。这种大爱，就像黑暗中的一盏酥油灯，既指引了亡灵，也温暖了千万人的心灵。那些年在青藏线上跑的司机，见到放牧的、朝圣的藏族人，只要是路边站着的，都会主动停下车来，主动关心询问要不要搭车。这已经成为青藏线上的一道独特的亮丽风景。

车祸发生两年后，牧区风调雨顺，无灾无祸，但阿妈拉巴屋子外照样堆满了司机们送来的各种生活物资，她用防雨的毛毡子遮盖起来。这时，老人已经从丧子的悲痛中恢复过来，为儿子点的那一盏酥油灯仍在闪亮着，喇嘛超度亡灵的诵经声仍在吟唱。刘志就在离当雄县不远的扎朗县劳动改造，很快就可以出来了。她几乎每两月就去看望他一次。刘志对阿妈拉巴说，他出来后，要回当雄为老人盖一座房子。

我第三次去阿妈拉巴家是车祸发生四年之后的夏天。当雄是离拉萨最近的牧区，每年夏天要举行盛大的赛马会，拉萨四周的农牧民和商人都要前去观看赛马，进行农牧物资交易。草原上碧草连天，野花竞放，生机盎然。阿妈拉巴家的老房子还在，里面的那盏酥油灯仍然摇曳不熄，喇嘛的念经声时断时续地传出屋外，不同的是在老屋的另一头，一座新房的地基已经打好，一个小伙子正在那里打土坯。这是一个精壮的小伙子，身高在一米八左右。阿妈拉巴穿一身整洁的藏装，里面的衬衣还是不丹丝绸做的，人看上去精神多了。她看见我后，便向那小伙子招呼道："阿吾，快来见见自治区的领导。""阿吾"在牧区藏语里是"儿子"的意思。原来，这个小伙子就是刘志，他已经提前一年结束了劳教，自愿来到阿妈拉巴的家。他父亲曾告诉他，阿妈拉巴是菩萨心肠，住在她家心里很温暖，可是夜里冷得不得了。他牢牢地记住了这句话，在心里默默地想：为了报答恩情，将来要为阿妈拉巴盖座房子。为了实现这个愿望，他专门在劳教所学了打土坯砖，还向藏族伙伴学了藏语。现在，他皮肤已经晒得黑里透红，跟当地藏族牧民几乎没什么区别，只有从五官轮廓，还能依稀辨认出汉族的模样。这小伙子腼腆、朴实，话语不多。我问他想家吗，在牧区生活习惯吗，他只是简洁地表示：我要报恩，我要报答阿妈的救命之恩。

我们聊天时，阿妈拉巴在一旁给我们打酥油茶，一个藏族大妈，一个汉族儿子，两人时不时轻声交谈几句，真是一对和睦、默契的母子。从阿妈拉巴整洁干净的衣裳，我看出了刘志的孝顺；从刘志快乐的笑容里，我也看出了一个藏族阿妈对一个汉族儿子的关爱。

我最后一次看望阿妈拉巴的具体时间已经记不清了。那时，改革开放的春风已经吹遍整个藏地，农牧民们逐步走上劳动致富的道路，许多原有的生活方式在慢慢改变，比如定点放牧、承包草场。牧民不用再过逐水草而居的游牧生活，生活设施齐全的水泥砖房取代了简陋的帐篷。公路边设立的广告牌上，很喜气地用红字工整地写着：“当雄牧草好，肉奶吃不完！当雄牧草好，牛羊放不完！”

阿妈拉巴家左右有了好几家邻居，都是崭新的房子，我去的那天门口站满了大人小孩，都穿着藏装，只有她左右一男一女穿着汉装，那男的是刘志，那女的中等身材，体态丰腴，长发披肩，白色短大衣，黑色百褶裙，面颊红润，在草原上显得十分时髦和抢眼。阿妈拉巴像对自己女儿似的，牵着她的手，笑眯眯地向我介绍说，这是刘志的女朋友，从河南过来的。我说：“你千里寻夫，追刘志到这里来了。”姑娘的脸一下子就红了。更让我惊讶的是，刘志由于有一手打土坯砖的好手艺，组织了几十个藏族青年和他一起打土坯砖，成立了砖厂。牧民有了钱，都在盖新房，土坯砖的需求量大，到了刘志大显身手的时候。慢慢的，刘志被牧民称为“刘老板”，由于他勤劳能吃苦，家中又有阿妈拉巴和未婚妻的支持，在不长的时间内就成为当雄县的首个“万元户”。在那个年代，即便在内地，“万元户”也不多见。阿妈拉巴家的新房里，从拉萨买来的沙发、桌椅，从内地买来的黑白电视机、卡带收录机、太阳能小型发电机，一应俱全，拉萨城里许多工薪家庭都还没这气派。

环顾草原，唯一不变的是，阿妈拉巴家原来低矮的老屋依然还在，那盏长明的酥油灯和喇嘛的朗朗诵经声依然还在。往事历历，心潮澎湃，我不禁在心底由衷地祈祷：油灯不灭，用慈悲喜舍的光芒，照耀苍生的友爱与安宁；油灯永明，用互敬利他的光芒，指引并激发人性的善良。据佛经上说，喇嘛是人和神之间情感联络的传递者，也是人投生转世的超荐者。酥油灯、喇嘛诵经，让丧子的阿妈拉巴和自己的亲生儿子始终保持着阴阳之间的交流通道。天上一颗星，地上一盏灯，这天与地之间，冥冥之中自有相对应的途径。而正由于这种内心的慈悲与平和，悲悯与宽厚，才让阿妈拉巴把一个汉族孩子当成自己的儿子，宽恕他的过错，拯救他的灵魂，让他在飞来横祸中重新站起来，成为一个依然对社会、对家庭有贡献的人。像阿妈拉巴这样的普通藏族人，她所持有的道德良知，来自这片土地养育的精神力量。它宽厚、广袤、精深，世世代代传承，亘古不变，就像一盏永不熄灭的酥油灯，虽然弱小如豆，但坚韧明亮，照亮了一个普通藏族老妇人慈悲的心。

母爱如太阳

每一个人的生命曾经孕育在母亲体内。当你不知道自己的时候，吮的是母亲的奶水；双脚迈开站不稳的时候，母亲的双手扶着你走；嘴里吐不清一句话的时候，母亲微笑着一词一句地教。以后的幼年、童年、少年乃至青年，是母亲的血汗灌养的，母亲的温暖，母亲的抚慰，母亲的感化，母亲的教导，母亲的心总是系于子女，母亲的心是儿女们的天堂。

有一首歌谣说："我能数尽青丝发，只有父母的恩情数不尽。"无论你现在是达官贵人还是平头百姓，又或者是经受挫折、磨难，处于逆境中的人，可以忘去一切，但不能忘了母恩；可以忽略一切，但不能忽略母亲。以婚姻为纽带的爱情，以血缘为纽带的亲情，以友谊为纽带的友情之中，至高无上、独一无二的是慈母之情。人类第一次感受到的情与爱来自母亲的内心，慈母的泪水中有高贵而深厚的爱存在。母亲从痛苦中创造出用自己的血肉化成的生命，那就是儿女；用勤劳血汗不分昼夜抚育鲜活的生命，那就是儿女。友谊和爱情，都不如母亲对孩子的感情那么真挚。造化把一切安排得多么奇妙，你一降生到这个星球上，就发现母亲已准备好所有的爱将你眷顾，她是你人生中的第一位老师，她也许是你未来命运的创造者。母亲有如光辉灿烂的朝霞，有如宽阔无边的大海，有如温暖如春的大爱。

儿女们能懂得母爱吗？能了解母爱吗？当你远去他乡的时候，母亲伫立在家门口，迎着晨风，一句句一句句地叮咛。当你返回家乡的时候，母亲焦急地站在路口，望断天涯，祈盼着你早一日、早一时走进家门。当你的人生有喜有悲，母亲那酸甜苦辣的泪花，别无选择地落在自己的心坎上。

生命真的太短暂，人一生要承担许多责任，时常会遇到麻烦和挫折，只有母亲告诉你：没有风的大海，没有雷的云朵，没有树的高山，会单调乏味。失落往往是成功前的沉默，黎明前的黑暗，在失败中奋起有为，是人生的一大智慧，也是真实的人生。

我最近阅读了五十多篇讲述母爱的作品，让我最感动的三篇，都表达了失落是一座丰碑，在你每一个跌倒了又爬起来的地方，留下一串串深深的带血的印迹的思想。那些故事讲述了舍弃自己尊严，不顾自己性命，用血肉喂养自己孩子的母亲们。尽管今天不会再发生这类痛苦的事情，我们的社会发展了，我们的文明进步了，但不能忘记这些故事里的母亲。人总以为自己聪明，动物是无知的，而动物学家发现，许多动物在某些方面比人聪明，比人更美好，比人善良，比人忠诚。动物的母爱又是怎样的呢？我也选了三个感人的真实故事。

人类的母爱

有一天，她接了一个电话，噩梦便像巨蟒一般缠上她的身子，仿佛连呼吸都觉得困难。搁下电话，她浑身发冷，嘴里反复念叨着一句话："这可怎么办，怎么办啊！"

这个电话，是她惊恐万分的儿子打来的。儿子慌里慌张地告诉她："妈，我杀人了！在酒店里吃饭时，我和人吵架，打起来了，有一个人被我打死了！"

那是一次普通的吵架，却没有一个普通的结局。面对这种局面，一种前所未有的恐惧，如漆黑的夜一般，将他严严实实地罩住，任怎么努力也挣脱不开。而他的妈妈，更是一片迷茫。一年后，他被判处无期徒刑，异地关押在山东滕州监狱。

一个人，一方小天地，他格外想念千里之外的妈妈，那个被自己伤透了心，人已中年的妈妈。从江西到山东，来回一趟多不容易啊，妈妈晕车，哪里经受得住长途劳累呢？

思念，通过一封封信表达出来，字字句句敲打着母亲的心，特别是这么一句："妈妈，儿子知道错了，一定会在这儿好好改造，争取早日重新做人。"妈妈任泪水滑过脸庞，心，就在那一刻酸楚起来，坚韧起来。她不再怕千里路遥，不再怕晕车受罪，一心只想见到那个脆弱的儿子。她感叹道："我的儿子，你现在是一棵需要母爱阳光，需要亲情温暖的幼苗啊。"

妈妈启程前往山东滕州，探过监后，管教告诉她："你儿子变化很快，希望你能经常探视，帮助他走出阴影。"

不久，她辞掉了副校长职务，一个人离开江西老家，来到滕州。人生地不熟，她该如何立足呢？儿子出事之后，家里已因赔付受害人家属巨款，变得一贫如洗了。她找了一段时间工作，但都失败了，最后，她在离监狱不到50米的地方摆起一个小修鞋摊。为了宽慰儿子，她告诉儿子，自己是请长假来的，在滕州做家教呢。妈妈的到来，给儿子传递了一条直接的信息：妈妈在，爱就在，家就在……

儿子快乐了，不再觉得孤单了，感觉到自己还是妈妈心里的宝贝，渐渐地走出阴影，看到一丝人生的光亮。但真正让他感到震撼，彻底改变他的，是管教员揭开了妈妈善意的谎言。

那天，妈妈给一个汉子修完鞋，遭到那人的恶意攻击，他不但不给钱，反而要打人，恰好被路过的狱警发现，才把那个莽汉给赶走了。狱警见她十分眼熟，仔细一想，才知是狱中犯人的母亲，便上前关心起她来。

当狱警把真相告诉她儿子，他仿佛周身充满阳光，那应是妈妈的无数晶莹泪光折射出来的吧！此后3年，他获得4次减刑机会，刑期已减至15年。

这个好妈妈，名叫刘晓梅，曾为江西省吉安市某中学的副校长，一个感人至深的流浪母亲。

一位40岁的母亲，女儿在省城读大学，儿子常年生病。孩子们的父亲因为意外失去了双腿，无法再工作，也只能仰仗于她。

医药费、学费、生活费，种种负担的重压下，逼迫没有任何技能的母亲，偷偷来到女儿所在的省城做了廉价的洗浴店的按摩女郎。她自己对此也很不齿，可她没有想到别的路可走。一次，她因为钱的问题与“客人”争执，结果对方顺手操起一个花瓶，将她砸倒在地，然后逃之夭夭。她头破血流，再也没有醒来。

警方在现场调查时，在母亲贴身的衣兜里发现了一个账本，里面详细记录了一家人的收支：她每次接待“客人”的收入，丈夫和儿子的药费，女儿告急用钱的时间、理由和数额……细心的警察算了一下，她正读大二的女儿一年的花费，竟比一家人的两倍还多，除了正常的学费，这个女儿又先后以出游、衣饰、健身、请客等名目，一次次开口向母亲要钱。

有记者前去采访在省城读书的女儿，问了她许多关于母亲的问题。这个打扮入时、几乎看不出农村痕迹的女孩，却对母亲的许多事情茫然不知。

记者从邻居那里得知，这位母亲生前非常节俭。多年以来，她从未买过一件像样的衣服；有胃病也从不去医院，疼得厉害，就吃最便宜的止疼药。

记者又从这位母亲的一位“同行”那里得知。她很怕被女儿撞见，白天基本躲在屋里，甚至吃饭也让人捎来，想女儿的时候，就到女儿的学校附近溜达一圈，再悄无声息地回来。她怕女儿多心猜疑，每次寄钱都专程跑回老家，在老家的邮局里汇钱。

这位母亲平时舍不得吃一个水果，但她一买，必定是几十斤，不必细问，她就会骄傲地说，她要去看望读大学的女儿……

这个母亲生前的一切，逐渐清晰明了，但一点一滴，都来自外人的叙述。原本应该与母亲最息息相通的女儿，得知母亲出卖尊严来供养自己的事实后，羞愧难当、泪流满面。

有一位善良、纯朴的母亲，含辛茹苦地独自将儿子抚养成人，儿子却染上了毒品，不管她怎样规劝、打骂，都无法让儿子戒掉毒品。有一次，儿子无意中发现瘦弱的母亲在卖血，原来他的开支是母亲用血换来的。

儿子觉得实在愧对母亲，毒瘾再次犯了的时候，他请求母亲将自己捆起来。看到儿子被毒瘾折磨得痛不欲生，这位母亲号啕大哭，左思右想，竟将自己祖传的手镯匆匆变卖，给儿子买了一次毒品。将毒品交给儿子后，她悄悄向警方报了案。当警察将正在注射毒品的儿子抓获之后，却发现那位母亲已经在隔壁房间割腕自杀。

母亲留下的遗书很短，只说："这是我唯一可以解救儿子的方式，也是我唯一可以赎罪的通道，因为，我没有将他教成一个好人……"

这个儿子在戒毒所里彻底觉悟，彻底地戒掉了毒品。唤醒他的，不再是母亲的血，却是母亲的生命！

动物的母爱

几年前的一个冬天，一个牧民的一峰母骆驼下了一峰小驼。它带着小驼出去找草吃。其实，冬天的沙漠中没有草，母驼带小驼出去，也只能从冻土中扯出几根草根，喂到小驼的嘴里。它们出去一般都不会走远，主人也就放心地让它们去了。

一天黄昏，下起了暴风雪，天地很快连成灰暗一片。母驼和小驼迷路了，它们原以为在向着家的方向走，实际上却越走越远。半夜，母驼为了保护小驼，在一棵大树下卧下，将小驼护在腹间，任大雪一层又一层落下。那是一场几十年不遇的暴风雪，天气冷到了零下40多摄氏度，地上的积雪达到一米多厚。风在肆虐，像是天地间有无数个恶魔在吼叫。

那一夜，母驼就保持一种姿势一动不动地护着小驼。它身上的雪越积越厚，寒风像刀子一样刺入它的体内。在那样的天气里，寒风就像一个乱窜的魔鬼一样，对母驼的肉体施以冷冻的魔法。但母驼仍然一动不动，小驼已经睡熟了，母驼用两条前腿和腹部为它撑起了一张温暖的卧床。

第二天中午暴风雪才停，人们在茫茫雪野中寻找它们，直到下午才找到。母驼已经死了，小驼围着它在哀号。风已经停了，但小驼的哀号仍像风一样在雪野中飘荡。

有一个叫张顺的专职屠夫，专门为附近的村户宰杀牲畜。他很诚恳地对人说，干他们这一行的，每次“行刑前”心里都会念叨这么一句话：“别人不吃我不宰，别人不吃我不宰。”即使这样，他也经常做噩梦。有一年冬天，他从市场上买了一头驴，盘算着春节杀了它，卖个好价钱。很快日子到了，他拎着一把长刀冲驴走过去。驴东躲西藏，几次三番，张顺急了，上去一把搂住驴的脖子，挥刀要刺，驴冲天“嗷”的长叫一声，随后流出两行眼泪。张顺愣了一下。就在这时，家里的狗、鸡、猪都一阵乱叫，那条狗冲上来还要咬张顺。“反了你们。”张顺心里想着，刀就停在了半空。正在这时，意想不到的事情发生了：驴下崽了！

一只小驴出生了。张顺把杀驴刀插在地上。此时，大驴显得很安详，无所谓地看着蹲在地上抽烟的张顺。张顺老婆给产子的驴喂大米粥，它却不喝。其他的动物也都恢复了平静。从此，张顺再也没有拿起过屠刀。

这是很久以前的故事，那天一早猎手就进了山。进山不久，他就发现了狼的足迹。可能要猎到一件大货了，但少不了一场恶战，猎手的神经顿时就紧张了起来，眼睛睁得溜溜圆，枪下肩，弹上膛，右手食指就扣在扳机上。猎手顺着狼的足迹进了一个洞，身上的肉便一疙瘩一疙瘩地鼓起来。结果出乎他的意料，母狼出巢未归，狼窝里剩下了4只狼崽。

4只狼崽很快偎成一团，都瞪着一双圆溜溜的眼睛望着这个不速之客。“把它们全杀了是一件很惬意的事。”猎手想。可4只狼崽的眼神可怜兮兮。他决定把它们全部带回去。

他骑着自行车驮着4只狼崽上了路。恰逢山外农贸集会，4只狼崽很快就出了手，每只60元，4只240元。一卷票子塞进了腰包。

当天晚上母狼就找上门来了。母狼就蹲在猎手家对面的石崖上一声接一声地嗥叫，如泣如诉，从灯熄人静到鸡鸣星稀，一夜连着一夜。狼完全无畏于猎手的那杆枪。

猎手蒙了。山里人常说狼乃神兽，有灵性，也许是真的哩。猎枪就挂在土炕对面的墙上，他却丝毫没有击毙母狼的念头。他第一次害怕听见母狼的嗥叫，似乎它在向全山村的人诉说一个猎手的奇耻大辱。4只狼崽，240元钱成了压在他心头上的一块巨石。

他睡不安宁，窗插得紧紧的，上了闩的门板又抵上一个大碌碡，身子缩成一团，捂在被子里面。母狼的嗥叫听不到了，他却做起了噩梦，梦中母狼就蹲在他的面前，像一位正义的审判官，向他讨要自己的儿女。

第二天，猎手想赎回狼崽，买主们却拒不同意。他只得道清原委。而每一回无奈的解释都窘得他满脸通红，心就像扎上了一枚蘸着毒汁的钢针一样发苦、发痛。

猎手把4只狼崽送回了那个山洞，放进了原先的那个狼窝。4只狼崽立即又偎成一团。他转身走出洞口，突然发现母狼站在对面，他吓了一跳：手无寸铁，只能被它吃了。可母狼面容和善，做了个低头鞠躬似的动作，便钻进了山洞。

第三编 读书与思索

只要胸中有一片空阔的了悟，就不必为有限的人生而感叹。

漫谈读书

这是一个被千万人写过，还将被千万人写下去的题目。因为我是几亿人中，尝到读书甜头，懂得读书有用的人之一。

我三岁认字，六岁读书，十三岁换一种文字认，换一种语言学，这两种文字和语言，既是一门文化，也是一门艺术，既有再生活力，也有奇特魅力。它们在人类古老的长河中，创造了世界文化奇迹，在世界文字之林中，异乎寻常地训练出人的悟性。我灵魂双翼的羽毛因它们丰满起来，追求自由，自然飞翔。

地球上除了植物，还有动物。人与禽兽有共同之处，根本的区别之一是，人能写书也能读书。人类脱离了兽界，进入人界，就开始积累人的智慧，而且越积越多，脑海里无法容纳，于是发明了文字，开始刻在石面上，后来写在贝叶上，再后来发明了造纸术、木刻印刷、活字印刷。书籍是人类把脑海里的记忆搬到纸面上，储存下来，代代相传。说穿了，人类发展进步永不停息，唯一靠的就是，既读书继承发扬前人智慧，又写书积累总结，留下当下人的智慧。这样智慧承前启后，发展永无穷尽。因此，书籍是蓄积智慧的不灭明灯，是人类文明进步的阶梯。

人在喧闹、不完美和未雕琢的状态下诞生，是一个既不成熟又未定型的产物。要变得纯洁、完美、高尚，必走的路径是读书，衡量生命尺度的标志是读书，这也许就是生命的意义。一部经典往往是作者人生的结晶，终生的求索成果，既是永恒的光辉思想宝库，又是哲学的至理名言富藏。时间是唯一检验作品的试金石，平淡的低劣的作品相继被淘汰，只有经典之作与世长存、流芳千古。经典是人生恒久不变的挚友，当你身处逆境时，它给你坚强不屈的力量；当你遭受失败时，它让你跨上成功的阶梯；当你碰到机会时，它让你插上智慧的翅膀。在你打开一本好书之前，你必须对自己提出几个问题；当你读完一本好书之后，你必须找到人生奋斗的历程。古今中外，爱书如命的人有的是，已过千年百年，我们仍能记得他们。“天下第一件大事是读书”“天下第一好事还是读书”“有生一日，读书一日”“读书使人插上智慧的翅膀”，这类名言警句是经过时间与历史考验的真理。真理不是由脑子分泌出来的僵硬的教条，而是岁月的大河淘尽了一切无价值的泥沙，只把真理留下。你要懂得时间会流逝，年华也会消逝，但真理是永存的，你的成功在于听从真理。

人最怕精神孤独，尤其清流高士，这有一个办法可以解决——读破万卷，神交古人。在实际生活圈里，知音毕竟难求，有一个办法可以解决，读先人之书，与灵魂结邻，同身影往来。名利市场的攀交，附庸风雅的虚交，讲空话、说闲话都是浪费时间，虚度光阴。要把相当多的时间用来读书，情愿让自己淹没在别人的思想之中。只有书籍能把我们带入人类最成功的优秀人群之中，把我们带到人间最伟大的思想家面前，类似于身临其境，聆听话语。今天我们参见一位令人钦佩的老师，拜访一位有名的学者，必须事前取得联系，还怕搅扰人家工作。可要是读他们的书，等于翻开封面就闯进大门，读完几页就登堂入室，而且可以经常去，时刻去。说句难听的，不如意可以不辞而别。读书不是为了升官，为升官而读书，会读成疯子。但做了官必须读书，不读书做不好官。读书不是为了发财，为发财而读书，会读成傻子。但发了财，必须读书，不读书，守不住财。读书不是为了写作，为写作而读书，会读成骗子。但写作必须读书，不读书，写不出好作品。读书不是为了应考，为应考而读书，会读成呆子。但考好了，必须读书，不读书，已学知识就会过时。读书能给人以知识，给人以智慧，给人以快乐，给人以希望。

我们所处这个时代，有个时髦的词语叫“全球化”，还有一个摩登的概念叫“现代化”，这也许是未来人类的走向。一些老的生活已经缓缓远去，甚至消失。一些新的生活已经临近，悄然而至。在20世纪60年代，我看到过无边无际的草原，百花盛开，草木争荣，羊群肥壮。天空中一只鹰盘旋，突然间展开庞大的双翅俯冲下来，用钩曲锋利的双爪抓起一只肥大的公羊，拖向空中，羊发出凄惨的哀号，四条腿在空中乱蹬。在70年代，我看到过一个正方的围墙，朱红的大门，一棵古老的柳树，树根上拴着一匹身材高大、体态匀称的白马。马的额上覆着一撮艳丽的毛，项鬃编成了细辫，满身披着五颜六色的绸缎，上面套着豪华的镀金马鞍，等着驮主人去看望千里之外的朋友。在80年代，我看到过一片碧绿的湖面，百鸟云集，家鸭、天鹅一起神游，百米深的湖水清澈见底，一枚硬币扔下去也能读出它的面值。曾经随处可见的，月光下的田野、河流、树木，阳光下的蝴蝶、蜻蜓、蜜蜂，烛光下的笑脸、幻想、祈求，夜晚追赶一只萤火虫，白天放一只纸糊的风筝，这一切已经离我们的生活远去，都成为思念的记忆，朦胧的美景，忧伤的传说。那时还有马背小学，游牧生活中，孩子也能读书。我们有牛背阅览室，羊毛编制的褡裢装上书籍，搭在牛背随时可以翻阅。读书，这个我们习以为常的平凡过程，实际上是我们的心灵和上下历史、古今习俗、一切民族的伟大智慧相结合的过程。

后来我看到，在广袤的大地上，推土机、挖掘机、吊臂车、脚手架，像冲锋陷阵的军团，吞田掠地，占山霸水，一路铲除草地树林，铺张钢筋水泥，轰声隆隆，烟尘滚滚。一座座城市建起来了，林立的高楼大厦，闪光的玻璃幕墙，尖角或翘角的屋顶，使你眼花缭乱。满街的霓虹灯，复杂的立交桥，蜂拥的汽车流，更让你茫然无措。那些住着高楼的人，也许比邻而居了十年，也不知对门的邻里的姓名。孩子一出生就可能生活在防盗门里，整日有父母看守，接不到地气。城里是“信息时代”“数字时代”“网络时代”，每个人都锁在一系列数字里——BP机号码、手机号码、电脑密码、信用卡密码、股票代码。每个人每一步的生活，其实都是一次数字的转入和转换过程，数字确立了人们的生活秩序。看微信，看短信，看网络，离了电脑、手机，不知所措。还需要读书吗？我的感觉是，越是这样越要读书，因为书是人类智慧的营养品，你靠力量能举一千斤，靠智慧能举一万斤。生活里没有读书的时间，你就像生活在令人恐惧的黑暗里；智慧里没有读书的补养，你就像鸟儿失去了翅膀。铁不用会生锈，水不流会发臭，人不用智慧大脑就会渐渐僵化。

现代生活的基本特点就是一个字——快，什么都是来得快，去得也快。一天不看微信就感觉和世界脱节了，手机关机一天就以为被人类抛弃了。大部分会议室门口贴着一条通告：请与会者关闭手机。可是会议室里手机铃声此起彼伏。参会人员多是普通人，难道都有许多重要事情需要随时沟通吗？我经常见到人行道上、厕所旁边，甚至马路中央有人突然停下脚步，眼睛盯着手机屏幕发信息。从前的婉约、细腻、含蓄、从容、自在开始挥手向我们告别，再也不太会有一生只写一部书的史家司马迁，一生只走一条路的游客徐霞客，一生只种草采草写草的李时珍。他们以从容的心态、毕生的精力，一生只做了一件大事。“快”催生出失衡的浮躁心态，企图一夜成名、一夜暴富，十个指头按二十只跳蚤，既什么都想得到，又什么都不想放弃。“快”使地球变成了一个村庄，村长也管不了那么多的事儿，每一个人说走就走，拿着一部手机可以走到地球的任何角落。这种“快”使我们传统的读书方式、读书内容、读书方法受到了冲击，发生了变化。甚至有人认为，网络和数字时代之后，声讯和光影将逐渐取代文字，人们将进入“读图时代”。这是我们面临的一个可怕危机，如果读书写作是自动化反应，这样的信息不仅会失去个人语言风格，还会失去多样的个人色彩，变成没有意义的抽象的公式。网络时代许多人追求的是流行阅读、快餐式阅读，这能获得感官上的轻松、表层上的享乐、表面上的悠闲，但不可能使本质内容、精神养料、高尚境界进入脑海，沉淀于心，深入血脉。阅读必须与精神、灵魂、思想、哲学、生命相关联。选择数字化的阅读方式，原因是时间有限，思维懒惰。新媒体能够满足人们快速获取信息的需求，但无法替代诵读经典图书所能带来的心灵上的愉悦和智慧上的收获。读书易，思考难，两者缺一全无用。思考是人类最大的乐趣，成功的捷径是思考，一次深思熟虑，胜过千百次草率行动。很多人记不住读过的书的内容，原因在于思考太少。所有的人读书用两只眼睛，经验丰富的人一只眼睛看到纸面上的话，另一只眼睛看到纸的背后。

20世纪80年代走进书店，显眼的书架上摆着的是《红楼梦》《三国演义》《水浒传》。现在走进大城市的书店，首先看见的书籍是《成功学》《投资理财指南》《职场升迁术》之类的“畅销图书”。我曾在一个机场的书店好奇地买了一本成功学的书，在三个小时的飞行途中翻阅。我已经是古稀之年的人，从来没有想过人生的成功之道，也没有制定过人生的远大目标，总觉得人生苦多，走过来不容易，该做的事儿要做，不该做的事儿不做，就这么简单。可看了这本书，才觉得原来我也是成功之人。主动或被动的电视出镜率、虚实难分的繁多头衔，不知不觉获得的大小奖项，都是成功的标志。这些眼花缭乱、扑朔迷离的成功标准，我自己都越看越糊涂。不过我要当成功之人，还要做一件丢脸的事，要把我同领导、明星、名人的合影照片，还有我个人出书时读者排队签名的图像放在网上晒一晒，但我实在没有这个胆量和勇气。我不反对成功之道，古今中外都有成功之人，但标准不是出镜率、头衔、获奖次数。成功的前提，第一是天资，先天不足，后天难补，人与人之间的天资是不相同的；第二是勤奋，勤奋是一切成功之母，一切幸福都是奋斗出来的；第三是机遇，机遇是客观存在的，机遇往往是为有准备的人提供的，会不期而来，也较难碰到。

有人说现在写书的比读书的还多，这话过于夸张。但一个不争的事实是，书出了很多，到处都是书。有的作家短篇不过夜，中篇不过周，长篇不过月，一年出三本书，这样的作家真不少，十年出十本书的也不少见，真可谓著作等身。出书多绝不是坏事，更好的事是出经典之作。所谓经典之作，是经过历史检验，被万口传诵、众手捧读的书。天才的伟大诗人李白、杜甫的诗作，千余年来成为国人喜闻乐见之文、雅俗共赏之书、街谈巷议之资。在古今中外众多的长篇小说中，《红楼梦》是一颗璀璨的明珠，是最杰出、最普及的中国小说。这部创作于18世纪的小说，描述的是一个大家族的衰微过程，刻画了421个人物，女性189个，男性232个，男女老幼、主子奴才，五行八作，众多人物，应有尽有。作者能够以寥寥数语使人物活灵活现，令读者永远难忘，我看至今中国没有哪部小说超越它。在中国的历史上，政治学家、思想史家、历史学家、文学大家出版的著作汗牛充栋，其中推动中华民族政治文明、社会进步、文化复兴的著作也不少。中国第一部通史《史记》，陶渊明的《桃花源记》，魏征的《谏太宗十思疏》等，读这些书和文章，跨越遥远的时空，重回历史的现场，触摸神秘的感性。

听说空气污染、交通拥堵、情绪急躁是城市病。看来多数城市都有病，有些城市病得还不轻。治这种病的医院可能是政府大院，那医生不用多说，肯定是带“长”的那些，他们压力巨大，值得同情。我发现大城市还有一个毛病，印刷机每天都不停地转动着，成吨的纸被印上无聊的、无病呻吟的、玩世不恭的低级的文字售与人间，那么多人还津津有味地看着。不少作家的创作是一种商业行为，以短、平、快的方式，瞄准网络、微信、小报、小刊，只求一日之寿命，“速成”的作品，决定“速消”的命运。那些披着书籍外衣，满纸写着花言巧语、轻蔑粗鄙的发泄，歪理邪说、好高骛远的胡言，卖弄风骚、淫秽放荡的乱语之书，居然高踞在书架上。这些让你异化的东西和空气中的雾霾有什么区别？一个污染肌体，一个污染灵魂。这些书还有市场，可能是今天的“欲望社会”里，相当多的人抱着窥探的心态，带着猎奇的目光，刚好正中下怀。少数“明星”也跟着投其所好，为了获得曝光率和知名度，把自己的部分隐私“让渡”给读者和网络，“花边儿”被炒成大块新闻。如今社会，出于安全的管理需要，便捷的科技设备几乎处于无所不在的拍摄状态。普通百姓为了保护自己的隐私，牢记着关好门，拉好窗帘，甚至还不能忘了关灯。只有那些有强烈欲望一夜成名的人，在网络上争奇斗艳。安静是浮躁的对立，浮躁是追逐的欲望，而安静是生命的力量，也是生命的艺术。历史上，那些经典的作者，没有金钱的刺激，没有女色的诱惑，没有鲜花的慰藉，他们学问上追求着真，道德上追求着善，言行上追求着美。在一部大作诞生的过程中，常常沐浴更衣、焚香独守，使自己处于一个超然的空间，以摆脱世俗之忧，求得一种安静。

现在，在城市里，多数人生活在竞争的环境里，要就业，要消费，要交际，生活节奏快得追不上时间，用不够时间。住房问题，职场晋升，钱财积累，子女教育，工作压力，使得许多人处于一种烦躁不安的焦虑状态。这些是发展过程中必然出现的问题，解决这些问题需要更好的发展。四十年前，官不分大小，机关工作人员工资大多在六十元，彩电、冰箱等是奢侈品。大学毕业有工作，东西南北定点分，但职业选择没有门儿。人人都有房子住，但谁也没有房产证。大家生活很清贫，上下左右差不多，就是领导干部也没有什么特殊，放眼四周，谁也不比谁强多少，要想比较真找不到对象。现代社会，市场经济，你争我夺，冲刺般地财富赛跑，把赚钱作为主要目标。在竞争中，比职位，比房子，比汽车，比财富，比职称，比来比去，把每个人的欲望都调动起来，都算计着我要得到多少。如果欲望受到了阻挠，就变得心怀怨愤，看四周用一种恶毒的眼光。贫穷的时候能得到一点就满足，贪欲却要的是一切东西。职务要升得更快，房子要换得更大，财富要聚得更多，过头的欲望如一团烈火，有时候会把自己烧死。最高贵的心是最平常的心，享受自己的生活乐趣，不与别人的财富做比较，知足是最好的财富，而且不怕被人拿走。经济发展可以改变生活质量，但未必能催生出轻松快乐。我觉得一旦人追求的不是如何幸福，而是怎么比别人更幸福，幸福也就离你远去，你永远也得不到幸福。读书能改变一个人的命运，同样能改变一个民族的命运、一个国家的命运，也能净化整个社会环境。好的书是高尚忠诚的情感纽带，纯真的思想、美好的人格如同仁慈的天使，净化灵魂，激励行为。

几千年来，人类保存智慧的最好办法是利用文字，把脑海里的记忆搬到纸面上，形成书籍。宋代诗人黄山谷说“三日不读，便觉言语无味，面目可憎”，意思是读书使人得到一种优雅和风味，而这优雅不是指体态之美，是指一个人的品行修养和内在的心灵之美；“面目可憎”也不是指面部丑陋，丑陋的脸孔有时也会有与众不同的动人之美，美丽的面孔有时也会令人看来讨厌。一本好书就是一个好的社会，它能够陶冶人们的感情和气质，使人变得高尚、诚实、谦虚。一本好书终身受用，一句名言影响一生。今天我们谈论立志做事，许多人都提及王国维的名作《人间词话》。立志做大事的人要有百折不回、勇往直前的勇气，不能有徘徊犹豫、侥幸求成的思想。今天我们探讨人生价值，“人固有一死，或重于泰山，或轻于鸿毛”，这是司马迁《报任安书》中的名句。生命的长短以时间来计算，生命的价值以贡献来计算。今天我们讨论执政理念，“先天下之忧而忧，后天下之乐而乐”，这是范仲淹《岳阳楼记》中的名句。政府是为人民的利益而存在，公平正义是政府坚定的支柱。如果你写的书中的某一些名句、词语被后人称为格言、成语、警示语、座右铭，载入经典，广为流传，你可能就成了真正的大师。

当下，在大城市里，学术会议、国学讲坛、作品研讨会，一屋子人中很多都是大师，什么“学界泰斗”“文学大家”“国学大师”，参会的起码都冠以“著名”。大师之大，是因为有大学问、真学问、大智慧、真本事、大境界、好品格。大师不是自封的，也不是虚捧的，是历史和大众认可的。现在，真正的大师是稀缺资源，不能复制，不可塑造。我也能碰到一些凭借着对中国传统文化的热爱，著书立说，四处奔走，开门授徒，放弃名利，埋头苦干的大师。历史上的大师遗留下的巨大精神财富，在我们这一代不应该成为尘封的历史。只闻大师之名，不读大师之书，那将是我们这一代人的悲哀。读大师的书，不光是怀念、思念大师，而是时代的需要、历史的责任。最有价值的宝藏就是最完善的图书馆，在那里你能和古今中外所有的大师神交。曾经成千上万的读者带着喜悦的心情翻阅过的大师之书，今天也许是书页污损，封皮残破，但脍炙人口的内容，不受外表影响。豪华精装，排列整齐，但内容轻薄，甚至无用之书摆在书架，有点侵占了圣堂的感觉，就怕把应有的主人赶至无处藏身之地。愈是好书，装订愈是简朴，愈是不断重印，不断翻译，皮藏于地球各处。在宁静的图书馆里，沙沙作响的翻书声，那是盼望已久的最美妙的音乐。一个国家的振兴，一个文明的传承，要靠影响历史的经典的启蒙与烛照。郁达夫说：“没有伟大人物出现的民族，是世界上最可怜的生物之群；有了伟大的人物，而不知拥护、爱戴、崇仰的国家，是没有希望的奴隶之邦。”西汉文学家刘向说：“书犹药也，善读之可以医愚。”欲望带来的忧郁之病、嫉妒带来的愤恨之病、虚荣带来的烦恼之病、贪婪带来的思虑之病，都是现代社会的心病。病根是自己太愚，就像和白痴生气，快把自己变成白痴。要读书，多读书，善读书，读大师经典可以医愚，使你内心强大起来，守护好自己的心。

说“吃”

节假日，走亲访友，免不了聚在一起大吃海喝。一位多年未见的朋友，千里迢迢专程看我。高兴之余，我在小城一家干净的饭店设宴款待，以叙旧谈天。席间他说到所谓的“三高”干部，把我的注意力吸引到“吃”的问题上。吃的理论，吃的学说，吃的文化，中国当属世界之最。中国的饮食文化不仅历史悠久，而且丰富多彩，名扬天下。

吃的时尚与吃的可怕

那天，我们几位入席，我拿起菜谱点了菜。记得他喜欢吃红烧肉，上的第一道菜就是一盘香喷喷的红烧肉。我夹了块红烧肉到他碗里，他摇头说，血脂太高，不能吃。接下来是酒逢知己千杯少，何况珍藏多年的五粮液。酒过三巡，我再举杯敬酒时，他又开始摆手，说他血压高，不敢多喝。快散席时，我有点过意不去，就给每人要了一份冰淇淋。这回，他直接不好意思地摇头，说自己血糖高，还是不能吃。这使我既扫兴又有些纳闷，便问他，过去身体挺好的，现在怎么这么多“高”。他心直口快，便讲了其中的原委。

原来，他已不再从事教学工作，下海到一家企业搞接待了。这几年经常陪领导、客户吃饭，就成了“三高”了。他幽默地说，这么多“高”，其实住的房子不高，拿的工资不高，行政职务也不高，高的是血压、血糖、血脂。有这“三高”的，如果是干部，级别大多在副处以上；是企业员工，大多在发展之中。他还指着我的身体说：“你呀，也到医院去查一查吧，说不定也是‘三高’干部，至少也是‘两高’了。”我心一下跳了起来，似乎血压也升高了，脸有些发热。寻思着这“三高”，究其原因，无非是这些年经济发展了，生活条件改善了，人活在世上，贪图口腹之快，恨不得把最好的东西都装进肚子里。我们一些人，缺乏饮食文明，不懂饮食科学，盲目追随时尚，却忘掉身体的宝贵；只为一时的显耀荣光，不珍惜自己的性命。有时人的幼稚，到了可笑的地步。

20世纪40年代就说，中国人是全世界善吃的民族，不但人要吃，鬼要吃，神也要吃，只有“两脚的爷娘不吃，四脚的眠床不吃”。前些年笑话广东人的吃，说是天上飞的除了飞机，地上跑的除了汽车，河里游的除了轮船，树上爬的除了树皮，一概能吃。甲鱼、龙虾、螃蟹之类，早已随处可见，前些年曾经流行什么鹿胎豹血、熊掌猴脑、象鼻驼峰、驴眼狗蹄之类，小到蚂蚁，大到野象，都上了餐桌，而且越罕见的越受宠，越禁止的越值钱。这种狂吃暴食，只能用暴殄天物来形容。吃的道理是五花八门，吃的理由是千奇百怪，把好端端的中华营养学、药膳食补说糟蹋成歪理邪说，什么鹿胎补肾，豹血补胆，象鼻补钙，驼峰润肤，猴脑养心等，男人吃是为了壮阳，女人吃是为了美容，小孩吃是为了聪明，老人吃是为了长寿。

南方一位有钱的老板，在北京购了一套豪宅，为进入所谓的“主流社会”，结交高官名流，疏通商界关系，几乎天天在高档酒店设宴请客。生猛海鲜、山珍海味，什么名贵吃什么，几乎把京城的名楼饭店吃了个遍。这样两个多月下来，企业亏损三百万，老板体重增加二十斤，吃得肠胃大出血，差点丢了性命。这使我想起了漫画大师华君武的一幅作品：在一张硕大的餐桌上，杯盘狼藉，十来个肥头大耳的饕餮之徒正在大快朵颐，餐桌下放着一口棺材，上边有一个字——“快”，真是让人刻骨铭心。

更可怕的是吃的残忍与离奇。有一个真实的故事，南方某公司设宴招待来自欧洲的几位客户，四道热菜上过，便是一道名菜，叫作“生吃猴脑”。几年前，南方一个餐饮店的老板推出系列“名吃”，叫作“人乳宴”，就是以哺乳期“奶娘”的乳汁做成六十多种小食品。这一无聊可笑，吃撑了才想出的怪招，理所当然受到众人的口诛笔伐。

吃的科学与吃的需要

我不是营养学家，也不是美食家，看到、听到许多暴食暴饮的场面和吃客们的“吃说”巨著，便翻书本查资料，琢磨吃的问题。得出的结论是，无论是中国古代饮食文化还是当代科学研究，均认为适度饮食有利健康，想要长寿，需要节制饮食，现代人的疾病，大多为饮食不当所致，是吃出来的。自己花钱买病，而又不得不自己花钱治病，乱吃狂吃，是自己折磨自己，是慢性自杀。

中医认为食分温、热、寒、凉四气，菜有酸、苦、甘、辛、咸五味，要做到膳食营养均衡，新陈代谢平衡，过酸伤脾，过苦伤肺，过甘伤肾，过辛伤肝，过咸伤骨。被尊为祖国医学养生理论基础的《黄帝内经》记载，黄帝问岐伯：听说过去的人都能活到一百岁，还能劳作，现在的人活到五十多岁，就已经干不动了，这是为什么？岐伯回答说：古时候的人按自然规律生活，食欲有节，起居有常，时时劳作，故能身心健康，活到九十岁；今日之人，食无节制，以酒为乐，以妄为常，醉而入房，以欲竭其力，以耗散其真，纵欲如火，劳心伤神，活到五十岁也就衰老了。

自20世纪30年代以来，欧美的许多学者开始了“限食长寿”的研究。通过试验，素卡于1953年发现，大鼠的寿命可通过在其生长期开始时限制热量而得到显著的延长。其原因在于脱氧核糖核酸、染色体、骨胶原、蛋白质和脂肪的新陈代谢作用减慢，并可促进内分泌腺活动，这一发现被称为素卡效应。半个多世纪以来，世界上许多学者深入地研究“限食长寿”之谜，寻求素卡效应的机理。他们发现，长寿老人往往是限食者，限食具有延长人类寿命的积极作用。20世纪90年代中期，美国《华尔街日报》刊登了两位美国医学家的一篇文章，揭示了俄罗斯高加索和南美安第斯百岁老人的秘诀就是节食。高加索地区的一千万人口中，百岁老人占总人口的万分之六，全世界百岁老人平均只有总人口的万分之零点四。这一地区的六千多位百岁老人的特点是：饮食没有忌口，吃饭始终半饱，很少在外就餐，做菜烧饭靠家人，刷锅洗碗靠自己。居住在这一地区的长寿老人亚加诺夫一百三十五岁时第九次结婚，妻子才二十五岁，被认为世界近代史上年龄最大的新郎。他的饮食习惯是吃玉米、大豆加羊奶酪，喝牛奶、白开水，他从未吃过海鲜与飞禽。

吃的传统与吃的文化

民以食为天，古代圣贤孔子云：“食色，性也，人之大欲存焉。”俗话说，开门七件事，柴、米、油、盐、酱、醋、茶。吃是人生的头等大事，是人的所有需求中最基本的。吃的基本要求，一是营养丰富均衡，满足身体需要；二是卫生合口，对健康有益而无害。“夫礼之纲，始于饮食。食不厌精，脍不厌细。”人追求什么样的饮食，能反映他的文化修养和精神境界。历史上的盛世，都曾有奢靡之风盛行，但也有当政者倡导勤俭之俗，压制挥霍之行。唐太宗李世民撰写的《百字铭》中有这样一段话：“耕夫役之，多无隔夜之粮；织女疲之，多无御寒之衣。日食三餐，当思农夫之苦；身穿一缕，每念织女之劳。”清代康熙皇帝算是中国历史上长寿的皇帝，他认为“一夫不耕，或受之饥；一妇不蚕，或受之寒”“俭以成廉，侈以成贪”。就是说，百姓勤劳，才能安居乐业；官员节俭，才能廉洁不贪。古人的做法，于今也有警示意义。

当今之世，中华美食文化鼎盛繁荣，烹饪技术不断推陈出新，吃的方法五花八门，有烤，有炖，有蒸，有卤，有炸，有烩，有醉，有炙，有熘，有炒，有拌。但另一方面，饮食浪费严重，据说全国每年仅筵席消费就超过14亿元；而且“迷信”盛行，对不少食物的偏爱既无科学依据又少文明美德，什么挪威的三文鱼、澳洲的大龙虾、神户的小肥牛、俄罗斯的鱼子酱，都成了餐桌上的珍品，请客缺了鱼翅、燕窝、鲍鱼之类稀奇的东西，好像就是规格不高，或礼仪未到。其实这些东西的营养，同木耳、常见的鱼虾之类普通食物差不多，观赏性、礼遇性的装点是主要原因。据食品专家分析，燕窝的主要成分是糖和蛋白质，分别占百分之三十和百分之五十左右，余下的是一般的矿物质；鱼翅是鲸的鳍脚，蛋白质含量占百分之八十三以上，而且缺少生理价值高的氨基酸，人体不易吸收。鱼翅与燕窝中的蛋白质都是不完全的蛋白质，人体难以吸收，它们只因稀少难得，价格昂贵，加上以往的误导才成为“高级营养品”。金代名医张从正说：“五谷、五菜、五果、五肉皆补养之物。”普通食品按营养需求恰当调配，都是健康食品、营养补品和绿色食品。未饥而食，虽八珍犹草木。任何山珍海味，也不过得齿舌间的一时之快，除身体需要的有限营养外，都成为肚肠内的腐臭。经常粗茶淡饭的人，往往更加健康长寿，不受病痛折磨。那么，那些经常出入酒楼饭店，打着饱嗝的食客，有什么值得羡慕呢？

1995年3月，新华社为去世时一百四十八岁的中国长寿老人龚来发专门发了一条消息。龚来发是贵州省茅天镇的仡佬族，幼年丧母，家境贫寒，曾栖身山洞，如同野人；成年后生活依然艰难，过着粗茶淡饭饱即休、补破遮身暖即可的生活；后来生活状况略有改善，但饮食依然是以玉米为主的粗粮，白菜、萝卜为主的素菜，每天只吃两餐，每顿只吃半饱。实际上，更早一些，据称生于清康熙十八年（1679），卒于民国二十四年（1935），享年二百五十七岁的李庆远当属中国长寿之最。李庆远原籍云南，九十岁时移居四川开县（今重庆开州区），一生娶妻二十四位，膝下子孙满堂。他给后人留下一本养生家教的书——《自述》，其中谈到长寿之道时说：“食不过饱，过饱则肠胃必伤；眠不过久，过久则精气耗散。余生二百多年，从未食过量之食，亦不作过久之酣眠。”他告诫人们，饥寒痛痒，父母不能代；衰老病死，妻子不能替，唯有自爱自全，方为正确的养生之道。

延年益寿的四大因素是心态、环境、饮食和遗传。心态要和为贵，君臣和则国家兴盛，父子和则家宅安乐，兄弟和则手足提携，夫妻和则闺房静好，朋友和则互相维护。环境要静为安，山清水秀，心静安神；岭翠林绿，心宽神益；流水清洁，耳顺眉清；空气清新，清肺润肤；环境幽静，性情开朗。饮食要节制为好，但于饮食嗜欲间，去其甚者即安乐；饥饱寒温一失节，损伤元气病难痊。若教一饱顿充肠，损气损脾非是福；饮酒可以陶性情，豪饮过多百病生。要说遗传，并不全是什么新学科，古人也讲遗传学。传说八仙之一的唐代名人吕纯阳认为，人有先天与后天之分，先天为人之根源："父母未生前，与母共相连。十月胎在腹，能动不能言。昼夜母呼吸，往来通我玄。无情生有情，虚灵彻同天。剪断脐带子，一点落根源。"也就是说，人之性命寿夭，显然与先天有关，但更重要的是靠后天的自我修养。

喝的感悟与喝的度量

吃，往往与喝结伴。一次在酒桌上，大家说起酒量，小王叫王不醉，小张叫张三斤，小刘叫刘海洋，高在仁叫胃穿孔，就是说无底洞，最后还有个太平洋。具体讲到一位在某公司搞公关的张小姐，一次可以喝下53度的五粮液两瓶，每周陪客四次左右。这样一年下来，她要喝掉五百多斤白酒，几乎就是泡在酒缸里了，但听说身体状况良好。猜想她的胃和肝可能是特殊材料制成的，否则如此饮酒，生命也就两三年光景。早在三国时期，魏人王肃写的《家诫》就有章节专论酒事。原因是魏晋时期社会动荡，人心浮动，名人雅士嗜酒成风，贵族公子醉生梦死。王肃在《家诫》中说："酒能益人，酒能损人。酒以成礼，弗继为淫，德将以荒，过则荒淫。"就是说，从喝酒可以看出一个人是否文雅有礼，作为主人，劝酒应当适可而止，不能强人所难；作为客人，别人勉强你喝酒，就需要离席而跪，陈述免酒的理由。酒可提神，亦可乱性，多少憾事，醉中酿成。所以饮酒应当节制，以免酒后失去理智，酿成大错。佛教十戒中，酒是最重要的一戒。有个故事说，一个魔头想让一位高僧破戒，便提着一桶酒，牵着一只羊，领着一个美女来到高僧跟前，让他选择其中之一。高僧想，杀羊罪过太重，淫乱佛家第一戒，罪过轻一点的就是酒戒了，于是喝下了一桶酒，酒醉之后，见美女而破戒，酒醒前又将羊杀掉吃了。这个故事告诫人们：如能戒酒，邪恶难侵。

但这并非是说喝酒一无是处，民间就有“会喝，酒是药；不会喝，酒是毒”的说法。会喝的标准是在适当的时机和场合，并掌握好度。不会喝，是指乱喝与猛喝，不该喝的时候喝，喝酒过量甚至烂醉如泥。对会喝酒的人来说，喝酒能放松心情，喝酒能活跃气氛，喝酒能沟通思想，喝酒能增进友谊。一对恋人，酒能掩盖羞涩与难为情，大大缩短彼此的距离；一些商人，往往在酒桌上拍案成交，成为生意上的伙伴；一对仇人，可能因一次痛饮，碰杯一笑泯恩仇。人们还常常借酒壮胆，古代犯人临刑前，都喝一大碗酒。酒能激发灵感，李白斗酒诗百篇，其传世名作多在酒后写成。喝酒的许多美妙感觉，是不喝酒的人无法体会的，也许还是一种遗憾呢。

因此，喝酒与否并不是问题，重要的是喝酒是否适时，是否有度。现在一个不好的风气，是无酒不成席，朋友相聚要喝酒，红白喜事要喝酒，洽谈生意要喝酒，庆贺佳节要喝酒，凡宴席必有酒。喝洋酒显威风，喝茅台摆气派，喝烈酒斗酒量。相邀举杯，共诉衷肠，人生乐事。酒逢知己千杯少，话不投机半句多。茶宜静，酒宜喧。喧闹中，敬酒变成灌酒，劝酒变成斗酒，先是喝得甜言蜜语，再喝出豪言壮语，最后喝成胡言乱语、不言不语，甚至恶语相加、拳脚相向。在我相识的人中，因酒误了前程者有之，因酒夫妻离异者有之，因酒锒铛入狱者有之，因酒英年早逝者有之。三杯下肚，色胆包天的故事古今都有。当年西门庆勾引潘金莲，不就是趁她一盅酒落肚，哄动春心而得逞的吗？

说到这里，我头脑中猛然涌出对于“吃”的另一种理解。在物质相对丰富的今天，吃要文雅，吃要节制，要吃出健康，吃出文化，吃出对自然的爱护和对万物的感激来，这是盛世应当倡导的美德。不论是商界官场还是市井村间，不论高官名流还是平民百姓，互相请客吃饭，并无对错之分，关键是要注意吃喝的方式，讲究吃喝的文化和礼仪。

平静地说起死

对一些人来讲，也许死亡是可怕的，或者是可悲的。但对懂得死亡的另一种人来说，在他们弥留之际，那生命的落日，却放射出夺目的光辉，把天边的晚霞染得绚丽斑斓。因为他们懂得万物有生有死，这是生命的自然运动规律。生死是人生的自然现象，是生命的两个方面，出生入死，生生死死，死死生生，生者死之根，死者生之根。

庄子是战国时期伟大的思想家，由于他对人生有着独特的体验和深刻的思考，因此他的哲学被称为生命的哲学。庄子的妻子死了，朋友惠子带着人前来吊丧，他们却看见庄子正在敲打盆子唱歌，惠子非常诧异，并以庄子没有为妻子之死而悲伤痛哭责怪庄子。庄子解释道：自己开始并不是没有悲伤，但后来想到，一个人的降生与死亡，就如同自然界的春夏秋冬的运行一样，人死了，那就应该是静静地安息在天地所构成的巨室广厦之中。如果自己嗷嗷痛哭，就是不通达生命的道理了，因此才止住了痛哭。这就是著名的“鼓盆而歌”的故事。在庄子即将死亡之时，他的学生准备厚葬他，但是庄子知道后说：“我要用天地来做棺材，用日月星辰当作点缀的双璧和宝珠，用天地万物来做祭品，试问还有什么比这更气派，更隆重的呢？”他的学生听后说：“这样做，我们怕你会被乌鸦、老鹰吞吃了怎么办？”庄子的回答是：“放在露天是会被乌鸦老鹰吃掉，埋到土里则会被蚂蚁吞吃，可是你们却要从老鹰嘴里抢出给蚂蚁吃，这该是如何的偏心啊。”

全世界的人都忌讳提到“死”字，但全世界的人没有一个不死的。鲁迅先生曾以愤慨的心情写了大致如下的杂文：一个人喜得贵子，亲朋好友都前来祝贺。一个人说：“这孩子真漂亮。”于是他得到一个笑脸。另一个人说：“这孩子将来肯定做大官。”于是他也得到一个笑脸。第三个人说：“这孩子将来肯定能发大财。”于是他也得到一个笑脸。最后一个人说：“这孩子将来会死。”于是众人愤怒。鲁迅先生最后说，如果你不想说假话，又不想得罪人，那最好是说：“这孩子哈哈……嗯嗯！”在日常生活中对“死”字坦然的也不少，最富情调的死亡词句却出现在中文里，比如说，湖南的女生经常说“死鬼”。当美女说这句话时，似喜似嗔，欲迎还拒，真正是风情万种。我认识一位四川的朋友，他最不怕死，他认为，死可以一了百了，可以解决所有困难和问题，一切大不了就是一个“死”字，所以他的口头禅是：“那怕什么？最多死掉。”关于死亡有很多说法，佛教叫涅槃，高僧叫圆寂，皇帝叫驾崩，道士叫羽化。成都人称死亡为“翘辫子”，农村人把某人死去说成“吃了伸腿瞪眼丸”。英文中死的说法也很多，其中之一是“蹬倒水桶”。在我国最懂得死亡的民族可能是藏族。他们认为死亡是个人生命的自然极限，因此丧葬的方式真实地回归自然。因为藏族人在活着的时候能排除烦恼欲望的干扰，超脱现实痛苦，获得喜悦身心，达到无欲无念、无喜无忧之境界，唯留下内在、纯净、自然之乐趣。我们可以制造宇宙飞船、人工智能，可以登上月球、探测火星，但至今科学无法预测人的死亡——以什么方式死亡。要使人以生为乐，又不以死为苦，最好的办法就是对死采取回避的态度。人虽然不能起死回生，但如果对于死既不去思考它，也不去谈论它，自然就奈何我不得。生命过程可以坎坷而用力，死亡则应平顺而安稳，生是为死亡做的准备。一个巴西的生命科学家在讲座中说，如果让儿童目睹一次葬礼，抚摸一次死人的身体，会驯服孩子内心的浅薄与顽劣不羁，能使他获得真正的灵魂的成长，死亡是最需要被学习和认识的知识。我十三岁时，常常为死者守夜，这些死者都是陌生人，旁边只有一盏油灯在暗闪，白天我还要料理庄严的回归仪式，所以我今天才有胆量谈论死亡。所以如果一个人连死都看透了，还有什么看不透的呢？

死亡像一条宽阔的河流，缓缓地在大地上流着，在人群中流着，它的浪花每时每刻都在我们周围翻卷，世界上的每一个人，都将无声无息地被它卷走。死亡也像一座沉默的山，生时所有的欢乐痛苦和哭笑喧闹都埋藏其中。但没有人能够越过这座山。死是没有尽头的黑洞，这黑洞的力量是如此强大，再活泼再美丽再强悍的生命，最终也会被它吸进去，吸得无影无踪。

著名文学家巴尔扎克在临终之前，心中仍然念念不忘那尚未完成的《人间喜剧》，他向医生说明意图，了解病况。医生却问他："你完成那些工作还要多少日子呢？"巴尔扎克回答："六个月。"医生摇摇头。"六个月都活不到吗？六个星期怎么样？"医生又摇摇头。"那么六天总可以吧？我还可以写个提纲，也还可以把已经出版的五十卷校订一下。"医生劝他立即写遗嘱。"什么，六个小时？"就这样问着问着，巴尔扎克离开了人间。俄国伟大的生物学家巴甫洛夫，在失去知觉前的两小时里，向他的学生们说："什么事情发生了？我这里出现了一些固定的思想和不随意识的运动，显然是神经系统开始崩溃了，去请神经病理学家来。”如果不是最后的虚脱夺去他的意识，那么可以确信，他会利用自己残余的力量，向学生们解释他天才的、永远年轻的脑是怎样死亡的。

荀子说：“生，人之始也；死，人之终也。终始俱善，人道毕矣。”说的是生与死是人生的一种自然现象，生死一样，不因生善，不因死恶，从生到死，人之常情，犹草木之春来秋落。我曾与一位作家讨论过生死问题，他说：“如果我不得不死于癌症，我请求单位的领导和同事不为我做无望的救治。我知道，有些癌症之所以叫作绝症，是因为现代医学暂时还对它束手无策。所谓人道主义的救治，本意在延续人的肉体生命，其实无异于延长人的双重痛苦。我很可能经不起癌症的折磨。我不想辛苦挣扎一生，到头来再丧失做人的起码尊严，缠绵病榻，身上插满各种管子；也不想家人为我的死而悲伤难过。我甚至还有一种想法，就是不想以肉体的痛苦成全子女的孝道和医生的人道。”

如果我死，决不希望别人为我写什么生平事迹之类的东西。我的生平早已用我的行动写在我生命的轨迹上，用我的文字写在我的作品里。“荣”不因外在材料而多一分，“辱”不因外在评价而少一毫。我知道通常的情形是人之将死，其言也善。其实我清楚，“也善”的“其言”不只出自将死之人，更是出自单位的人、周围的人，谁会对一个弥留之际的生命吝惜赞美呢？评价越高，说明将死之人弥留的时间越短。明白这一点，还有什么想不通的？还有什么不能通达一点、超然一些呢？既然生命都将随风而逝，几句好话又何必太当真呢？假如一个人活到弥留之际还不清楚自己是谁，还要依靠外在的评价确认自己，做赞美者赞美的奴隶，做诋毁者诋毁的奴隶，不是非常可怜又可悲吗？别人怎样想是别人的事，我决不想做这样可怜的人。

如果我死，决不希望举办什么追悼会、告别会、追思会之类的会。喜欢我的人早把我留在心里，讨厌我的人巴不得我早点儿滚蛋。开那么一个会有什么意义呢？开给谁看呢？无非是在我毫无生气的脸上涂上俗不可耐的胭脂，将我冰冷的尸体装进崭新的西装，然后抬将出来，摆在鲜花丛中。接下来是我的亲人悲悲戚戚地站立一边，喜欢我和不喜欢我的人鱼贯而入，或真情悼念，或假意悲哀，都要绕着我走一圈儿。如果我真有灵魂，我会为此感到莫大的不安。

我认为死亡就是生命体征的消失，然后肉体腐朽成泥，与自然融为一体而彻底消失。中国人、外国人，穷人、富人，草民、显贵，都难逃这个终极宿命，这应该是大自然对生命终极的公平。如果说有公平，死亡对所有人是最公平的。但是，同样一个“死”，人却有着千差万别的死亡状态和死亡方式，且具有极为复杂的社会意义。就整个宇宙的无限空间而言，我们住的地球仅仅犹如一粒尘埃，可见地球上的小小生物与无边的宇宙相比，真是小得可怜；就漫长绵延的无限时空而言，我们的躯体亦只是犹如短暂的浪花泡沫，可见那些比生命更短的功名利禄，如果和万古无尽的时空比，真似过眼烟云。一个没有聪明智慧的人，是无法明白、领悟这种道理的。

有一个75岁、久病不愈的人，他承受了四年罕见疾病之苦，生命的最后三个月，他对自己的一生做了总结。他对妻子说：“我这一生做错过很多事，希望最后做一件对的事。”预立选择安宁缓和医疗意愿书、器官捐赠及捐遗体，这三件事是他在意识清楚、意愿强烈的状况下作出的决定，并在家人见证下签署了三份文件。他说：“人死了，只剩一个空壳，捐出去，让医生做研究，可以帮助更多的人。”他的内心充满坚定的善念，在去世前一日，忐忑不安的家人问他：“后不后悔捐赠遗体？”已经不能言语的他犹奋力摇头。后来，他的遗体被转给医院做药物处理，一年后，成为“大体老师”，让年轻的医学院学生把他的“独木舟”当作练习簿，划过千刀，只为一心救人。

做子女的不是不知道死亡不可避免，只是过不了“让父母等死”这一关的心理痛苦，更过不了被认为“不孝”的终生阴影。孩子生病时，做父母的知道怎么做能让孩子舒服；父母临危，孩子们也应该知道怎样才能让父母舒服、安心、满意。关键时刻，替父母做一个决定，不能首先考虑自己的感受，或是被舆论牵着鼻子。父母在活着的时候，请拨开禁忌之幕，明确地告诉家人，在那危急存亡的时刻，预先立下意愿书，怎样护送他们回归自然的脉动，依随各器官的退休时辰，一盏又一盏地熄灯，带着满怀的温暖合上双眼，生者与逝者两相心安。

每个人都清楚，人死后钱财是无法带走的。然而，并不是每一个人都能悟到：我们只是在为社会保管一部分财产，而且保管期是有限的。那么，如何让财富不因我们的生死而变成祸根呢？每个人经由不同程度的奋斗，在其一生当中固然累积了或多或少的财富，然而当人的生命终结时，这些财富将全数归还社会，无人例外。你一生消费的是属于你的，以爱心、善心、诚心帮助亲朋好友，捐助社会大众，也应该算是你的，他们终生不忘你的恩德。金钱在一定程度上是自由，但是大量的财富却是桎梏。在走向大自然的人，你走后子女亲朋为争夺财产，相互怒视，甚至大打出手，那是你的悲哀，不是他们的责任，因为你留下了祸患。

我对生死和人生意义的见解是这样的。在浩瀚的宇宙当中，这么一个小小的地球，就像一箩筐芝麻当中的一粒芝麻；在茫茫人海当中，这么一个小小的人，就像一箩筐芝麻当中的一粒芝麻。即使那些富可敌国的大富豪，那些颐指气使的高官，那些万人瞩目的名人，也不过是这样一个芝麻星球上的一个芝麻人儿。

我曾经在飞行途中在报上读到一条令人难忘的新闻：一位女医生，患了癌症，发现时已经病入膏肓，无可救药。她把病情瞒住，一直工作到耗尽所有的体力，躺倒在床上。死神迈着悠闲的步子在她的身边游荡，她非但不躲避，反而主动向死神伸出了她的手，她选择了迅速死亡。她决意用自己的死为人类的医学做一次试验。她在自己身上注射了致命的针剂，然后非常冷静地打开笔记本，记录注射之后身体的感觉和精神的变化，记录她生命中最后一刹那的感觉。翻江倒海的绞痛、天旋地转的昏厥，还有抽搐与幻觉，她用颤抖的手记录下她感受到的一切，一直到生命的最后一刻。她用自己的死为世人留下了一份科学的档案。

对女医生这样的行为，有人提出质疑，认为这样做违反常规，违反人道。对死亡的认识，所谓的常规和人道，就是尽一切可能保护生命，延续生命在人间的每一分每一秒，这在普遍而言是正确的。然而对一些被病魔折磨得死去活来，求生无望，求死不能，祈望平静安然地离开人世，抵达生命终点的人来说，死是一种解脱，一种幸福，也是一种权利。我认为争论是正常的，应该的，最终会有一个合情合理的结论，这结论应该是允许被痛苦折磨的垂危者安然地走向他们的归宿。既然死已经无法避免，那么，与其慢慢地被折磨至死，自己受罪，旁人痛苦，那么，早走几日，大概不能算不人道吧。

有一句古老的格言："时间能够治愈一切伤口。"然而，只有当伤口洁净无脓时，这句格言才是正确的。过于悲伤会使伤口化脓溃烂。因此，忠告过分悲哀的人：把每一天都看作是一种挑战，看作是对勇气的一种考验。渐渐地，你就会从先前看来难以克服的极度悲痛和孤独中，获得新的力量和希望。

1993年，著名诗人冯至病重，他所在单位中国社会科学院的一位领导去医院探望他，问道："你最后还有什么要求？"作为组织领导，这既是惯例，也是体现组织对病人和家属的关怀。令这位领导颇感意外的是，冯至并未谈及丝毫个人及家庭的事，而是用尽力气讲了彼时的所思所想："过去读的文学作品里，对死亡的描写都是虚妄，现在，自己躺在病床上，即将死亡的时候，对死亡有了切身的体验和感受，我就想写出来，让读者看到关于死亡的真实作品……”冯至在生命的最后时刻仍然没有忘记文学，没有忘记读者，让后人读到真实的文学作品。应该说这是一个真正的、纯粹的诗人。人的死亡，可以是美丽的。歌德将死时，让人把所有的窗户打开，带着笑容最后看一次阳光。契诃夫临终时，要求放一首音乐，写一首关于死亡的诗，这是最美的遗嘱，也是最美的死亡。

活着只是人的一种状态，就像一条鱼、一棵树、一只甲壳虫。我们来到人世，消耗掉一些物质，改变周边的一些物质，然后离开人世。虽然在造物主眼里，人只不过是一粒芝麻，但是这个渺小的生命却是人的全部，是整个的世界。人的身体就是人的全部，人的感觉就是人的全部。所以，人的身体是否舒适，人的精神是否愉悦，就是人存在的全部意义。物质生活与精神生活、情感生活，人都只要那一点点精华——最美丽的、最舒适的、最诗意的、最适合个人的。活着，就享受这些感觉；死去，就会告别这些感觉。这就是人生活的全部意义。

死和生一样，是生命中的一个事件，是大自然的一个奥秘。在人生的旅途中，死是最后一个环节，谁也无法逃脱这个环节。然而这个环节似乎并不是掌握在自己手中——“不知将白首，何处入黄泉？”这“命”是什么？“黄泉”又是什么？是无常？是无奈？是飘忽不定的风？是变幻无形的影？难道真有一种在冥冥之中安排着一切，操纵着一切，摆布着一切的神秘力量？没有人能对这个问题作出令人信服的回答。人是世界上最多疑的动物，他们善于思考，喜欢提出一个又一个疑问，对人生进行探讨。人较之于飞禽走兽更幸运，天生获得一副与众不同的外表。206块骨头连接而成的骨架支撑着一个躯体，有直立的双腿和灵活的双臂，以及一个能思考的脑袋，在动物分类学上，归于哺乳动物灵长目人科人属。在古今中外的社会里，都存在死刑制度。死刑作为社会剥夺个体存在的合法手段，是人类独特的发明。

人不能寻死，也不能等死，更不能怕死。在某种程度上，死亡也是美丽的，做到这个首先要明白人从哪里来，又要到哪里去，什么是人，怎样做人。中国人自古将天、地、人视为自然宇宙之三位一体，全世界的学问就是人的学问，你不懂人，所有学问都是无用的。

海上丝路与郑和
——来自郑和家乡的报告

现在“一带一路”是最热的词。两千多年来，我们的祖先先后探索出多条连接亚、欧、非大陆的经贸交易、人文交流通道，后人将其统称为“丝绸之路”。千百年来，最古老、最壮观、最伟大的丝绸之路，不仅是东西方经济交流的大动脉，也是文化交流的大运河。回望历史，浩浩荡荡，郑和七下西洋堪称中国海上丝绸之路最壮丽的诗篇，也是人类航海史上的第一个高峰。

一、中华航海

中国是世界上第一个从大陆走向海洋，从本国走向世界的国家。春秋战国时期，居住在东南沿海的闽越人制造出容量庞大、体型坚固的木船，以船为车，以楫为马，进行航海活动。木船驶及南亚、东南亚，使中国的锻铸铁器及制造技术流传出去，换回南亚、东南亚的香料。秦统一中国后，传说秦始皇派徐福率童男童女数千人，从山东半岛出海，往东寻找长生不老之药，最终到达日本。他们带去了中国的丝织品、五谷种子，今天前去日本的游客仍能看到“秦徐福之墓”。

汉代，船舵被发明出来，船舶采用密封隔舱，以巨枋搀迭而成，上平如衡，下侧如刀，能破浪前行。造船业的进步，为航海业的发展提供了条件。中国是世界上最早饲养家蚕、缫丝纺织的国家。汉代大宗出口商品丝绸的纺织中心之一是山东淄博，这里生产规模最大，织工技巧最佳，有“冠带衣履天下”的称号。同时齐名的有河南的睢县、四川的成都，它们并称汉代三大丝绸中心。那时的中国丝绸，已经达到质地轻柔、技术精湛、花纹绚丽、品种繁多的水平。汉武帝派遣使者，带着大批精美的丝织品和金光灿灿的黄金从雷州半岛出发，途经今天的越南、泰国、马来西亚、缅甸，远航到印度半岛的黄支国，换取珍奇异宝，然后返回，正式开辟了海上丝绸之路。

唐代安史之乱后，藩镇割据，战争迭起，北方城市发展受限，经济中心由北向南转移，江苏、浙江占尽天时地利，且时不我待地大力发展丝织业，最好的丝织品薄如蝉翼，飘似云雾，誉满天下。南方临海，与海上丝绸之路一拍即合。中国在唐初完成了陶器到瓷器的转变，瓷器逐渐成了外销的大宗商品。瓷器易碎，海运比陆运安全，船舶载重量大、比较平稳，伴随丝绸比翼齐飞，成为重要的外销品，古人有时称海上丝绸之路为“丝瓷之路”或“陶瓷之路”。海上丝绸之路，顾名思义，是由海路向外交易丝绸。

中国向来是个大国，但不是一直都是强国，只有开放时不仅是个大国而且是个强国；一封闭就变成了弱国。盛唐的中国是一个强国，又是一个开放的大国，海上丝绸之路也进入了新的发展阶段。公元714年，即唐开元二年，朝廷在广州设立舶司，大大促进了市舶贸易。唐代经济繁荣，上层社会对香料的需求很大，高档香料是不可多得的奢侈品，而大多香料产地为阿拉伯和南海地区，这时海上丝绸之路运出去的是丝绸与陶瓷，换回来的大都是各类香料。海上丝绸之路的兴盛发达，使中国东南沿海凸显出一批港口城市，如广州、泉州、交州、登州、福州、明州，星罗棋布。

人类最早的交通方式是步行，后来陆路以畜代步，水上刳木为舟。西汉中国帆船驶出马六甲海峡，进入印度洋水域；唐代中国海船抵达波斯湾、红海，进入北印度洋；宋代开辟了横渡大洋的直达航线。宋朝采取开放政策，鼓励民间海外贸易。

南宋朝廷规定，凡能够招诱舶货的纲首或常做舶货贸易的商人有嘉奖补偿，居住在中国的外国人受到各种优待，如果外商在中国死亡，朝廷保护其财产。北宋先后在广州、明州、泉州、密州设立市舶机构，管理海外贸易，不断派遣使节到海外国家协商贸易关系。指南针是我国的四大发明之一，宋代发明，当时称罗盘，用在航海上。大海茫茫无际，不知东西，昼观日，夜观星，阴晦观指南针。指南针的应用使中国成为世界航海史上第一个从主要靠沿海陆标转向靠天文导航的国家。元朝，中国造船技术和航海技能突飞猛进，罗盘导航，直海远行，顺风扬送，绘制海图等使我国成为世界最早掌握天文航海技术的国家。汉、唐、宋、元，中国不仅是大国，而且是强国，经济总量占世界的三分之二，航海事业发展始终处于世界之先。中国不仅是个开放之国，而且是个和平之国，这是郑和七下西洋的前提条件。

二、郑和航海

明永乐年间，郑和率领的皇家舰队出海了。1405年7月，世称“海洋之襟喉，江湖之门户”的太仓刘家港，人山人海，热闹非凡。208艘大小船只云帆高挂，浩浩荡荡，涉彼狂澜。27800多名将士舟师以钢铁般的坚强意志，敢为天下先的雄才胆略，将开通从中国横渡印度洋直达东非的新航道，登上人类远航探险的巅峰。

刘家港是中国历史上名扬四海的古港，早在三国两晋时就已启用。此外长江入海处自然形成喇叭形，水面宽广，潮汐汹涌，可容纳万斛之舟。唐宋时，这里已是海舶交错入口，商旅驻足，异货盈衢，一派繁荣。元朝时港口内漕运万艘，集如林木，口岸沿边高楼大宅，琳宫梵宇，列如鳞次，市民商户，船工士兵，人声鼎沸，被称为“东方大都会”“天下第一码头”，堪称当时世界第一大港。

郑和组建了人类历史上前所未有的世界最大的混合远洋舰队。这208艘船，分为宝船、战船、粮船、水船、马船，按不同用途分类建造。60艘富丽堂皇的宝船，体型巨大，尺寸最长，容量最大，长158米，宽16米，是当时世界上最大的航海巨舶，载重量达1500至2500吨，桅杆长10余丈，铁锚高近一丈，每艘重达3000多斤。宝船体势巍然，巨大无敌，篷帆锚舵，三百余人，翻江倒海，气势夺人。宝船中，郑和的座船称旗舰，布局复杂，结构精巧，外表豪华壮观，里边金碧辉煌，从船头至船尾，排列官厅、穿堂、库司、头门、仪门，上层有书房、聚堂，中层有宫室、餐室，雕梁画栋，象鼻挑檐，整座船就像一座一应俱全的宫殿。郑和在这里会见沿途各国的王室成员、政府要员、华侨头领，传递中华文化，洽谈商贸往来，广结和平友谊，目的是重振海上丝绸之路。

无坚不摧的战船运载着将士。郑和七下西洋，每次使团成员27000多名，其中百分之九十是海军将士。郑和下西洋不为殖民扩张与掠夺，不是军事侵略与争霸，是为了向外展现军事威慑力。明初的中国海军乃是世界最强大、最具规模的一流海军，士兵经过了艰苦训练。郑和每次下西洋都带着一支威武雄壮的仪仗队，每到一国登陆时，前呼后拥，彩旗飘扬，服饰灿烂，刀光剑影，使人望而生畏，展示了中国的富强。如果勇敢是对将士的第一要求，那么试战是勇敢的准备与成功的关键。明代，东西沿海与印度洋区域海盗横行，商旅受到极大威胁，海上丝绸之路几乎完全阻断。郑和为了防止海盗偷袭，消灭称霸海上的海盗头目，给将士船队配备了当时世界上最先进的火器、火炮、火球等热兵器，配备了标枪、刀剑、弓弩等冷兵器。当年，郑和到达旧港，听闻盘踞在那里的海盗头目陈祖义剽掠商旅，肆行无忌，立即派人招抚。这有眼不识泰山的盗匪不但不听，还谋划袭击郑和的船队。郑和布兵海面，以引蛇出洞之计将其一网打尽，17艘海盗船，烧毁10艘，缴获7艘，杀死海盗5000余人，陈祖义等3名头目被擒。

粮船运口粮，水船载淡水。粮船和水船是整个船队的后勤保障，是全体人员的生命之船。郑和使团每次奉命出海往返需要两年半至三年时间，有时数月至半年不泊岸，即便登陆一些岛国，多国贫民穷。郑和第一次下西洋，27000多人，每人每天消耗口粮一斤半，一天耗粮41000斤，合417石，储备一年的口粮需要153205石。第五次远洋访问亚非十国，历时两年零三个月，粮船载粮30万石之多。郑和组建船队时，专门研制了大型水船，最大的可装足够一千多人一年之用的水量，创造了世界航海史上的奇迹。郑和每次出海，一般备足全体人员一年的用水量，若以每人每天餐饮、卫生需要消耗2千克淡水计算，整个船队一年大约要用水20000吨，如果粮船与水船容量相似，每船积贮淡水100吨，起码要有20艘大型水船。

马船具有多种功能，多用于各种物品的运载：盐、酱、茶、酒、烛等船员的生活必需物资；对外贸易的陶瓷、丝绸、铁器等深受海外人民喜爱的物品；与各国广泛交流、增进友谊，为首脑、王室、达官贵人带去的价值不菲、富有特色、门类齐全的国礼，都装载在马船上。据统计，郑和第五次远洋带回的货物达164种，包括17种五金类，22种药品类，23种珍宝类，29种香料类，还有食品类、木材类、布匹类等，蔚为大观。郑和使团访问亚非多国，各国首领竞相进贡，其中的珍禽异兽，包括马林迪（今肯尼亚）送的麒麟（实际是长颈鹿），斯里兰卡赠送的狮子，印度赠送的大象，还有一些亚非国家朝贡的千里骆驼、金钱豹、花福鹿等，马船派上了不可替代的用途。

郑和能七下西洋，拓展海上丝绸之路，关键在于我国造船业的发展。在整个中世纪，我国的造船技术领先于世界水平。郑和下西洋所使用的船只，大船大部分在南京制造，中船多数在福建制造，小船在广东、江苏等地生产。位于南京市西北三汊河附近的中保村，西接长江，东邻淮河，利用这里有利的地形，明代初创建了占地50余万平方米的造船厂，取名南京宝船厂。船厂分前厂和后厂，两厂各有通往龙江的溪口，设有可以启闭的石闸，自主控制水量。一排排高大的厂房，设有风篷作坊、油漆作坊、细木作坊、铁品作坊、绳索作坊，制造船舶的能工巧匠、工程技术人员来自福建、江西、浙江等五湖四海。福建长乐太平港也是宝船和马船的重要制造基地。永乐三年（1405），郑和第一次下西洋，这个厂建造了五艘有“巨无敌”之称的宝船。浙江、湖广、江西等地近40多个造船厂为郑和提供了几百艘中小船只。7世纪以后，由于战乱的影响和西域诸国关系复杂，曾经连接东西方文明的大动脉——陆上丝绸之路不再畅通无阻，取而代之的是海上丝绸之路。就人类社会发展的历史长河来说，宝船产生的年代离今天并不遥远，然而它毕竟也是几个世纪以前的事物了，而大型钢船的出现和兴起不足百年，可它导致了大型木帆船一蹶不振的命运。

浩瀚的海洋是人类生命的起源和人类文明的摇篮。郑和远涉大洋的能力来自他亲手组建的，在平凡中见真实，在闪光中见绚烂的团队。在这所向披靡、战无不胜的队伍中，既有富有航海经验的水手、具有较强战斗力的海军、懂得多国语言的翻译，也有医术精湛的医生、熟悉对外交流的官员、及时维修船舶的技工和观测天文气象的能人，还有动物饲养员、炊事员、唱戏的优伶，一应俱全。

三、欧洲航海

郑和下西洋是世界航海史上的一座丰碑，郑和是举世公认的海上巨人，是为人类和平友谊贡献一生的伟人。比较是历史研究的方法，“不比不知道，一比吓一跳”。时间上：郑和1405年第一次下西洋到达非洲，比意大利哥伦布横渡大西洋发现美洲大陆早87年，比葡萄牙人达·伽马绕航好望角到达印度早92年，比葡萄牙人麦哲伦绕航全球早116年。规模上：郑和每次下西洋船队规模260艘左右，人员27000名左右；哥伦布首航只有船3艘、人员90人，达·伽马首航只有船4艘、人员170人，麦哲伦的环球之行只有船5艘、人员265名。线路上：郑和经东南亚、西亚至东非；哥伦布渡大西洋至中美洲；达·伽马经非洲至印度；麦哲伦只有一次环球航行，到达菲律宾时，由于参与当地争夺，被岛上居民杀死。郑和在28年的时间里七次下西洋，平均每4年远航一次，航程近10万公里，绕地球三圈还多。郑和船队不仅到了南洋群岛的主要国家，而且到了非洲东岸，登陆30多个国家。郑和时代既没有哥白尼的日心学说，也没有地球仪，更没有测量经纬度的办法。郑和的船队，把地文航海、天文航海、罗盘指向、测量航程等技术结合起来，将人类航海技术推到一个新的水平，并且绘制了世界上最早的航海图——《郑和航海图》。

哥伦布、达·伽马和麦哲伦三位欧洲航海家的活动被统称为“地理大发现”，三位航海家被欧洲人誉为“伟大的航海家”，大书特书。这三位航海家的功绩值得赞颂和纪念吗？

恩格斯说：“黄金这两个字变成驱使西班牙人远渡大西洋的符咒，黄金也是白种人刚踏上新发现的海岸所追求的头一项重要东西。”哥伦布、达·伽马与麦哲伦共同的“成就”并不是在航海事业本身，而是对黄金白银的掠夺，对人口的贩卖，对他人土地的霸占，在全世界建立起欧洲人的殖民地。美洲的发现，好望角航路的开通，为西葡两国在海外建立殖民地开辟了道路，给两国带来了前所未有的巨大财富。西班牙女王在与哥伦布签订的航行协定中明确约定，如果哥伦布发现了新土地，就任命他为当地的副王或总督，其后代可以世袭爵位。哥伦布第一次航行，于1492年10月12日登陆巴哈马群岛的圣萨尔瓦多岛，立即宣布该岛归西班牙所有；12月7日到达海地岛，疯狂地劫掠居民种的粮食，并在岛上建造了西欧殖民者的第一座堡垒——圣诞堡垒。麦哲伦在寻找马鲁古群岛的过程中，发现了菲律宾群岛，为查理皇帝增加了一个新的省份。根据他与西班牙国王的契约，如果他发现6个以上的岛屿，其中2个归他和鲁伊·法利罗。所以麦哲伦得到了一个王国，头上戴起了金光四射的皇冠。

地理大发现使西欧一些国家在海外获得了巨大的财富。西班牙人在殖民统治拉丁美洲的3个世纪中，残酷地屠杀和奴役土著居民，使2500万印第安人丧失了生命，掠走了250万千克黄金和1亿吨白银。葡萄牙殖民者则从巴西运走了价值约6亿美元的黄金和3亿美元的金刚石。15世纪中叶，葡萄牙人就把从非洲西海岸劫掠或购买的人口运回国内售卖，奴隶中少部分去富裕家庭服役，大部分被强迫到被占领的大西洋岛屿从事开矿、种植等劳役。在非洲、拉丁美洲，西欧人拿出不值钱的玻璃球、镜子、别针、纽扣之类商品，换取贵重的犀牛角、象牙、黄金、白银、奴隶，在不等价交换中获取暴利，按今天的说法，完全是丧尽天良的商业欺诈。

四、文明之旅

在世界史上，航海多与探险、发现、征服、掠夺联系在一起，然而郑和的航海既没有野蛮的征服与掠夺，也没有血腥的摧残和杀戮。郑和船队从没有掠夺他人一分财富，从没有占领别国一寸土地，从没有伤害一个无辜百姓。15世纪的中国，疆域辽阔，人口众多，国力强盛，在亚洲乃至全世界都是首屈一指的大国。我们不需要在海外开辟新土地扩充版图，也不需要远涉重洋去寻找黄金白银。明朝廷派郑和下西洋的目的是与世界各国和平友好增进友谊，互通有无发展贸易，传播借鉴交流文化，观天测地绘制海图，造船航海振兴科技。

明初60多年历经三位皇帝，朱元璋亲手制定的和平外交政策在永乐和宣德年间得到了继承和发展。洪武二年（1369），朱元璋在《皇明祖训》中把同各国人民和平友好相处的政策作为对外关系的基本国策："吾恐后世子孙，倚中国富强，贪一时战功，无故兴兵，致伤人民，切记不可。"他指出中国与周边15国为友好邻邦，定为不征之国。朱棣经过"靖难之役"，于建文四年（1402）即皇帝位，第二年改年号为永乐，提出了"四夷顺，则中国宁""内安诸夏，外抚四夷，一视同仁，咸期生遂"的对外政策。郑和下西洋遵行"君主天下，施恩布德""不可欺寡，不可凌弱，共享太平之福"的圣训，这一圣训像一根红线贯穿于整个航海过程，因此船队所到之处受到当地发自内心的最高礼遇。

1409年12月，郑和七下西洋必到的越南归仁港，又迎来郑和船队的到来，酋长头戴三山金花冠，骑着披红挂绿的大象，前呼后拥，出郊前来迎接。500余名士兵手执锋刃短铳，脚跳舞步，手捶木鼓，嘴吹椰笛，欢喜若狂。见了郑和，酋长下象膝行，匍匐感沐天恩。

永乐十年（1412），郑和船队访问印度洋西海岸美丽富饶的礼仪之邦榜葛剌国。当国王得知宝船将要到达，便派遣部下，穿上盛装，骑马列队前往海岸，迎接中国贵客。在都城王宫，国王恭敬礼拜迎诏，叩谢加额。郑和开读赏赐，受毕，按当地习俗，铺绒毯于殿地，待我天使，宴我官兵，礼之甚厚。

在郑和航海的感召下，中国在海外的威望不断提高，在国际间形成了“中国热”的浪潮，凡船队所到的国家和地区几乎都派遣使节到中国朝贡。据不完全统计，在永乐、宣德年间，亚洲、非洲共有60多国前来中国朝贡、访问，其中有近20位国王。1411年，满剌加国王拜里迷苏剌率领540余人的庞大使团前来中国访问；1417年，苏录国东王、西王、峒王率领340余人的大型使团跋涉海道来访；1423年9月，郑和最后一次下西洋归来之际，东南亚、南亚、东非沿岸16个国家共派遣多达1200余人的使团来华朝贡，将“四方万国，九夷八蛮”之人毕来朝见的和平外交事业推向高潮，这局面当时世界绝无仅有，在整个世界古代史上也属罕见。

郑和先后七下西洋，遍历亚非30余国，主要航线40余条，海上丝路畅通无阻，海外贸易空前活跃，布局了纵横交错的交通港口、贸易中心。郑和船队携带当时世界科技最先进的农产品和手工制品，丝绸是其中主要的出口商品，锦绮、纱罗、绫绢、绸缎五彩缤纷；瓷器是中国人的伟大发明，官窑、民窑，杯盘、碗碟光彩夺目。贸易形式既有物物交换的货物交易，我赠你送的官方贸易，还有厚往薄来的朝贡贸易。郑和远航，不全是输入一批统治阶层使用的奢侈品，还通过具有市场性质的贸易，进口大批普通大众日常生活用品，同时为海上各国提供了大批中国产品。明代，中国成为东南亚最大的贸易伙伴，贸易较高的年份达到白银100万两，这个数额相当于东南亚地区当时对外贸易总额。

郑和七下西洋，使中国与世界30多个国家建立起一座文明传播与文化交流的桥梁，把博大精深的中华文化传播到东南亚、南亚乃至非洲那些遥远的地区。瓷器是综合体现中华文化风采的物质载体，瓷器在东南亚、南亚地区的畅销，传播的是文化的表现力和艺术的想象力。青瓷盘碗在民间成为互赠的礼物，象征友谊；青瓷杯瓶在富人家当艺术摆设，象征财富；青瓷大罐大碟在王宫豪宅当作装饰，象征声望与尊严。中国瓷器成为佛教国家寺庙的供奉，皇亲国戚入土的陪葬，平民百姓日用的惜物。丝绸象征中华文明，鲜艳的色彩、斑斓的花纹，极适合东南亚、南亚温暖的气候。郑和船队还通过赏赐、馈赠、贸易等方式，把大量中国铜钱输出到东南亚各国，促进了这些国家间农业、手工业和商业的发展，同时，输出的金融制度在东南亚通行了几个世纪。

中国开辟海上丝绸之路比陆上丝绸之路早81年，早在2200年前，我们的祖先就懂得了海洋是沟通世界的便捷通道。今天由于陆地不可再生资源的过度开发，人类自身繁衍的严重失控，世界进入了“海洋时代”。无论是大国的政治家还是小国的战略家，都把探索人类新的生存和发展空间的目光投向海洋。郑和七下西洋的伟业，使中国变为海洋大国，获得了从日本到非洲东海岸的制海权，将中国航海事业推向顶峰。郑和那时就认识到海洋是个硕大无朋的天然宝库，控制了海洋便可安民定国。战无不胜的海军舰队是控制海洋的基础，如果郑和的海权观为当时的统治者所接受，世界文明史可能会是另一种记载。可惜那时的统治者深受千年来以农立国、耕织为生、自给自足、世袭陆土的封闭大陆观影响，失去了难得的机遇。中国把刚刚迈进海洋的双脚缩回大陆，背向海洋，闭门不出，实行海禁，连郑和七下西洋积累的宝贵资料也当作废纸一焚了之。

航海是一门综合科学，造船技术、航海科技、社会科学，乃至天文地理、海上救护，无所不及。伟大的郑和在近30年的航海实践中留下了许多人类创造史上的伟大功绩。其中，根据航海经验，结合天文、气象、地理知识，创造了具有极高价值的系统完整的《郑和航海图》，这既是我国最早的海图，比所谓的世界第一部航海图集——荷兰瓦格涅尔《航海明镜》早很多年，在世界地图发展史中占有辉煌地位。

郑和这位伟大的航海家，在中国长达五个世纪被湮没，除了些零敲碎打的文学作品，其光辉业绩几乎销声匿迹。直到20世纪，他才又被世人逐渐认识。1904年，杰出的政治家梁启超写了著名的《祖国大航海家郑和传》。海洋是人类生存发展的第二空间，是尚未被完全认识的领域，人类已经调查的海洋面积还不到百分之十。而现在世界商业及军事运输总量的百分之九十五都通过海洋来完成，海洋运输是世界经济运输的主动脉。今天，高瞻远瞩的中国领导人把视野从960万平方公里的国土拓展到整个世界海洋，重振海上丝绸之路，向海洋进发，造福于中华民族，致力实现中华民族伟大复兴的中国梦。

五、历史回音

伟大的郑和，何许人也？郑和是云南人。洪武四年（1371），郑和出生于云南昆阳（今昆明市晋宁区昆阳街道）一个回族家庭。晋宁物华天宝，地灵人杰。昆阳坐落在“五百里滇池”岸边。滇池碧波万顷，旁边远山如黛，有内陆湖泊秀丽多姿、波光潋滟、清风习习的湖光山色，又有海洋帆影天鸥、水天一色、空阔无边的雄浑气度。昆明山清水秀，四季如春，市旁有海，市内有湖，四周有山，被誉为“东方日内瓦”。郑和从小在滇池里戏水，在西山上望日，登高望远使他有了系念苍生的胸襟。郑和的父母育有二子四女，郑和排行第二，取名马和，小名三保。郑和父亲马哈只身材高大，仪表奇伟，为人正直，不畏强暴，体恤贫弱，受到邻里乡亲的尊重和爱戴。郑和自小受到良好家风熏陶，养成立身正直、待人宽厚、学习刻苦、做事勤奋的品格。

洪武十四年（1381），明太祖朱元璋进攻云南，11岁的三保被明军掳去，带到南京，入宫当了太监。他聪明好学，精明能干，在燕王朱棣起兵夺权的斗争中，多次跟随燕王参加战斗，机智应变，勇于冒险，累立战功，显示出非同一般的才能，深得朱棣赏识。永乐二年（1404）正月初一，朱棣赐他姓郑，升为内宦太监，成为内宦的首领。这年郑和33岁，正值血气方刚、忠君报国以酬壮志之时。朱棣坐稳江山，打开门户，重开海上丝绸之路，将主帅总监的重任放在了郑和肩上。郑和七下西洋，每次都经历了惊涛骇浪、狂风暴雨的袭击，常常是九死一生。宣德八年（1433），他第七次下西洋时，在返航途中病逝于印度西南边的卡利卡特，终年63岁。郑和之墓坐落在风景优美的南京牛首山南麓，用优质青石砌成的墓园墓盖，体现着穆斯林的葬仪习惯。墓前有28个台阶，象征他有28年的航海经历；台阶分四组，寓意他生前访问过近40个国家和地区；每组七级，象征他七下西洋。郑和的爱国之心、报国之志、效国之力，是中华民族一座宏伟的精神丰碑。辛亥革命的元老李鸿祥曾写下绝句《怀古》："西洋七下半环球，航海先声振五洲。郑氏如无家乘在，几疑三保出昆州。"

伟大的爱国者往往是超生命地热爱家乡。郑和首次下西洋前夕，怀着对家乡、祖辈的思念，特请礼部尚书兼左春坊大学士李志为父亲撰写了墓志铭，委派专人捎回家乡，嘱托哥哥马文铭将其刻在碑上立于昆阳月山父亲墓前。永乐九年（1411），郑和暂时放下繁忙的公务，利用远航归国休整的时间，选择了穆斯林斋月这段圣洁的日子，专程回到阔别多年的家乡昆阳，欢度斋月，为祖先扫墓。

云南人民没有忘记郑和的丰功伟绩，以及他对人类航海事业的伟大贡献，在晋宁城中央为他竖立起一座高大英武的全身雕像。恰似站立在宝船的前头，8米高的雕像雄姿英发，左手按着宝剑，右手拿着远洋航图。我看到这尊雕像，想起了袁忠彻在《古今识鉴》中对郑和的描述："内侍郑和即三保也，云南人，身长九尺，腰大十围，四岳峻而鼻秀，眉目分明，耳山过面，齿如编贝，行如虎步，声如洪钟，才负经纬，文通孔孟，博辩机敏，长于智略，知兵善战。”耳旁回荡着南京《天妃灵应之记》碑描述的郑和第一次下西洋时抵达印度海岸的情景：“飓风黑雨，海冥黯淡，雷电交作，洪涛巨浪，摧山倒岳，鱼龙变怪，诡形异状，纷杂出没，惊心骇月，莫不错愕。”昆阳颇具规模的郑和公园内，有一栋三层小楼，汉白玉围栏，飞檐凌空，巍峨壮丽，这是郑和纪念馆，陈列着关于郑和光辉业绩的文物、资料、图片。晋宁月山上有一座碑林，一行行长廊，一块块碑文，省内外的当代书法名家用不同的字迹，抄录着从古至今伟人、名人对郑和的赞誉。有永乐、宣德两位皇帝的御制诗，也有民主革命先行者孙中山与新中国党和国家领导人周恩来、朱德、邓小平等对郑和伟烈丰功的赞誉和评价，64块碑文汇成一句话：郑和是举世瞩目的伟人。

郑和是云南的，是中国的，更是世界的。在东南亚，许多国家以“三宝”冠名为荣，泰国有三宝庙、三宝城，马来西亚有三宝山、三宝井，印度尼西亚有三宝垄、三宝港。有神庙的地方，把郑和当作神明供奉、崇拜，长年香火不断；在民间传说中，郑和呼风唤雨、填海造山无所不能；在文学作品中，把郑和描述成超自然的神，能镇妖、避邪、医治百病。在非洲工作8年之久的《人民日报》首席记者李新烽调查过郑和在非洲的影响。600年前，郑和船队到达肯尼亚的拉穆群岛时，一艘船不幸沉没，劫后余生的船员在这里登岛安身立命，后在这里繁衍生息。今天，这里有着3000多居民的上加村被称为中国村，传说其先民即来自郑和船队。非洲大陆最东部的索马里半岛是郑和下西洋到的最远的地方，郑和船员上岸驻泊，因干旱缺水，打井取水，不仅满足营地人员的饮用，还供应给当地居民。三口已经废弃的深井，今天成了当地的旅游景点。也门的亚丁是郑和船队当初停留时间较长的地方，当地民间至今流传着郑和船队补充给养、等待信风的故事。马尔代夫自古是跨国贸易的中转站，早在公元前500年，斯里兰卡人和南印度人就来到这里定居。长2000米、宽1000米的小岛马累今天是马尔代夫的首都，郑和船队1433年登岛休整，向住在岛上的国王赠送了青花龙纹执壶和画有凤凰图案的青花瓷盘。

北欧的丹麦、挪威、瑞典等国把郑和下西洋作为造船学、地理学、制图学和航海学的资料进行研究，一些科研院所、学术机构、大专院校都有“郑和学”的研究机构、专门人才，还常常举办相关船模展览、学术研讨。

郑和是世界上最早的洲际航海家，过去因受全球范围内“西欧中心论”的影响而被忽视，现在随着亚太经济时代的到来，中国“一带一路”倡议驱动新型区域合作机制的拓展，郑和精神唤起了中国民众的爱国主义热忱。爱国主义是民族进步的灵魂、国家富强的源泉，郑和鞠躬尽瘁，不惜牺牲自己的一切，包括生命的伟大精神，激励国人振兴中华，走向世界。

图书在版编目（CIP）数据

大地是生命的祭坛 / 丹增著. — 成都 : 四川民族出版社, 2021.9
ISBN 978-7-5733-0081-2

Ⅰ. ①大… Ⅱ. ①丹… Ⅲ. ①散文集—中国—当代 Ⅳ. ①I267

中国版本图书馆CIP数据核字(2021)第193106号

大地是生命的祭坛

DADI SHI SHENGMING DE JITAN

丹　增　著

出 版 人	泽仁扎西
总 策 划	刘　伟
执行策划	蓝明春　唐　怡
责任编辑	董　冰　李　霞
特约编辑	赵正梅
责任校对	胡　榕
责任印制	刘　敏
出版发行	四川民族出版社 （成都市青羊区敬业路108号）
成品尺寸	145mm × 210mm
印　张	11.375
字　数	190千
制　作	成都华桐美术设计有限公司
印　刷	四川华龙印务有限公司
版　次	2021年9月第1版
印　次	2021年9月第1次印刷
书　号	ISBN 978-7-5733-0081-2
定　价	38.00元